MORRE AQUI

Um **assassinato brutal**.

Um promotor **obcecado** numa **caça às bruxas**.

Uma **adolescente** tentando provar sua inocência.

Uma **reviravolta** chocante.

Abigail Haas

MORRE AQUI

Será que se alguém
vasculhasse a fundo, todos nós
não **pareceríamos culpados?**

Tradução
Bruna Hartstein

valentina

Rio de Janeiro, 2023
1ª Edição

Copyright © 2013 *by* Abigail Haas
Publicado mediante contrato com Bookcase Literary Agency,
em parceria com Rebecca Friedman Literary Agency

TÍTULO ORIGINAL
Dangerous girls

CAPA
Marcela Nogueira

FOTO DE CAPA
Mykolastock (Adobe Stock)

DIAGRAMAÇÃO
FQuatro Diagramação

Impresso no Brasil
Printed in Brazil
2023

DADOS INTERNACIONAIS DE CATALOGAÇÃO NA PUBLICAÇÃO (CIP)
(CÂMARA BRASILEIRA DO LIVRO, SP, BRASIL)
INAJARA PIRES DE SOUZA - BIBLIOTECÁRIA - CRB PR-001652/O

Haas, Abigail.
Morre Aqui /Abigail Haas. – 1. ed. – Rio de Janeiro: Editora Valentina, 2023.
288 p.

ISBN 978-65-88490-54-9

1. Ficção inglesa I. Suspense - Ficção I. Título.

22-136327

CDD: 823

Índices para catálogo sistemático:
1. Ficção de suspense: Literatura inglesa 823

Todos os direitos desta edição reservados à

EDITORA VALENTINA
Rua Santa Clara 50/1107 – Copacabana
Rio de Janeiro – 22041-012
Tel/Fax: (21) 3208-8777
www.editoravalentina.com.br

*Para minha maravilhosa agente, Rebecca Friedman,
que ajudou a tornar este livro mais selvagem, sombrio
e fodástico do que eu jamais poderia imaginar.*

Agradecimentos

Escrever este livro foi uma experiência fantástica, em grande parte devido às pessoas maravilhosas que me ofereceram conselhos, apoio e drinques de incentivo. Obrigada à minha editora, Bethany, e a toda a equipe da Simon Pulse; Amanda Preston e Simon & Schuster UK. A Rebecca Friedman e à equipe da Hill Nadell: Abby, Austin e Bonnie. Um enorme obrigada às minhas maravilhosas amigas Elisabeth Donnelly e Laurie Farrugia. Agradeço também às meninas do círculo literário de LA por seu apoio e críticas: Julia Shahin Collard, Nadine Nettmann-Semerau, Gretchen McNeil, Leigh Bardugo, Robin Benway, Brandy Colbert, Amy Spalding, Edith Cohn e Jennifer Bosworth.

E, como sempre, obrigada à minha mãe, Ann, por todo o seu amor e apoio, e por ler tudo várias vezes (apesar de, em todas, me imaginar como a personagem principal).

A verdade raramente é pura e nunca simples.
Oscar Wilde

SERVIÇO DE EMERGÊNCIA DE ARUBA
TRANSCRIÇÃO DA LIGAÇÃO PARA O 911 — 20h45

ATENDENTE: **Hallo, hoe gaat het ermee?**

MULHER 1: **Alô? Alô?**

ATENDENTE: **Qual é a emergência?**

MULHER 1: **Não estamos conseguindo encontrar a nossa amiga... Não tivemos notícias dela o dia inteiro e ela não está respondendo as nossas ligações.**

ATENDENTE: **Quanto tempo faz que ela desapareceu?**

MULHER 1: **Ela não desapareceu, mas a porta do quarto está trancada e...**

MULHER 2: **(ao fundo) Fala pra ela... sobre o sangue.**

MULHER 1: **(voz abafada) ... cala a boca! (mais alto) A gente acha que... parece que tem sangue no chão. Você pode enviar alguém até aqui?**

ATENDENTE: **Vou mandar uma viatura. Qual é o endereço?**

MULHER 1: **Estamos numa das casas da praia Paradise. (voz abafada) AK, qual é o endereço daqui?**

HOMEM 1: **(ao fundo) (ininteligível)**

ATENDENTE: **Senhorita? Ainda está aí?**

MULHER 1: **Segundo o Max, a porta que dá pra varanda está quebrada... Ele vai dar a volta pelos fundos. (voz abafada) Chels, liga pra ela de novo.**

MULHER 2: **Ela não tá atendendo.**

HOMEM 1: **Espera um pouco. Estou ouvindo alguma coisa... Tá ouvindo...? (ininteligível)**

ATENDENTE: **Senhorita, me diga onde vocês estão.**

MULHER 1: **O Max está tentando escalar a varanda. (voz abafada) Max? Ela está aí?**

(pausa)

MULHER 2: **(chorando) Não estou gostando nada disso. Ela jamais teria deixado o telefone em casa. Você sabe que ela...**

(grito)

MULHER 1: **Ai, meu Deus. Foi o Max? O que está acontecendo? Max, ela tá aí?**

HOMEM 1: **Max, abre a porta! Max!**

(barulho de movimento)

(gritos)

MULHER 2: **Ai, meu Deus!**

MULHER 1: **Elise! Não, não pode...**

(mais gritos)

ATENDENTE: **Senhorita, me diga o que está vendo.**

MULHER 1: **Não consigo... (chorando) Sangue. Tem sangue por todos os lados!**

ATENDENTE: **Quem está sangrando? Estão todos bem?**

HOMEM 2: **Ela não está respirando!**

MULHER 1: **(ininteligível) Não consigo... Ela não...**

MULHER 2: **Ajudem ela!**

HOMEM 1: **Tate, tira todo mundo daqui!**

(barulho de gente brigando)

MULHER 1: **Não! Me solta!**

(pausa)

ATENDENTE: **Senhorita? Você está aí? Senhorita?**

MULHER 1: **(soluçando) Ela tá morta. Tem uma faca e... Ai, meu Deus! Eu não consigo... Ela tá morta!**

THE BOSTON GLOBE

Segundo as autoridades locais, uma adolescente norte-americana foi encontrada morta em Aruba. A garota, que ainda não foi identificada, passava uma semana de férias com os amigos na cidade costeira de Oranjestad. O grupo entrou em contato com a polícia na terça à noite após várias tentativas de contato com a vítima. Os investigadores encontraram o corpo na mesma noite, em uma luxuosa casa de praia pertencente ao pai de um dos adolescentes.

A polícia local recusou-se a fazer qualquer comentário, porém o juiz investigador do caso, Klaus Dekker, confirmou para o nosso repórter que a morte ocorreu em circunstâncias suspeitas e que foi aberta uma investigação de homicídio.

ANTES

— SHOTS! SHOTS! SHOTS!

Nós gritamos ao mesmo tempo, batendo os punhos fechados na grudenta mesa de madeira. O garçom com cabelo rastafári serve mais uma leva de um líquido azul fluorescente. É a nossa primeira noite na ilha, e a música está tão alta que eu quase não consigo escutar meus próprios pensamentos; um hit dance-pop europeu sacode a lotada boate de beira de praia, fazendo os copos chacoalharem e o sangue vibrar em meu peito.

— Estamos em Aruba, galeraaa! — Elise ergue o copo para um brinde, seus fios louros destacados pelo reflexo das luzes que incidem sobre o vidro.

— Spring break! — Comemora o grupo. Viro o drinque de uma só vez, estremecendo ao sentir o enjoativo sabor docemente amargo e a familiar queimação na garganta. Melanie faz uma careta, abrindo a boca para respirar. Max e AK soltam um urro e dão um soco no ar, enquanto Elise estende a mão para pegar a próxima dose, dessa vez uma simples tequila, com uma pitada de sal e uma fatia de limão.

— Pega leve, gata — diz Tate, rindo para Elise, um dos braços envolvendo meus ombros.

Ela ignora o conselho e se vira para mim com um sorrisinho diabólico.

— De um gole só! — Elise dá uma risadinha e, em vez de colocar o sal na mão, ela o salpica em meu pescoço e se inclina para lambê-lo, virando a tequila em seguida.

O toque me provoca um arrepio e eu a empurro de maneira brincalhona.

— Você tá bêbada.

— E você precisa relaxar! — Elise sacode o corpo, fazendo os cabelos louros balançarem em torno dos ombros nus. — Estamos de férias. Hora de celebrar a vida!

Ela agarra Mel e Chelsea e segue para a pista de dança, rebolando ao som da batida. As três começam a dançar e rodopiar, e logo são engolidas pela multidão de corpos suados.

Corro os olhos em volta à procura do restante do nosso grupo. O irmão gêmeo da Chelsea, Max, está com AK ao lado do bar, tentando a sorte com um par de louras que parecem suecas. Ambos com as cabeças inclinadas, Max com seus cabelos claros e AK com seus cachos escuros. Estão a fim de escutar as garotas ou checar seus decotes? Homens... Lamar está esparramado na minha frente, do outro lado do reservado, as luzes incidindo em tons de azul sobre sua pele negra. Ele arranca o rótulo de sua garrafa de cerveja ao mesmo tempo que Chelsea, que abandonou a pista de dança, tenta seduzi-lo. Ela se esfrega nele como uma dançarina erótica, rindo, até que ele finalmente a pega pela cintura e a segue em direção a um canto escuro, com uma das mãos envolvendo-lhe possessivamente o ombro.

Fico sozinha com Tate. Chego um pouco mais para perto dele e começo a beijá-lo, até que sinto a tensão em seus ombros.

— Qual é o problema?

— Nada — despista ele. — Acho que ainda estou um pouco estressado com as provas finais. Todo mundo disse que Yale ia me responder rápido, mas...

— Eles vão — digo com firmeza. Seus cabelos louros estão bagunçados, de modo que estendo o braço e afasto umas mechas que caíram sobre os olhos, deixando minha mão repousar em seu rosto. — Eles é que precisam de você.

— Sorrio de modo zombeteiro. — Você é o cara. Quero dizer, se você não conseguir entrar, que chance o resto de nós tem? Eu vou ter que lavar o chão do Boston Community College. — Rio, mas Tate continua meio aéreo. — Vai dar tudo certo — asseguro-lhe novamente. — E mesmo que não dê, não há nada que você possa fazer agora. Por que não aproveita pra se divertir então?

Tate solta um suspiro e, enfim, abre um sorriso.

— Tem razão. Foi mal. — Ele se inclina e dá um beijinho na minha testa. — Acho que só preciso mesmo relaxar.

— Para sua sorte, estamos no lugar certo. — Entrelaço nossos dedos. — Uma semana inteira, sem pais nem regras... — Estico o pescoço para beijá-lo e, dessa vez, não percebo nenhuma tensão, apenas aquele calor familiar que vai se intensificando pouco a pouco, e as mãos do Tate deslizando por baixo da bainha da minha camiseta...

De repente, braços me envolvem por trás e me puxam com força. Elise. Ela me dá um abraço e um beijo no rosto.

— O que vocês estão fazendo sentados aqui? — Ela tenta me colocar de pé. — Vamos nessa! Vamos dançar! — Com a mão livre, agarra Tate. Nós dois nos entreolhamos enquanto Elise nos arrasta para o meio da multidão.

A música seguinte é um hit do hip-hop, e logo me vejo cercada por pele, suor e calor, uma parede de corpos movendo-se num ritmo lento e sexy. Elise não me solta, dançando e rebolando, me contagiando com sua animação, até que abro mão do controle e me deixo levar pela música tanto quanto ela. Em todas as festas, boates e raves clandestinas em armazéns abandonados é a mesma coisa. Uma vez vencido aquele primeiro e estranho momento de timidez, uma vez forçada por Elise a abandonar meus receios — a sair de mim mesma —, não tem nada igual. Eu não sou mais a Anna, não sou mais eu mesma; sou algo mais, o coração batendo acelerado enquanto uma música dá lugar a outra, e tudo o que importa é o ritmo e os corpos, a batida incessante.

Ofegante, solto o corpo, deixando-o se mover e oscilar ao sabor das batidas. Tate me puxa para ele, e então somos só nós três, Elise e eu nos aproximando dele e, em seguida, nos afastando, enquanto luzes estroboscópicas verdes cortam a escuridão. Tate ri, as mãos se demorando na cintura da Elise, que se esfrega nele. Os feixes de laser cruzam-lhe o rosto, destacando aquele maxilar bem talhado e, de repente, sou tomada por um desejo tão forte que meu peito chega a doer. *Meu*. Agarro-o pela mão e, sem dizer uma só palavra, o puxo para longe dela, em direção à área em torno da pista, até minhas costas encontrarem uma superfície dura. As mãos dele se fecham na curva dos meus quadris e seus lábios colam nos meus.

Tate se inclina e me beija, me pressionando contra a parede. Passo os braços em volta do seu pescoço e o puxo mais para perto, grudando-me a ele enquanto nossas bocas passeiam vorazmente por lábios, pele e pescoços. Gostaria de permanecer assim pelo resto da vida — nessa fina linha entre sóbria e bêbada, entre o desejo da carne e a *liberdade*. A música muda novamente, passando para um ritmo frenético e pulsante, e nós voltamos para a pista de dança. Não sei quanto tempo ficamos ali, dançando, até que Elise me puxa mais uma vez para longe.

— Intervalo do banheiro — ordena ela, capturando Chelsea e Mel ao passarmos pela cabine do DJ.

Nós quatro entramos no diminuto banheiro e espalhamos batons e máscara de cílios sobre a bancada da pia, nos amontoando em torno do espelho rachado.

— Então, quem topa um mergulhinho pelada? — Elise se senta na bancada e começa a balançar os pés, batendo-os contra a porta do armário sob a pia. Ela me olha com um sorrisinho travesso. — O que vocês acham? Que nem daquela vez no lago Walden.

Eu rio.

— Legal, a gente quase morreu de hipotermia.

Elise dá de ombros, despreocupada.

— Verdade, mas... Para nossa sorte, estamos no Caribe agora.

— Tá falando sério? — Mel pisca por baixo da franja preta e reta. — Está um breu lá fora, vocês vão acabar se afogando.

— Talvez um salva-vidas gostoso apareça para me resgatar. — Elise faz um biquinho e aplica mais uma camada de batom rosa.

— Ou te cortar em pedacinhos e alimentar os tubarões — murmura Mel, puxando a bainha da saia que a convencemos a usar, tentando em vão cobrir um pouco mais as coxas brancas. Sinto uma pontada de irritação diante de todo esse mimimi. Típico da Mel, sempre agindo como uma adulta responsável, mesmo quando todo mundo está se divertindo. Só notão, uma futura estudante de medicina. Ela sempre quer seguir um plano à risca. O plano *dela*.

— Se anima, vai. — Solto um suspiro. — Você ainda está chateada com o lance do quarto?

— *Aquilo* não é um quarto — reclama Mel. — Parece mais um closet com uma cama que sai da parede.

— Pode rachar o quarto com o AK e o meu irmão — sugere Chelsea de dentro do espaço reservado à privada. A descarga é acionada e, em seguida, ela aparece, penteando com os dedos os compridos cabelos queimados de sol. Ela mal olha para o próprio reflexo: sem maquiagem nenhuma e com um punhado de sardas. Mas também, ela não precisa. Chelsea tem aquela beleza natural de garota de praia. Mesmo durante os gélidos invernos de Boston, ela sempre parece que acabou de voltar de uma tarde inteira surfando sob o sol. — Mas — acrescenta com uma risadinha de escárnio —, você vai ter que aturar uma porrada de cuecas sujas metidas em tudo quanto é canto.

— E por falar em metidas... — alfineto. Elise ri, e troca um "toca aqui" comigo.

— Talvez eles te deixem assistir — Elise completa para Mel. — Quem sabe você aprende alguma coisa?

— Lá, lá, lá — protesta Chelsea, cobrindo os ouvidos. — Esqueceram a regra?

— Não falar sobre o seu irmão e a vida sexual dele — suspira Elise.

— Ou a ausência de uma. — Imito a risadinha da Chelsea, porém Mel continua de cara amarrada. Ela se vira para Elise.

— Não sei por que eu não posso dividir um quarto com você.

— Porque eu planejo me divertir — rebate Elise mordendo o lábio inferior. — Como, por exemplo, com aquele cara de cabelo escuro na área VIP.

— Rola uma área VIP aqui? — Chelsea ri, tentando enxaguar as mãos sob o minguado fio de água que desce da torneira. Seus pulsos estão repletos de pulseiras de contas e de macramê, tão puídas que é inacreditável que ainda não tenham arrebentado. — Não rola nem água corrente...

Elise passa outra camada de batom, agora um gloss vermelho.

— Ele é gatinho, acreditem em mim. Eu acho que vou convidar ele para conhecer a casa. A vista do meu quarto... — Ela dá uma piscadinha.

— Elise! — protesta Mel de forma automática. — Você nem conhece o cara. Ele pode ser um estuprador, um serial killer...

— Para de ser tão chata — interrompo.

— Você precisa de um drinque — concorda Elise. Ela desce da bancada e dá um braço a Mel, me lançando um olhar exasperado por cima da cabeça dela. — Um, não. Dois! E um desses caras locais bem gostoso e suado.

— Não estou...

— Interessada, a gente sabe. — Elise a arrasta de volta para a boate.

Todas zoamos ao mesmo tempo:

— *Eu não sou esse tipo de garota.*

Melanie faz um muxoxo.

— Vocês dizem isso como se fosse uma coisa ruim.

Elise revira os olhos.

— Não, a gente fala como se fosse uma coisa chata.

De volta à boate, Elise aponta para seu alvo da noite. Ele está num canto da área VIP com alguns amigos: é um cara bonito, de vinte e poucos anos, com um ar levemente entediado que grita *playboy rico*.

— Foco no gatinho, certo? — Ela se encosta em mim, lançando olhares sedutores na direção do cara, e me puxa para dar uma fungada no meu pescoço.

Eu rio.

— Ele tem pinta de problema.

Ela ri também.

— Bem do jeitinho que eu gosto. — E, então, desaparece no meio da multidão, seguindo na direção do cara. Fico só observando. Em segundos, Elise está conversando e rindo com o grupo, enquanto o tal garoto olha para ela com um sorrisinho de aprovação.

Tate reaparece ao meu lado.

— Cadê a Elise? — grita ele para se fazer ouvir.

Eu dou de ombros, mas Tate corre os olhos pela boate até encontrá-la, já sentada de pernas cruzadas no reservado com os meninos, inclinando-se para conversar com sua presa em potencial. Seu cabelo brilha em tons de roxo e vermelho sob as luzes, as pernas longas e bronzeadas despontando por baixo da saia. Sorrio e a observo em ação. Ela é linda, nenhum homem conseguiria resistir.

— Não gosto nada disso. O combinado era a gente ficar junto o tempo todo — grita Tate de novo, franzindo a testa.

— Relaxa! — Passo os braços em volta dele e depois puxo sua cabeça para beijá-lo. — Elise já é bem crescidinha. Ela sabe se cuidar.

A AUDIÊNCIA

— NÃO FUI EU!

Levanto num pulo, vomitando as palavras assim que o advogado entra na sala de detenção.

— Não fui eu — repito, juntando as mãos em prece como se pudesse salvar a mim mesma de uma desgraça. — Isso tudo é um tremendo engano.

Antes mesmo de terminar a frase, percebo o quanto ela soa clichê. Eu me sinto como se estivesse presa num pesadelo, vivenciando uma daquelas novelas de quinta categoria que eu costumava assistir com a minha mãe quando era criança. Engulo uma risada histérica, tentando me manter calma e controlada.

— Você acredita em mim, não acredita? Precisa fazer eles enxergarem a verdade.

O advogado se chama Ellingham, um homem com papada dupla e entradas proeminentes, um especialista em leis internacionais que o pai do Tate mandou vir de Nova York. Ele não diz nada até o guarda sair e fechar a porta, nos deixando sozinhos na pequena sala. Então, solta sua pasta sobre a mesa aparafusada no chão e finalmente olha para mim.

— Isso não importa, não no momento.

Encaro ele de volta, pasma.

— Claro que importa! Eles estão dizendo... Eles disseram... — Minha voz falha.

— Hoje é só uma simples audiência para estabelecer a fiança — explica, abrindo a pasta. É uma pasta de couro, visivelmente cara. Tudo a respeito dele é caro. A camisa impecável, o terno de linho de marca, a elegante caneta-tinteiro

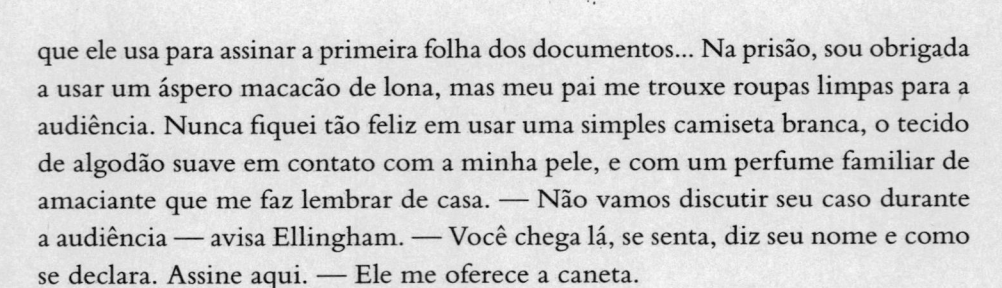

que ele usa para assinar a primeira folha dos documentos... Na prisão, sou obrigada a usar um áspero macacão de lona, mas meu pai me trouxe roupas limpas para a audiência. Nunca fiquei tão feliz em usar uma simples camiseta branca, o tecido de algodão suave em contato com a minha pele, e com um perfume familiar de amaciante que me faz lembrar de casa. — Não vamos discutir seu caso durante a audiência — avisa Ellingham. — Você chega lá, se senta, diz seu nome e como se declara. Assine aqui. — Ele me oferece a caneta.

Eu assino, o que é um tanto esquisito de fazer com as mãos algemadas.

— Você pode pedir para eles tirarem as algemas? — pergunto, esperançosa. Meus pulsos estão vermelhos e irritados, mas tenho sorte: em minha primeira visita à corte, meus tornozelos estavam algemados também. Morri de vergonha por ser obrigada a cruzar a sala como um calouro bêbado tentando andar de salto alto.

Ele faz que não.

— Agora, não, mas assim que a juíza estabelecer a fiança, você será liberada.

— Aí poderemos ir para casa? — Sinto uma súbita vontade de chorar de alívio diante dessa perspectiva, mas me esforço para manter a compostura. Não posso entrar na corte como uma garotinha chorona, eu sei. Preciso ser forte.

— Vocês não podem deixar a ilha. — Ellingham olha para mim como se eu já devesse saber disso. — Essa é uma das condições para a fiança. Vocês precisam permanecer aqui até o julgamento.

Concordo com um ansioso menear de cabeça. Qualquer coisa para sair da cadeia. Fui mantida em isolamento desde a prisão, cinco longos dias sem ver ninguém, exceto pelos guardas nem um pouco amigáveis e pela distante visão das outras detentas durante o percurso entre o pátio de exercícios e a minha cela. Está quente demais para dormir, e eu passo todas as noites encolhida em minha cama de alvenaria sobre o fino cobertor de lã, contando as rachaduras no teto e rezando para acordar e descobrir que tudo não passou de um pesadelo.

Só que não.

Com uma rápida batida à porta, o guarda entra e faz sinal para que a gente vá.

— O Tate está bem? — pergunto, seguindo Ellingham pelo corredor sem janelas. O guarda me acompanha passo a passo, como se eu fosse tentar fugir. — Ele vai estar na audiência também?

— Vocês serão ouvidos juntos. — O advogado começa a checar o celular, me ignorando. — Não fale com ele nem com ninguém até sair de lá. Apenas diga seu nome e como se declara.

Faço que sim novamente. Tinha criado o hábito de entregar ao advogado mensagens para ele passar para o Tate, palavras de amor, umas piadinhas pessoais, mas ele nunca me trouxe nada de volta, de modo que desisti de continuar tentando algum contato. Eu estava tão acostumada a trocar mensagens com o meu namorado o dia inteiro que volta e meia ainda escuto o telefone tocar, um suave zumbido que me faz levantar num pulo e começar a procurar o celular por toda a cela. Mas é claro que não há telefone algum, mesmo que Tate estivesse livre para me ligar. Tal como eu, ele também foi trancafiado, em algum lugar do outro lado do enorme complexo prisional. Nós jamais havíamos ficado tanto tempo afastados desde que começamos a namorar, cinco meses atrás.

Jamais passei tanto tempo longe da Elise também, mas não posso pensar nisso.

Sou transportada nos fundos de uma van comum, com dois guardas sentados um de cada lado, como se eu tivesse alguma chance de fugir. Sinto vontade de rir e dizer a eles que não consigo nem terminar as provas de corrida ao ar livre das aulas de educação física, que dirá escapar de uma custódia policial. Além disso, para onde eu iria? A ilha tem menos de 180 quilômetros quadrados, nada além de praias, grandes resorts e cactos crescendo indiscriminadamente nas faixas de terra ainda não tomadas por lanchonetes de fast-food e bares de beira de praia. Um verdadeiro *paraíso*, dizem os sites turísticos. Ellingham segue sozinho em seu luxuoso sedã alugado. O motorista da van liga o rádio numa estação local, o locutor falando em holandês entre um e outro hit americano de pop ou rap. Lembro da nossa primeira noite na ilha. Elise, Melanie, Chelsea e eu, dançando juntas na boate. Tiramos várias fotos com nossos celulares e imediatamente postamos em nossos perfis sob o título "O Melhor Spring Break de Todos os Tempos". A gente tagueou, comentou e repostou, só para nos certificarmos de que toda a galera veria e saberia que férias maravilhosas estávamos tendo... E que ninguém tinha sido convidado.

Pergunto a mim mesma quanto tempo os tabloides sensacionalistas levarão para encontrar as fotos. Talvez eles já tenham encontrado, e elas estejam impressas na primeira página de alguns jornais do planeta.

Um alerta para pais e filhos adolescentes.

— Tate!

Sei o que o advogado falou, mas não consigo evitar — ele já está sentado no banco dos réus, de cabeça baixa e olhos fixos no chão, quando o guarda entra na sala comigo.

— Tate! — Faço menção de sair correndo em direção a ele.

— Senhorita! — O guarda me segura e me força a parar. — Sem correria. Não me obrigue a colocar algemas em seus tornozelos.

Eu paro.

— Não, por favor. Sinto muito. Foi um ato impensado.

Ele me encara com uma expressão de irritação, mas afrouxa a mão em meu braço e me empurra em direção a uma das cadeiras vazias.

Despenco nela, meus olhos ainda fixos no Tate. Ele sequer olha para mim, apenas continua sentado ali, ao meu lado, de cabeça baixa.

— Ei. — Mais uma vez, não consigo evitar. — Você tá bem?

O advogado me manda ficar quieta, mas não lhe dou ouvidos.

— Tate? — murmuro novamente. — Olha pra mim.

Ele olha, e a expressão de derrota em seu rosto me machuca mais do que o metal frio que envolve meus pulsos ou o hematoma em minhas costelas decorrente de um soco desferido por um estranho na noite em que fui presa. Seus olhos azuis estão vidrados, vermelhos de tanto chorar; Tate parece abatido, apático.

Logo ele, o menino de ouro, futuro presidente, rei do colégio Hillcrest. Sempre tão confiante e seguro de si em seu mundo de privilégios e sucessos, capaz de fazer sorrir de modo submisso até mesmo a rabugenta secretária do diretor da escola. Tate, meu namorado, meu grande amor, parecendo um garotinho perdido: assustado e sozinho, com a perna direita tremendo de maneira incontrolável.

— O que eles fizeram com você? — pergunto num sussurro, esquecendo minhas próprias noites em claro. Seus olhos fogem dos meus, de volta para o chão.

Sinto um ligeiro roçar no ombro e me viro. É meu pai. Ele estende o braço como se quisesse me tocar, mas isso é contra as regras, e quando o advogado pigarreia, ele solta as mãos sobre as coxas.

— Vai dar tudo certo — diz numa voz que quase me faz acreditar que sim. Seu rosto, porém, está pálido, e olheiras escuras se destacam. Ele, então, força um sorriso e apoia uma das mãos em meu ombro. — Não se preocupe, querida. Tudo vai ser esclarecido.

— Sr. Chevalier. — O tom de Ellingham é incisivo. Meu pai puxa a mão de volta.

— Claro. Sinto muito. — Ele sorri para mim de novo, de maneira forçada, visivelmente exausto. Retribuo com outro igual.

— Obrigada, pai — murmuro, e ele se senta novamente.

Os pais do Tate também estão sentados na fileira atrás da gente, com uma expressão neutra e uma aparência impecável em seus ternos de alfaiataria e cabelos cuidadosamente arrumados. Há mais pessoas com eles, todos de cabeça abaixada, confabulando baixinho enquanto remexem em suas pastas e seus blocos de anotações, os cenhos franzidos de preocupação. Imagino que sejam outros advogados, consultores locais e assistentes. O sr. Dempsey é gestor de um hedge fund em Boston, enquanto a sra. Dempsey é a responsável por todo o cenário social da cidade. Sempre que os encontrava, eles estavam acompanhados de alguma secretária ou assistente. Ver todo esse séquito agora me tranquiliza um pouco. Não estou sozinha. Eles garantirão que dê tudo certo.

— Todos de pé para a entrada da meritíssima juíza Von Koppel.

Ellingham se posta entre nós dois, que nos levantamos para observar a entrada da juíza. Não é uma sala de tribunal, apenas uma sala de conferências comum num prédio branco e baixo, com mesas e cadeiras dobráveis armadas, do tipo que a gente vê em hotéis para convenções de negócios. Nossa mesa fica num lado, com nossos pais e a comitiva deles logo atrás, e a dos investigadores da polícia do outro lado do corredor. À nossa frente, a juíza se senta à sua própria mesa e olha através de seus óculos de aro fininho para os papéis já dispostos diante dela. Está na casa dos 40, uma loura gélida num terninho azul-marinho.

— Digam os nomes e como se declaram para que fique registrado — pede ela com um melódico sotaque holandês, quase cantante. Nós dois fazemos isso, primeiro Tate, depois eu. Tate Dempsey. Anna Chevalier. Inocente. Inocente.

A juíza anota alguma coisa.

— O doutor está entrando com um pedido de fiança para os acusados? Ellingham se levanta.

— Exato, meritíssima. Dado o fato de que ambos são menores e estão sendo mantidos em cárcere com base em provas circunstanciais...

— Objeção! — exclama alguém na outra mesa. Ellingham não se deixa abalar.

— Pedimos à corte que os deixe sob a custódia dos pais enquanto aguardam julgamento.

A juíza olha com curiosidade para mim e para Tate. Eu a encaro de volta sem piscar, tentando mostrar a ela que não tenho nada a esconder. Ela desvia os olhos para o promotor.

— E quanto à objeção?

— Sim, meritíssima. — O investigador da polícia é um homem baixo, de aparência rude, com uma cabeça calva que reflete as luzes da sala. Passei horas trancafiada em cubículos com esse reflexo, enquanto ele gritava, tentava me persuadir e gritava mais um pouco, exigindo uma confissão para um crime impossível de contemplar de tão hediondo.

Eu odeio ele.

— Dada a grave natureza do crime e o fato de os acusados serem estrangeiros, pedimos à corte que os mantenha sob custódia policial a fim de evitar que fujam da cidade. Eles representam um risco para a sociedade. — Ele se vira e me lança um olhar de puro ódio. Eu o encaro de volta, sem piscar.

— O doutor tem algo para contrapor a essas preocupações? — pergunta a juíza para Ellingham.

Um dos assistentes atrás da gente se inclina e diz algo em voz baixa para ele. Após um momento, nosso advogado se levanta.

— Posso me aproximar?

A juíza permite com um menear de cabeça e tanto ele quanto o investigador da polícia vão até a frente da sala.

— Ei! — murmuro de novo, aproveitando a distração para falar com Tate. Toco seu braço de leve e ele se encolhe. — Tey, você está bem?

Ele ergue os olhos e engole em seco.

— Vou ficar — responde baixinho, os olhos fixos nos meus. — Quando a gente sair daqui.

— Vai dar tudo certo — repito o que meu pai me disse. Ele faz que sim. — Só precisamos ser fortes e permanecer unidos.

Tate me oferece um ligeiro sorriso, e meu pânico diminui um pouco. Vamos ficar bem. Temos que ficar.

Ellingham termina sua defesa e volta para se postar novamente entre nós. A juíza folheia alguns papéis.

— Fui informada de que os Dempsey alugaram uma casa na ilha e irão permanecer aqui com o filho até o julgamento. Dada essa garantia, estabeleço a fiança do sr. Dempsey em cinco milhões de dólares. Ele deverá ficar sob a custódia dos pais.

Tate solta um longo suspiro de alívio, acompanhado por um soluço da mãe. Meu coração dispara. Graças a Deus!

— Contudo, minha preocupação em relação a srta. Chevalier permanece. — A juíza me fita com um olhar frio. — A família dela não pode oferecer a mesma garantia, de modo que... concordo com o investigador. O risco de a acusada tentar fugir para não responder pelo crime de assassinato em primeiro grau é real. Ela deve, portanto, permanecer no Instituto Correcional de Aruba enquanto aguarda o julgamento pelo assassinato de Elise Warren. Audiência encerrada. — Ela bate o martelo.

Não compreendo.

Enquanto o guarda me força a levantar, Tate é envolvido pelos pais. Ele não se vira sequer uma vez, e sou levada embora, em choque. Pelo canto do olho, percebo meu pai me observando de queixo caído, arrasado, com uma expressão de profundo desânimo.

Abro a boca para chamá-lo, mas não consigo proferir som algum.

O COMEÇO

CONHEÇO ELISE TRÊS SEMANAS APÓS O INÍCIO DO SEGUNDO SEMESTRE do penúltimo ano do ensino médio. A empresa do papai está indo de vento em popa — vários novos clientes e conversas sobre ampliação dos negócios e aquisição de ações —, de modo que ele me transfere da escola pública local para o Hillcrest, situado do outro lado da baía. Se você alguma vez foi a garota nova da escola, então sabe: os olhares de "carne fresca no pedaço" e os rápidos e ferinos julgamentos de valor já são ruins o bastante quando você começa junto com todo mundo; trocar no meio do ano letivo é mil vezes pior. Imploro para ficar onde estou, ou pelo menos para esperar o início do último ano, mas meu pai não me dá ouvidos. Ele começa a falar sobre as oportunidades que vou ter: aulas de artes, dança, teatro, e diz que se eu trocar agora, terei um lugar praticamente garantido na Ivy League na hora de escolher uma faculdade, porém nós dois sabemos que a mudança é tanto em benefício dele próprio quanto meu. Hillcrest é o lar da elite de Boston, e os olhos do papai estão fixos em seus fundos de investimentos. Eles não são os pais dos meus futuros amigos e colegas, são clientes em potencial.

Assim sendo, eu troco. E passo duas semanas alegremente despercebida pelos grupos de playboys mauricinhos e garotas perfeitas. Mantenho a cabeça baixa, respondo apenas quando falam comigo, e almoço sozinha em um dos pequenos cubículos de leitura entre a seção de Latim Antigo e Antropologia da imponente biblioteca, toda revestida em madeira. Ninguém repara em mim, ninguém tá nem aí pra mim.

Não que eu me importe. Quanto menos baboseira de ensino médio eu tiver que aguentar, melhor: as intermináveis disputas por popularidade, a fofocada insana... Não sei o que aconteceu — se lá atrás perdi aquela aula em que todos aprenderam como falar sobre porra nenhuma o dia inteiro e achar que é importante ou, pelo menos, fingir que sim —, mas, de alguma forma, nunca aprendi o truque. As meninas são as piores, agindo como se o mundo fosse acabar só porque alguém usou um jeans da coleção passada, ou porque uma garota ficou com um cara que tinha namorada. Sinto vontade de dizer para todas elas: O mundo é muito maior do que o colégio.

De vez em quando, sinto uma vontade estranha, um grito feroz borbulhando em meu peito; me imagino empurrando a cadeira para trás e berrando até meus pulmões doerem e todas as cabeças se virarem para mim. Só para interromper o blá-blá-blá de asneiras.

Mas é claro que não dou vazão a essa fantasia, e nessas primeiras semanas no Hillcrest, faço de tudo para não chamar nenhuma atenção para mim. Melhor passar despercebida do que ser o centro de todos os olhares curiosos. Tenho minha rotina, minhas rotas de fuga, meu desempenho mediano, A- ou B+, e, em pouco tempo, fico com a sensação de que conseguirei chegar ao fim do ano letivo sem que ninguém perceba que eu existo.

Até abrir a porta do armário do vestiário numa segunda de manhã e encontrar uma pilha de roupas fedorentas.

— Eca! Que nojo! — Os gritos ecoam por todo o vestiário quando pego minha camiseta, encharcada com o que me parece milk-shake azedo. Ela ficou apodrecendo ali por pelo menos todo o fim de semana, e o fedor insuportável paira acima da névoa de colônias adocicadas e desodorantes florais. — Que cheiro é esse?! — gritam as garotas em coro, agindo como se estivessem engasgadas ou prestes a vomitar.

Com as bochechas queimando, procuro pela voz mais alta em meio ao grupo; os olhos mais arregalados de nojo. Ali. Lindsay Shaw. Eu já devia imaginar. De todas as garotas do Hillcrest, com seus rabos de cavalo perfeitos, olhares afiados e uma nota alta atrás da outra, ela é a mais perfeita; a que mais se destaca. Letal. Fui forçada a participar de um debate com ela sobre educação cívica na semana passada e, de forma relutante, apresentei meus argumentos como se estivesse diante de um puma. Não o olhe no fundo do olho, não faça movimentos bruscos e mantenha uma linguagem corporal submissa.

Obviamente não fui submissa o bastante.

Lindsay me encara por alguns instantes com um sorrisinho presunçoso.

— Você devia mandar lavar isso — diz ela, num tom falsamente solidário. — A treinadora Keller é muito chata quando se trata de higiene.

— Obrigada por me avisar — respondo de maneira forçada. Por um segundo, sinto aquele grito borbulhando na garganta, mas seria loucura enfrentar Lindsay ali, diante de todo mundo, de modo que engulo a raiva e a vergonha e começo a limpar a sujeira com toalhas de papel umedecidas. Assim, quando a treinadora enfim entra no vestiário para dizer que a aula de vôlei já vai começar, não há mais sinal do meu uniforme de ginástica podre.

— Você! — A treinadora me encontra escondida de cara amarrada atrás do grupo, ainda com o uniforme normal. — Qual é o seu nome mesmo?

— Anna — murmuro, os olhos fixos no chão de linóleo azul. — Anna Chevalier.

Ela me olha de cima a baixo.

— Por que você ainda não se trocou?

Corro os olhos em volta até encontrar Lindsay. A expressão de desafio no rosto dela é clara.

— Eu... esqueci minha roupa — respondo, deixando os ombros penderem em derrota.

A treinadora emite um ruído de impaciência.

— Não ache que você vai se livrar dessa. Quero uma redação sobre a importância de estar em forma, na minha mesa, até o fim da aula.

Eu só faço que sim, tentando ignorar o sorrisinho de vitória da Lindsay. O restante das garotas sai do vestiário, me deixando sozinha com um suave cheiro de azedo ainda no ar.

A redação é fácil. Eu me acomodo numa das cadeiras de plástico da sala da treinadora, no final do corredor, e, em pouco tempo, estou mais uma vez rabiscando letras de música em meu surrado diário vermelho, imaginando que outras brincadeirinhas de mau gosto Lindsay irá me aprontar este semestre.

— Ei.

Eu me viro. Uma garota loura está parada ao lado da porta, impecável em sua camiseta polo e saia esportiva. Lembro dela da aula de francês. Elise. Ela olha com cuidado para a confusão de tacos de lacrosse e tapetes para ioga.

— A gente tem que ficar aqui até a aula acabar?

Faço que sim, e rapidamente guardo meu diário. Mas não rápido o bastante.

— "You want a revelation"... Isso é Florence and the Machine, certo? — pergunta Elise, vendo a letra rabiscada na capa.

Não respondo. Ela é amiga da Lindsay, ou pelo menos faz parte do grupinho dela — já as vi pela escola, seus rabos de cavalo balançando em compasso. Elise é uma das mais quietas. Ela não participou do "batismo" no vestiário, mas também não me defendeu.

— Eles fizeram um show aqui no mês passado, mas nenhuma amiga minha gosta da banda, e meus pais não me deixaram ir sozinha — diz ela, com uma expressão desolada.

— Eu fui — retruco, lembrando a noite em que escapuli de casa por horas e ninguém deu pela minha falta. — Eles tocaram por duas horas. Foi fantástico!

— Jura?! — Elise soa ainda mais desolada. Em seguida, se aproxima. — Você é a Anna, certo? Se mudou para cá agora?

— Não — respondo com cuidado. — Fui transferida. Da Quincy.

— Ah! — Ela me fita com curiosidade, e eu sinto o corpo tencionar à espera de algum comentário maldoso ou conselho falsamente amigável, mas em vez disso, Elise me olha quase com simpatia. — Você tem sorte — diz por fim. — A Lindsay usou atum cru com uma garota no ano passado. O lugar inteiro ficou fedendo a peixe. Os garotos começaram a dizer... bem, você sabe — Dá de ombros. — Acho que ela acabou pedindo transferência no final.

— Claro — concordo de modo sarcástico. — Eu tive sorte.

— Sério, não se preocupe com isso. — Ela olha rapidamente na direção da porta antes de acrescentar: — A Lindsay é uma vaca.

Não mordo a isca. Sei como essas coisas funcionam. Qualquer coisa que eu diga agora poderá ser usada contra mim mais tarde, deturpada e lançada na cadeia de fofocas do colégio até todo mundo achar que eu é que estou atacando uma pobre garota inocente.

— Está tudo bem — diz Elise, como que lendo a minha mente. — Não somos amigas, juro. Quero dizer, a gente anda junto, mas...

Dou de ombros de modo vago.

— E você? — Resolvo mudar de assunto. — Por que te mandaram pra cá?

— Tenho uma prova depois do almoço. — Elise anda até a janela, se senta no peitoral largo e volta os olhos para o gramado lá fora. — Imaginei que se dissesse que estou passando mal agora, soaria mais convincente quando pedisse para ir embora.

— Mandou bem.

Ela dá de ombros e começa a balançar as pernas, os sapatos produzindo um som curto e seco ao baterem contra a parede.

— Se eu não conseguir um A, meus pais vão me obrigar a ter mais aulas de apoio. — Solta um suspiro e volta a olhar pela janela. — Porque um B em literatura americana vai foder minha vida, ah, vai.

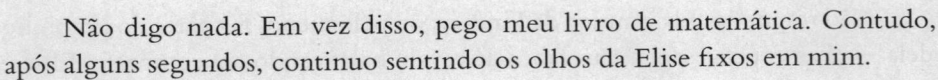

Não digo nada. Em vez disso, pego meu livro de matemática. Contudo, após alguns segundos, continuo sentindo os olhos da Elise fixos em mim.

— Que foi?

— Nada, eu só... — Ela morde o lábio e lança um rápido olhar para a porta antes de continuar. — Que tal a gente dar o fora daqui?

— E ir pra onde?

— Sei lá, pro Centro? A gente pode pegar um ônibus e ir tomar um café. Estaríamos de volta antes do fim do almoço.

— Eu achava que só os alunos do último ano podiam deixar o campus.

— A gente não vai ser pega — promete ela, os olhos brilhando. — Todo mundo faz isso.

— Você já? — pergunto.

Após uma breve pausa, ela faz que não.

— Ainda não. Mas só porque ninguém nunca quis ir comigo — acrescenta rápido. — A Lindsay nunca quebra as regras. Exceto, você sabe, as que fazem de uma pessoa um ser humano decente — declara com um ligeiro sorriso.

— Não sei, não... — Continuo desconfiada, tentando entender aonde ela quer chegar com isso, mas Elise simplesmente desce do peitoral da janela.

— Vamos lá. Vai ser divertido. E se te perguntarem onde você estava, apenas diga que estava me ajudando. Todos os professores aqui me adoram. Eu nunca faço nada errado. — O tom dela muda nas últimas palavras, algo quase como arrependimento, e o som familiar é o suficiente para me fazer pensar. Nunca faço nada errado também. Jamais corri esse risco. Outras garotas matam aula para ir ao shopping ou a aniversários na praia, planejando em voz alta o que pretendem fazer bem ao lado do meu armário, sem sequer um olhar de relance para mim. Mas eu? Sou cautelosa demais para essas coisas. Nunca matei sequer uma única aula em toda a minha vida.

Continuo tentando me decidir quando outra garota entra em sala, corada e ofegante.

— Elise, ai meu Deus, você está bem? A treinadora não me deixou vir te ver até que todos tivéssemos terminado as voltas de aquecimento.

Elise ri.

— Relaxa, Mel, estou ótima. Não é nada.

— Tem certeza? — Mel está com os olhos arregalados de preocupação. Ela é baixinha, com cabelos escuros brilhantes e traços delicados. Estende o braço para verificar a temperatura da amiga. Elise se afasta.

— Mel, eu estou bem! Só estava fingindo pra escapar da prova de literatura.

— Ah! — Mel faz uma pausa. — Saquei!

— Eu e a Anna vamos dar uma escapulida pra tomar um café no Centro — diz Elise antes que eu possa fazer qualquer objeção. — Quer ir com a gente?

Pela primeira vez, os olhos da Mel se voltam para mim. Ela pisca, como que tentando descobrir quem eu sou, ainda que já tenhamos tido pelo menos seis aulas juntas desde que entrei no colégio.

— Mas a gente não tem permissão para sair do campus.

— E daí? — retruca Elise com um amplo sorriso.

— A gente vai acabar se ferrando! — reclama Mel.

— Então fica. — Elise pega a mochila. — Encobre pra gente, valeu? — Ela se vira para mim. — Vamos nessa, Anna.

AGORA

O CAPELÃO DA CADEIA ADORA FALAR SOBRE O MOMENTO DA VIRADA. Aquele em que escolhemos o caminho errado, o ponto a partir de onde não há mais volta. Isso deveria, supostamente, nos fazer refletir sobre quando tudo começou. Temos que nos conscientizar do que aconteceu, entender o erro em nossas atitudes. Assim sendo, revemos nosso passado, buscando os crimes e as consequências no decorrer de nossas curtas vidas até descobrirmos o momento crucial. A decisão que pode ter mudado tudo.

Esse foi o meu.

Posso vê-lo com tanta clareza quanto na hora em que estava parada ali: nós três na tumultuada sala da professora de educação física; o sol do meio-dia penetrando pela janela e o barulho da partida de lacrosse lá fora. Um convite. Uma aventura. Os olhos da Elise brilhando de ansiedade e expectativa. Melanie, com seu rosto arredondado contraído, mal disfarçando o ciúme. E eu, parada entre as duas.

Se eu tivesse dito não, tudo teria terminado ali. Elise teria voltado a perambular silenciosamente com seu grupinho perfeito de amigas, e eu a almoçar sozinha na biblioteca, atormentada pela Lindsay até o último dia de aula. Nossos mundos provavelmente jamais se cruzariam de novo; continuaríamos apenas passando uma pela outra nos corredores e seguindo em direções opostas, cada uma cursando sua própria faculdade, conquistando o primeiro emprego, escolhendo o vestido de casamento e ninando seus bebês, seguros e sorridentes em nosso colo.

Ela continuaria viva. E eu não estaria sendo acusada de matá-la.

PRISÃO

MINHA CELA TEM 3X4 METROS, COM PISO DE CONCRETO, PAREDES esbranquiçadas de cal e grades alaranjadas com a tinta já começando a descascar.

Estou aqui há 22 dias.

A *gaiola* contém apenas dois beliches de alvenaria, cada um com um colchão fino, e um vaso sanitário de metal aparafusado num dos cantos, cujo fedor me deixa com vontade de vomitar. Tudo aqui é aparafusado e arredondado, nenhuma quina pontuda que possa acidentalmente rasgar nossas roupas ou cortar nossos pulsos. Tenho um cobertor fino e lençóis que pinicam meu corpo, mas continua muito quente e eu ainda não consigo dormir direito, cercada pelo estranho e irregular ritmo da respiração das outras detentas.

São elas Keely, Freja e Divonne. Todas mais velhas, ou pelo menos aparentam ser, e após um primeiro olhar de cima a baixo, nenhuma das três presta muita atenção em mim. Andam de um lado para o outro com a camisa amarrada num nó acima do umbigo e os lábios pintados com batom contrabandeado, cumprimentando-se com soquinhos e conversando com as detentas do outro lado do corredor. Já estão aqui há um tempo, e continuarão por outro tanto, provocando umas às outras e rindo entre si em sua língua incompreensível. Não entendo uma única palavra, exceto pelo quê de amargura em suas vozes e os olhares desconfiados que lançam em minha direção quando estão falando de mim e de meus terríveis crimes.

Jamais pensei que fosse sentir falta do silêncio opressivo do isolamento, mas certas noites, eu sinto.

Eles nos acordam às seis, checam a cama, nos levam para tomar banho e, em seguida, para o refeitório. Fazemos fila para ganhar uma bandeja com um prato de mingau sem gosto e uma fruta já meio passada, e, então, comemos numa das longas mesas de metal. "Que nem no colégio", disse a jovem assistente do consulado americano durante uma de suas visitas semanais, tentando soar animada. Que nem no meu, não. Hillcrest oferece uma grande variedade de saladas e privilégios fora do campus; meu grupo se reunia na mesa da extremidade direita da cantina para que todo mundo pudesse nos ver.

Já perdi uns cinco quilos. Houve um tempo em que isso seria motivo de comemoração.

Terminado o café da manhã, temos um tempo livre, até sermos novamente obrigadas a fazer fila no refeitório, dessa vez para o almoço, e depois para o jantar. São tantas filas que meio que espero que nos peçam para dar as mãos, tal como as criancinhas na creche a caminho do parquinho. Pelo que eu soube, tenho sorte de não ser obrigada a trabalhar. Assim sendo, preencho os longos dias assistindo TV, lendo os surrados livros que encontro na biblioteca improvisada e me esforçando ao máximo para não cruzar os olhos com ninguém. Caminho por horas pelo gramado amarelado da área de exercício, tentando memorizar cada pedacinho de céu azul, a fim de invocá-lo mentalmente quando estiver de volta na cela à noite. A cadeia se situa na beirada de um penhasco, com o oceano se estendendo por trás das paredes de um lado, e uma enorme faixa de terra inóspita nos separando do restante da ilha do outro. Mas não podemos ver nem um nem outro, claro, apenas os muros sólidos encimados por arame farpado e as torres dos vigilantes que nos observam sem parar.

Posso fazer ligações das três às três e meia da tarde, mas não tenho ninguém para quem ligar. Papai está em Boston, tentando hipotecar novamente nossa casa para pagar o advogado. Os meus amigos voltaram para casa com os pais assim que a polícia lhes deu permissão para partir, e agora eles conversam com repórteres e entrevistadores, contando histórias e criando teorias a respeito de nós três: Elise, Tate e eu. Lamar me enviou cartas nas duas primeiras semanas, mas já não manda mais nada — só o vi nas fotos que os paparazzi tiraram quando ele atravessou os portões do colégio, a testa franzida e a mão esticada para bloquear as câmeras. Ele e Chelsea terminaram antes do verão; os pais dela e do Max estão pensando em se mudar de volta para a Califórnia a fim de fugir de tudo.

E tem o Tate. No momento ele está em algum lugar do outro lado da ilha, na segurança da redoma criada pelo dinheiro dos pais: acordando sozinho num quarto que pode trancar à vontade, tomando banho na privacidade de uma suíte, comendo cereal direto da caixa antes de sair para uma varanda com vista para o mar e se encontrando com cinco advogados escolhidos a dedo para montar sua defesa.

Até agora ele não veio me visitar. Não sei se aceitaria vê-lo se viesse. Ainda não consegui perdoá-lo pelo que fez — por me deixar encarar tudo isso sozinha.

Eles me informaram que o julgamento irá começar em quatro meses. Três, se eu tiver sorte. Todos os dias, fico imaginando como vou suportar tanto tempo.

Mas a verdade é que eu não tenho escolha.

O JULGAMENTO

A FOTO É EXIBIDA NO TELÃO. EMBORA TODO MUNDO JÁ A TENHA VISTO uma dúzia de vezes, ainda escuto os murmúrios de choque por toda a corte.

— Objeção! — Meu advogado se levanta num pulo. A juíza solta um suspiro, olhando para ele por cima dos óculos de aro fino.

— Suas objeções já foram ouvidas e registradas, doutor. Várias vezes.

Estou sentada em silêncio no banco das testemunhas. A promotoria vem tentando mostrar as fotos há semanas, e durante todo esse tempo meu advogado vem lutando para impedir. Elas não têm nada a ver com o caso. Estão fora de contexto. São prejudiciais. Se houvesse um júri, ele talvez tivesse vencido, mas aqui em Aruba não há júri algum para decidir meu destino. Somente a juíza Von Koppel, que já ressaltou inúmeras vezes o fato de já ter visto todas elas. Paciência, todo mundo viu. Desde o dia em que um jornalista vasculhou nossos perfis na internet e encontrou o pote de ouro, essas fotos vêm sendo divulgadas à exaustão, exibidas na primeira página de cada jornal do planeta.

— Srta. Chevalier, se puder olhar para a primeira foto... — O promotor aperta o botão novamente para ampliá-la. — Pode nos dizer quando ela foi tirada?

— Durante o Halloween — respondo de maneira relutante. — No ano passado.

— É a senhorita na foto?

— Sim.

— Com quem?

— O Tate — digo baixinho, cutucando a pele em volta do polegar esquerdo. Fui instruída a manter as mãos entrelaçadas, sem mexê-las, mas não consigo me controlar. A essa altura, todos os meus dedos estão feridos, as unhas roídas até o sabugo.

Ele continua esperando, de modo que inspiro fundo e completo:

— E a Elise.

— A vítima — declara ele, como se todos já não soubessem. — E do que vocês estão vestidas?

— Cheerleaders vampiras.

Dizer isso em plena corte soa tão idiota, mas é disso que se trata o Halloween, certo? Enfermeiras vulgares e gatinhas zumbis; rapazes com membros falsos e garotas com provocantes fantasias de princesa. Isso não significa nada; é apenas uma brincadeira. Não deveria ser usado como prova num julgamento, como se você tivesse planejado tudo desde o começo.

— A Elise e eu éramos líderes de torcida vampiras — repito. — E o Tate era um contrabandista de bebidas, eu acho. Algo condizente com a década de vinte. Como ele queria usar suspensórios e chapéu...

— E essas fotos foram tiradas na... residência dos Newport?

Faço que sim.

— Quero dizer, foram. Estávamos nos preparando para uma festa, mas combinamos de antes nos encontrar na casa dos gêmeos, o Max e a Chelsea, para nos vestir, maquiar, tirar fotos... essas coisas.

O promotor não mostra as outras fotos tiradas naquela noite. Max como jogador de futebol americano zumbi; Chelsea vestida de princesa Leia, com o cabelo preso em duas tranças grossas enroladas sobre as orelhas; Lamar como um Jesus negro, com uma túnica e uma cruz incrustada de pedras preciosas; Melanie com sua tradicional fantasia de Mulher Gato, reclamando que não sabia que Elise e eu tínhamos combinado de nos vestirmos iguais. A gente deve ter tirado uma centena de fotos naquela noite — nos arrumando, posando, e depois, durante a festa —, mas, é claro, ninguém está interessado no restante delas. Não quando eles têm as que precisam bem ali: mostrando exatamente o que querem que todos vejam.

— E o sangue nas...?

— É falso — interrompo.

— Sei. — Ele sorri de modo condescendente. — De quem foi a ideia?

— Não sei. A gente encontrou na internet — explico. — No mesmo site em que compramos as fantasias.

— *A gente*. Você quer dizer você e a srta. Warren.

— Isso mesmo.

Elise estava tão animada ao me mostrar o site. Perfeitas fantasias de terror, do tipo usado em filmes e videoclipes. Com direito a sangue, cicatrizes e machucados purulentos. Nós vasculhamos todas as opções, rindo e soltando gritos de nojo. Bebês alienígenas. Solteironas zumbis. Acabamos não escolhendo nenhuma dessas. Queríamos algo que fosse provocante também. Algo sedutor, mas que combinasse com o tema da festa.

— E a faca, de quem foi a ideia?

Sinto as bochechas corarem.

— Não lembro.

— Não lembra? Mas é você quem a está segurando, não é? — O promotor amplia a imagem ainda mais.

— É, sou eu. Quero dizer, eu não me lembro de quem foi a ideia. Eram tantas coisas acontecendo ao mesmo tempo. A faca não é minha — acrescento, lembrando que meu advogado me disse para parecer consternada ou retraída. Forço um sorriso educado. — Alguém pegou na cozinha, para as fotos.

— *Alguém* — repete ele de maneira arrastada, soando cético. — Mas você não lembra quem?

— Não — respondo num fio de voz.

— E vocês beberam durante a noite. — Isso não soa como uma pergunta, de modo que não digo nada. — Você costuma beber?

— Objeção.

Ele se vira para a juíza.

— Estou apenas tentando estabelecer o comportamento padrão da srta. Chevalier em festas.

— Prossiga. — Ela assente com um menear de cabeça. Ele se vira de volta para mim.

— Sobre a bebida... — questiona ele.

— Todos nós bebemos — protesto. — Um pouco de vinho ou vodca com energético, sabe? Os rapazes tomaram cerveja. O AK prefere fumar...

— Isso não é relevante. — Eu sou rapidamente interrompida. — Você, a srta. Warren e o sr. Dempsey. Vocês três beberam. — Ele passa para a foto seguinte, no intuito de responder a sua própria pergunta, e lá estamos nós: Tate despejando vodca em nossa boca.

— Sim, bebemos — admito. Sei o que virá a seguir, meu advogado me alertou. Ele irá me perguntar sobre maconha e outras drogas. Sobre o Frontal da minha mãe e as vezes que Elise tomou um opioide do pai. Sobre a cocaína que

Melanie viu Elise experimentar durante as Festas de final de ano e o ecstasy líquido que o Niklas tentou colocar na bebida dela na boate. Isso tudo soa péssimo, mas não tenho como contornar, a não ser mentindo, e muita gente viu coisas demais para que eu consiga escapar com uma mentira. Além disso, venho escutando a mesma coisa sem parar: diga apenas a verdade.

Inspiro fundo para me preparar, mas em vez disso o promotor passa para a foto seguinte.

— O que você pode me dizer sobre os colares?

Sou pega de surpresa.

— Como assim?

— Um colar foi arrancado do pescoço da vítima na noite do assassinato, e há uma possibilidade de que seja este que ela está usando aqui, nesta foto. Você tem outro igual. De onde eles vieram?

— Eu... eu comprei. — Olho de relance para o meu advogado, mas ele parece tão confuso quanto eu.

— Junto com as fantasias?

— Não, antes.

— Quando?

— Ahn, durante o verão, eu acho. — Faço uma pausa. — É, durante o verão. A gente estava em Northampton. Tem uma loja de bijuterias lá... — Faço outra pausa, ainda perdida.

— Por que você os comprou?

— Eu... não sei. — É uma armadilha, eu sei, só pode ser, mas não consigo imaginar o motivo nem o que ele pretende com isso. — Foi só uma lembrancinha — explico. — A gente costumava fazer isso: comprar duas coisas iguais, para que a outra tivesse também. Para combinarmos.

— Mas por que esse colar em particular?

— Achei bonito. — Dou de ombros. — Apenas isso.

— Pode me descrever como eles eram?

Meu advogado assume uma expressão de pânico, mas continuo sem entender o motivo, de modo que dou de ombros de novo e respondo.

— É um colar com um pingente geométrico. Sabe, tipo um...

Paro no meio da frase. De repente, eu percebo. Esse era o plano dele o tempo todo, muito pior do que jamais poderíamos imaginar, porém a palavra está suspensa no ar, esperando ser proferida.

— Tipo o quê, srta. Chevalier? — pergunta ele num tom mais alto, a voz ecoando por toda a sala. — Como era o pingente desse colar que você comprou para Elise?

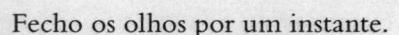

Fecho os olhos por um instante.

— Um pentagrama — respondo num sussurro.

— Fale claramente, srta. Chevalier.

Eu repito. Outra onda de murmúrios se espalha por toda a sala: choque, especulação.

— Espera um pouco — acrescento rapidamente. — Não é o que parece. Isso não significa...

— É o suficiente — interrompe ele. — Sem mais perguntas.

— Você não pode fazer isso! — Levanto num pulo. — Não é o que parece!

— Srta. Chevalier — intervém a juíza. — Já chega! Preciso colocá-la de volta sob custódia?

Despenco novamente no banco. As fotos continuam na tela. Elise, Tate e eu, cobertos de sangue falso. Eu segurando a faca junto da garganta dela. Tate com a camisa aberta, abraçando nós duas. Elise e eu lambendo o xarope de morango da lâmina. Um close nos colares com pingentes em forma de pentagrama.

Dizem que uma imagem vale mil palavras, mas essas gritam apenas uma: Culpada.

ANTES

PASSO O INÍCIO DA TARDE COM ELISE NUM CAFÉ NO CENTRO DA CIDADE, conversando, rindo e usando pacotinhos de açúcar para adoçar nossos amargos expressos enquanto observamos de olho comprido os garotos da faculdade, com os cabelos naturalmente bagunçados, teclando em seus laptops. Isso é novidade para mim. Nunca fui uma daquelas garotas que andam de braços dados na rua, com as cabeças curvadas sobre uma revista, e com pulseirinhas de amizade já quase caindo dos pulsos de tão puídas. Fico desconfiada a princípio, ainda esperando por algum comentário mordaz, uma alfinetada maliciosa, mas isso não acontece. Elise parece livre, leve e solta, tendo desfeito o impecável rabo de cavalo e dobrado a cintura da saia para encurtá-la um tiquinho. Está mais animada, mais falante, quase ofegante de tanto rir das fofocas, como se viesse mantendo esse seu lado escondido há anos e não conseguisse mais se impedir de soltar uma enxurrada de comentários femininos maliciosos ou de falar sobre seus sonhos e planos de viajar pela Europa antes de entrar para a faculdade, que pretende cursar na Califórnia, bem longe dos pais.

Sou envolvida por sua exuberância, pelo pequeno e aconchegante ninho da amizade fácil, como uma réstia de sol sobre um chão congelante de inverno. Enquanto bebericamos nossos cafés e acompanhamos o indie rock que sai das caixas de som, me pego começando a ter esperanças de que, de agora em diante, as coisas venham a ser diferentes, quem sabe. Observo sua expressão animada, os braços abertos para ilustrar a história que está me contando, e vejo desabrochar uma versão alternativa de minha própria vida pela primeira vez: a versão em que tenho um lugar legal para me sentar durante o almoço, uma parceira de laboratório de química e planos melhores para depois da escola do que me enroscar sozinha no sofá da sala de estar para comer uma pizza que comprei no caminho para casa enquanto assisto TV.

Mas então voltamos para o colégio a tempo de assistir à última aula, e Elise desaparece. De volta para Lindsay e seu velho grupinho de amigas, seguindo-as mais uma vez pelos corredores — sempre meio passo atrás, baixando os olhos ao passar por mim junto ao meu armário. De volta à garota tímida e submissa que fingia ser.

Já eu... volto a ser uma completa ninguém.

Sei que eu não deveria ficar surpresa. O que ela poderia fazer? Mandar as amigas se foder, dar um pé na bunda do mundo delas e se tornar uma pária?

De todas as sinas do colégio, essa é a pior. Não é melhor ser a tímida ou a que pega geral ou a junky ou a bully do que a *sozinha*? Do resto você até pode rir, virar as costas ou fingir que não é verdade, mas quando está sozinha, não há a quem recorrer. Você precisa dos outros: gente com quem se sentar para almoçar, para segurar seu lugar na fila ou esperar o ônibus com você depois da aula. Estar sozinha sinaliza que você é esquisita. Diferente.

Não a culpo. Diabos, se fosse eu no lugar dela provavelmente faria a mesma coisa, mas isso não diminui a fisgada em meu peito sempre que ela finge não me ver e seu grupo explode num coro de risadinhas. Volto a almoçar sozinha em meu lugar de honra na biblioteca, ignorando os murmúrios e o jeito nem um pouco sutil com que os garotos do time de futebol americano farejam o ar quando estão perto de mim — o legado da pegadinha do milk-shake. Assim se passa uma semana, depois outra e mais outra e, em pouco tempo, sinto como se nossa tarde tivesse sido um sonho, uma experiência onírica.

Até que, certa tarde, Elise me encontra chorando no banheiro feminino do segundo andar, três dias antes do início do spring break.

— Anna?

Dou um pulo ao escutar sua voz e me viro, em pânico. Consegui permissão para sair da aula de francês antes que o sinal tocasse. Será que alguém me viu sair e me seguiu?

— Ei, tá tudo bem, sou só eu. — Elise fecha a porta e se aproxima. Ela está com a aparência de sempre, com seu rabo de cavalo bem-comportado e o blazer decorado com broches de conquistas estudantis. Recuo de forma instintiva. — Anna? Anna, o que houve?

Não consigo falar. As lágrimas que segurei o dia todo irrompem em soluços ruidosos. Não são lágrimas delicadas, e sim compulsivas e zangadas, e tudo o que consigo fazer é me escorar na parede e deslizar até o chão, os ombros subindo e descendo de maneira entrecortada, meu tronco inteiro corroído pela dor.

Elise se agacha ao meu lado e faz menção de pegar minhas mãos, mas eu me encolho, tentando me afastar. Odeio que ela esteja vendo isso. Odeio desmoronar.

— Por favor... — consigo dizer numa voz rouca e arranhada. — Sai daqui.

— *Shhh*. — Ela se levanta e, por um segundo, acho que vai acatar meu pedido e ir embora, mas em vez disso pega um punhado de folhas de papel para secar as mãos. Em seguida, se senta ao meu lado no piso frio de lajotas. — Foi a Lindsay? Ela fez alguma coisa? Eu disse para ela te deixar em paz, mas...

Lindsay? Tento rir, mas tudo o que sai é uma espécie de soluço esganiçado em meio às lágrimas. Faço que não.

— Não, não é... não é isso.

Elise espera, acariciando minhas costas em círculos lentos e tranquilizadores, e por fim — após vários e longos minutos — meus soluços cedem, deixando apenas uma forte sensação de exaustão e o pulsar de uma incipiente dor de cabeça.

— Aqui. — Ela umedece algumas folhas de papel e começa a passá-las no meu rosto. Tento me afastar novamente, mas ela revira os olhos. — Confie em mim. Seu rímel não é à prova d'água. — Paro de lutar e a deixo cuidar de mim, dos meus olhos vermelhos pelo choro e do meu cabelo emaranhado, até que não resta mais nada a fazer, apenas o silêncio entre nós no banheiro vazio. — Sinto muito — diz por fim, numa voz suave e temerosa. — Eu não devia ter te abandonado desse jeito, mas...

— Você acha que isso tem alguma coisa a ver com você? — Tento rir de novo, e dessa vez consigo emitir uma risada rouca. — Você não... — Me interrompo, buscando as palavras certas, mas não encontro nenhuma. — O mundo é maior do que o colégio — digo finalmente.

Ela espera.

— Pode ir agora. — Inspiro fundo, me forçando a me acalmar. — Estou bem.

Elise não se mexe.

— É sério. — Passo o papel novamente no rosto e assoo o nariz. — Estou bem, viu? — Forço um sorriso. — Não é nada.

— Até parece. — Sua voz soa baixa, porém clara. — Vamos lá, Anna. Fala comigo.

Ela envolve minhas mãos entre as dela e me força a encará-la. Inspiro fundo de novo, pronta para descartar sua preocupação com algum comentário engraçado ou sarcástico, mas, em vez disso, as palavras escapam da minha boca sem que eu queira.

— O câncer voltou. Minha mãe... — Minha voz falha, e eu caio novamente no choro.

— Ah, Anna... — Elise me puxa para um abraço. — Eu sinto muito. Não pensei...

O sinal toca, mas a gente não se move até que a porta do banheiro se abre e o ruído lá de fora penetra o ambiente.

— Não, você não pode perguntar isso pra ele. — Escuto uma voz familiar. — Quero dizer, ele... — A voz para no meio da frase. — Hum, oi?

Erguemos os olhos e nos deparamos com Lindsay e um bando de outras garotas paradas na porta do banheiro, olhando para a gente com expressões idênticas de desdém.

— Elise? — Lindsay franze a testa. — O que você está fazendo?

— Encontra outro banheiro, valeu? — Elise não me solta. — Estamos ocupadas.

— Estou vendo. — A voz da Lindsay esbanja sarcasmo. — Vocês parecem bem aconchegadinhas aí.

Elise se vira de costas para ela, voltando a atenção novamente para mim.

— Acha que consegue se levantar?

Faço que sim, sem palavras.

— Uau, alguém feriu seus sentimentos? — pergunta Lindsay de forma exultante. Eu a ignoro, aceito a mão de Elise e a deixo me colocar de pé. — Ou será que a gente, hum, interrompeu alguma coisa? — Ela ri. — Foi por isso que você não aceitou sair com o Carter, Elise?

— Ah, vai se foder! — Elise a fita com irritação. As garotas soltam um coro de arquejos, mais de satisfação do que de choque. A expressão da Lindsay muda.

— O que foi que você disse?

— Você me ouviu. Agora sai da porra da minha frente. — Elise me empurra na direção delas, da porta, e eu avanço aos tropeços, cansada demais para fazer qualquer coisa que não seguir suas instruções.

O grupo abre espaço, todas menos Lindsay, que se mantém onde está, bloqueando meu caminho.

— Acho que você deveria pensar melhor sobre isso que falou — diz ela para Elise, a voz baixa e furiosa, em tom de ameaça.

— Não preciso, não. — Elise mantém a mão em minhas costas, me guiando, mas eu paro. Ela não deveria estar fazendo isso, chutando o pau da barraca só porque eu não consegui me controlar.

— Tá tudo bem — digo para Lindsay baixinho. — Ela só ficou... com pena de mim. Ela não... nós não somos amigas.

— Anna — começa Elise, mas eu a interrompo.

— Tá tudo bem — repito para ela. — De verdade. Eu entendo.

Sigo para a porta. Finalmente, Lindsay sai da frente.

— A gente se vê na aula de educação física — diz Lindsay assim que eu passo e começo a me afastar, a cabeça baixa em sinal de derrota. Enquanto prossigo, ouço-a dizer para Elise. — Isso foi inaceitável. Você sabia que...

— Que o quê? — A voz da Elise ecoa às minhas costas. — Que você é uma piranha insensível?

Tropeço, surpresa. Ela não disse...

Disse, sim. E, pelo visto, ainda não terminou.

— Desculpe ser eu a te contar — fala Elise, alto o bastante para atrair a atenção de todos os alunos que estão passando pelo corredor. — De qualquer forma, a essa altura todo mundo já percebeu! E, para sua informação, a Anna e eu *somos* amigas.

Escuto uma série de passos apressados e, um segundo depois, Elise está ao meu lado.

— Você não precisava ter feito isso — digo baixinho, sentindo um bolo de lágrimas se formar novamente em minha garganta.

— Precisava, sim. — Ela engancha o braço no meu. — Agora, me conte tudo.

É o que eu faço.

Achei que fosse ser difícil, mas passei tanto tempo guardando essa história só para mim que acaba sendo fácil. Um alívio. Seguimos para o Centro da cidade de novo, as palavras saindo numa enxurrada enquanto conto o que aconteceu da primeira vez. As tomografias e as biópsias, as horas sentadas esperando em cadeiras de plástico duro nos corredores de hospitais iluminados por luzes fluorescentes. As sessões de quimioterapia e radioterapia, os longos tufos de cabelo entupindo o ralo da pia do banheiro. Tentamos transformar a coisa toda num jogo, com DVDs e revistas idiotas; a Sexta-Feira do Sorvete, chupando picolés ao lado da cama dela durante sessões de quimio que a deixavam com a pele cada vez mais pálida, enquanto todos falavam alto demais sobre "a luta", "sua jornada" e sobre ser uma "sobrevivente". Vale a pena, era o que diziam. Ela de fato havia melhorado, os exames mostraram que estava tudo bem e o drama chegara ao fim.

Até agora.

— O pior é que sinto como se já tivesse perdido ela. — As palavras soam como traição, mas preciso botá-las para fora. — Ela enfraqueceu tão rápido da primeira vez, durante o tratamento... — explico. — Na maioria dos dias, minha mãe quase não conseguia ficar acordada. O que não me incomodava. Quero dizer, incomodava, mas eu compreendia. Ela estava doente. E eu fiz tudo que estava ao meu alcance: me sentava com ela, dava comida, passava a noite inteira acordada... deixei todo o resto de lado. Era como se eu pudesse, sei lá, curar ela se me esforçasse o bastante, entende?

Elise faz que sim.

— Eu imaginava que tudo daria certo no final. Tinha que dar. Ela iria ficar curada e voltaria a ser a mãe que eu conhecia. Mas mesmo depois que acabou o tratamento, minha mãe nunca mais voltou a ser a mesma.

Paro de andar. A essa altura, as ruas já estão escuras, repletas de pessoas voltando para casa do trabalho, mas não me movo.

— Ela se tornou... obcecada — continuo. — Passou a só comer coisas saudáveis, a praticar meditação e a frequentar grupos de apoio para sobreviventes. Isso virou a vida dela. Minha mãe gasta todo o tempo livre em retiros espirituais e academias de ioga. Ela sequer sabe que eu existo.

Elise cobre minha mão com a dela, a luva de couro preta em contraste com a minha de lã vermelha.

— Acho que eu não consigo passar por tudo isso de novo. — Minha voz treme. — Sinto como se tivesse perdido a mim mesma tentando fazer ela melhorar... e nunca mais me reencontrei. Não posso repetir toda essa história. Nem sei mais quem eu sou.

Qualquer outra garota teria se manifestado agora, me assegurado de que minha mãe sabe que eu existo, sim, e que ela me ama. Que tudo vai ficar bem. Mas Elise não.

— Então a gente devia fazer alguma coisa — diz ela por fim. — Algo só pra você. Para que você possa se lembrar de quem é.

— Tipo o quê?

Ela abre um lento sorriso.

— Confia em mim?

Dou de ombros.

— Qual é, Anna. Não confia em mim?

Sinto vontade de rir, mas algo na expressão dela me mantém parada ali, no meio da calçada repleta de gente: determinação. É o bastante para me fazer acreditar no que ela está dizendo, que não preciso me perder novamente. E, por Deus, isso é tudo o que eu quero.

Não posso passar por tudo aquilo de novo.

Assim sendo, faço que sim.

— Eu confio em você.

★ ★ ★

A mecha rosa tem cinco centímetros de largura, e começa logo atrás da minha orelha esquerda. Elise fez uma também, no mesmo lugar, só que de um azul bem escuro. Elas não aparecem, a não ser que a gente puxe o cabelo para trás, aí então surgem: esplendorosas, brilhantes, ousadas. Destemidas.

Ninguém diria que uma mecha de cabelo pintado poderia fazer tamanha diferença, mas faz. Olho para ela todas as noites, enquanto minha mãe retoma a quimioterapia e volta a se tornar aquele estranho ser pálido, tomando suco de canudinho e dormindo a maior parte do dia. Fito o espelho e lembro quem eu sou. Eu estou ali; eu existo.

Vou ficar bem.

AGORA

TODO MUNDO PARECE ACREDITAR QUE A CULPA É MINHA. OS PROMO- tores, os pais da Elise, os repórteres, os noticiários da TV. Eles dizem que eu a desviei do caminho certo; que peguei uma garota doce e inocente, uma excelente aluna, e a transformei numa perdida igual a mim. Que a induzi a matar aula, a ficar na rua até tarde e a encher a cara em bares de quinta categoria, até ela começar a transar com desconhecidos nos banheiros de boates onde jamais deveriam ter nos deixado entrar.

Enfim, que a levei para o mau caminho.

Isso tudo soa péssimo, eu sei, mas a verdade é que induzimos uma à outra, tal como aprendemos nas aulas de ciência. Simbiose. Eu era a parceira de crime que ela vinha esperando: a mão para segurar enquanto corria, rindo, para longe dos portões cobertos de hera que a mantiveram presa a vida inteira. E Elise... ela foi a minha catalisadora. O brilho em meus olhos, o despertar da emoção em meu âmago, a voz que me incitava a ser mais ousada, corajosa, a não me esconder para passar despercebida.

Nós duas fomos responsáveis pelo que nos tornamos, o que, em minha opinião, significa que precisamos dividir a culpa. Se Elise é a razão de tudo o que aconteceu comigo, então sou culpada por seu destino também. Somos igualmente culpadas.

Exceto que ela se foi, e eu estou mais uma vez sozinha. Assim sendo, a culpa — seu grande peso, os meses de furiosa e amarga especulação da mídia, de ódio desmedido — recai totalmente sobre mim. Alguns dias, sinto como que me afogando nessa culpa, como se jamais fosse retornar à superfície. Era ela quem sempre me botava de pé, a mão que eu segurava quando sentia que estava caindo. Elise me salvou, e agora ela se foi.

Como vou continuar por conta própria?

A NOITE

A PRIMEIRA LEVA DE PERGUNTAS É SIMPLES: "QUANDO VOCÊ VIU ELISE pela última vez?", "O que vocês fizeram nesse dia?", "Você viu alguém suspeito rondando a casa?".

Eles nos chamam de um em um para a sala de interrogatório, enquanto os demais aguardam, desolados e exaustos, nas cadeiras de plástico amarelas do saguão da delegacia, cercados por pessoas que nos olham com um mal disfarçado pânico. Ligamos para nossos pais a fim de lhes dar, aos prantos, a terrível notícia, e agora não há mais nada a fazer a não ser esperar. Chelsea está com uma expressão abatida e os olhos vermelhos. Encontra-se sentada, sem se mexer, com a mão do Lamar entre as suas e o olhar fixo nas manchas de sangue em seu jeans. Melanie está toda encolhida, abraçando os joelhos, a voz rouca de tanto chorar. Mal consigo olhar para eles. Meu corpo inteiro parece uma corda de violão, tenso em decorrência do choque e da adrenalina, como se meus átomos estivessem prestes a explodir e se espalhar pelo mundo.

Levanto num pulo.

— Mel, você tem alguma moeda?

Ela pisca para mim por trás da franja preta e reta.

— É para a máquina. Preciso de um refri. — Aponto com a cabeça para a *vending machine*. Mel vasculha lentamente a bolsa, como se estivesse se mexendo debaixo d'água, e me entrega algumas moedas.

Vou até a máquina situada ao lado da mesa da recepção. Os funcionários da delegacia parecem tão chocados quanto eu; pelo que nos disseram inúmeras vezes, esse tipo de coisa não acontece aqui. Essa é uma ilha segura. Alguns furtos, violações de trânsito por excesso de álcool, tudo bem, mas assassinato? A primeira patrulha a chegar na casa não tinha a menor ideia do que fazer. Um deles ficou simplesmente parado lá, inexpressivo, olhando para o sangue, enquanto o outro vomitou no corredor e voltou para fora aos tropeços. Levou outra meia hora para que mais policiais chegassem, e mais tempo ainda para que alguém ousasse se aproximar do corpo. Eles entraram e saíram do quarto a noite inteira, e já eram quase cinco da manhã quando ela foi finalmente colocada numa maca e removida.

Insiro várias moedas na máquina até que me dou conta de que os preços estão em euro, não em dólar. Ela não aceita dinheiro americano. Vasculho os bolsos, mas não encontro nada. Após tudo o que aconteceu, é a lata de Coca-Cola fora do alcance que me faz desmoronar. Bato na máquina e solto um palavrão, que ecoa pela sala silenciosa. Todos se viram para mim.

— Desculpa — murmuro, voltando para minha cadeira. Tate está sentado no chão diante de mim com as pernas esticadas. Apoio uma das mãos em sua cabeça e entrelaço os dedos em seu cabelo. Ele se vira e me oferece a sombra de um sorriso, mas é o suficiente para me acalmar. Sempre é.

— Ele está lá há séculos. — Chelsea não consegue desviar os olhos da porta da sala de interrogatório. É a vez do Max, e ela fecha o casaquinho em volta do corpo, ansiosa pelo irmão. — Por que estão segurando ele tanto tempo?

Silêncio.

— Foi ele quem encontrou o corpo — respondo. — O Max foi o primeiro a entrar no quarto. A porta da varanda aberta...

— Eu ainda acho que a gente não deveria estar falando com eles. — Tate começa a balançar o pé de novo. — Não sem um advogado. — Ele se vira para Akshay. — Seu pai não disse que estava arrumando um?

Silêncio.

— AK? — Chelsea o cutuca de leve. AK se encolhe. — Seu pai, o advogado?

Ele dá de ombros. Está com uma expressão distante nos olhos escuros, como se não estivesse vendo nenhum de nós. Em geral, é ele quem tem uma resposta na ponta da língua, uma piadinha pronta, mas agora parece exaurido. Alheio a tudo.

— Além disso, somos menores de idade — acrescenta Tate. — Não deveríamos entrar lá sozinhos.

— Eles precisam descobrir o que aconteceu — digo para ele com delicadeza. — Para que possam encontrar o cara que fez isso.

— E se ele ainda estiver andando por aí? — Melanie se vira para a gente, os olhos arregalados. — E se ele voltar?

Segue-se uma longa pausa. Pela primeira vez, paro de pensar no que aconteceu e penso no futuro, no que ainda pode acontecer.

— Vamos para um hotel — sugere Lamar, o único com a voz firme. Ele pega a mão da Chelsea, e tenta nos tranquilizar. — Vamos ficar juntos.

— Mas ele pode estar atrás da gente! — A voz da Melanie falha. — A gente não sabe por que ele fez isso com ela. Pode ter sido por qualquer motivo, pode...

— Mel — chamo sua atenção. — Se acalma.

— Como você...?! — As lágrimas irrompem, correndo rápido por suas bochechas. — Você viu... você viu o que ele fez com ela!!! Elise deve ter ficado com tanto medo, e não tinha ninguém lá, e... — Ela recai num choro histérico, ofegando em busca de ar. — Eu não consigo... não consigo...

— Melanie. — Chelsea tenta pegar a mão dela, mas Mel se afasta. Ela arqueja sem parar, curvada para a frente, hiperventilando. — Mel!

— Vou pegar um saco de papel. — Levanto num pulo. — É isso o que a gente deve fazer, certo? Um saco de papel?

Todos me fitam, inexpressivos. AK continua com o olhar perdido; Tate também parece não saber o que fazer, e Chelsea começa a vasculhar a bolsa inutilmente em busca de algo.

— Galera! — O rosto da Melanie está inchado, vermelho, a respiração chiada, o corpo inteiro tremendo, de modo que atravesso o saguão e lhe dou uma forte bofetada.

Ela para e me fita de boca aberta. Mas a respiração volta ao normal.

— Está tudo bem — digo baixinho. — Mas você precisa se acalmar. Pode surtar mais tarde, mas no momento temos que ser fortes. Pela Elise.

Melanie faz que sim sem falar nada, mas puxa os joelhos para junto do peito e os abraça novamente, virando o rosto para o outro lado. Solto um suspiro.

— Desculpa — murmuro. Ela não responde.

As portas da delegacia se abrem e um homem de aparência séria entra pisando duro. Ele esteve na casa com os outros policiais também, um sujeito baixo e corpulento, calvo. Embora não esteja de uniforme, as pessoas rapidamente abrem caminho ao vê-lo vir em nossa direção.

— Aconteceu alguma coisa? — pergunto. — Descobriu algo?

Ele nos fita por um momento sem dizer nada; em seguida, se vira e segue para a sala de interrogatório, batendo a porta ao entrar.

Engulo em seco.

— Talvez você tenha razão — falo baixinho para Tate. — Talvez a gente devesse ter esperado pelo advogado.

★ ★ ★

Assim que Max termina, o careca chama Tate, que fica lá dentro por cerca de uma hora. Chelsea e Mel tentam dormir um pouco, esticando-se na fileira de cadeiras, com os casacos dobrados sobre o rosto para bloquear as luzes fluorescentes do teto. Eu nem tento. Todas as vezes que fecho os olhos, vejo Elise me encarando, o olhar vidrado, sem vida. Assim sendo, os mantenho abertos — jogando Tetris e Super Mario no celular até meu mundo inteiro se reduzir a fileiras de pequenos blocos coloridos e eu não ter sequer espaço para pensar. É uma bênção. Enquanto eu puder manter a mente ocupada com comandos de pular, direita e esquerda, posso fingir que estou em qualquer lugar — esperando uma carona ou matando tempo na sala de estudos. Qualquer lugar que não aqui, por qualquer motivo que não este.

— Anna?

A princípio não registro a voz, de tão focada que estou na pequena tela.

— Anna. — A voz do Lamar é mais ríspida. — O juiz Dekker quer falar com você. — Ergo os olhos e vejo o careca esperando, o rosto impassível. Tate sai da sala atrás dele parecendo exausto, o corpo alto ligeiramente curvado.

— Eu já fui — respondo.

O tal Dekker faz sinal para mim.

— Só mais algumas perguntas.

Não quero entrar lá de novo e repetir tudo o que eu já disse. O telefone, a porta, o sangue.

— Estou exausta — falo num tom quase de súplica. — Não podemos fazer isso amanhã?

Ele não se comove.

— Srta. Chevalier.

Eu me levanto e vou arrastando os pés em direção à sala, cruzando rapidamente os olhos com AK enquanto prossigo. Ele parece tão assustado que me inclino ao passar.

— É melhor não demorar muito mesmo — brinco, conseguindo forçar um débil sorriso. — Eu tô com tanta fome que poderia trucidar um boi.

O JULGAMENTO

— **ELA DISSE ISSO? — DEKKER FAZ UMA PAUSA DRAMÁTICA, COM UM** quê de horrorizado. — Trucidar?

— Ã-hã. — AK está sentado com um ar confiante no banco das testemunhas, como se estivesse esparramado nos degraus da frente do colégio assistindo ao treino das líderes de torcida. A confusão e o olhar distante daquela noite há muito desapareceram. Aqui está o AK que, uma vez por semana, participa como comentarista do *Clara Rose Show*, oferecendo sua valiosa opinião a respeito de notícias, crimes e, é claro, deste caso. Semana passada ele fechou um acordo milionário para escrever um livro. Hoje, está usando uma camisa de grife e um blazer com um lenço vermelho no bolso, tudo em prol das câmeras.

Até o momento, ele não olhou para mim uma vez sequer durante seu testemunho.

— E como estava o humor dela na fatídica noite? — pergunta Dekker.

Meu advogado se levanta num pulo.

— Objeção.

Dekker lhe oferece um sorriso crocodiliano.

— Deixe-me reformular a pergunta. Como a acusada estava reagindo? Ela devia estar muito emotiva. Afinal, vocês tinham acabado de passar por um trauma terrível.

Sinto a tensão em meu advogado, como se quisesse objetar de novo, mas ele não o faz.

— Ela estava... normal — responde AK. — Isso é que foi estranho. Quero dizer, estávamos todos arrasados. A Mel chorava sem parar, e a Chelsea... O Max mal conseguia ficar de pé. Mas a Anna estava totalmente calma. Como se nada tivesse acontecido.

— Ela não chorou? — Dekker soa novamente chocado, mas após o teatro que ele vem armando a semana inteira, isso não me surpreende nem um pouco. O cara poderia entrar em qualquer produção da Broadway a hora que quisesse.

— Em momento algum. — AK dá de ombros. — Pelo menos, não que eu tenha visto, e nós ficamos juntos a noite inteira. Ela também não chorou quando encontramos o corpo, ou quando a polícia chegou. Ela não fez nada, a não ser...

— O quê?

— Ela bateu na máquina de refri da delegacia. Simplesmente explodiu, xingando e tudo o mais.

— Uma violenta explosão verbal? — Dekker se vira para a sala a fim de reforçar seu argumento. Está repleta de repórteres, além da família da Elise e dos meus antigos amigos, todos sentados em fileiras para assistir ao *showzinho*. No momento, eu só tenho meu pai aqui comigo, e meu advogado, tentando o melhor que pode.

— Foi estranho. A gente ficou assustado. — AK faz que sim. — Foi como... uma explosão de ódio. De puro ódio. A Anna parecia possuída. E depois ela bateu na Melanie.

— Objeção!

Dekker solta uma risadinha debochada.

— O advogado de defesa faz objeção ao que a testemunha está relatando? Não posso imaginar o motivo.

Meu advogado assume uma expressão irritada.

— Está nos autos... um tapa. A srta. Chan estava hiperventilando.

A juíza assente com um menear de cabeça impaciente.

— Objeção aceita. Continue.

Dekker faz uma breve pausa.

— Sem mais perguntas.

A juíza Von Koppel anota alguma coisa, uma loura fria com olhos de aço.

— Algo mais?

Passo um bilhete para meu advogado, que o lê rapidamente e, em seguida, se levanta.

— Sr. Kundra, essa história de trucidar, matar um animal, era uma expressão corrente no grupo de vocês, não era?

AK tosse.

— Hum, era.

— Vocês passavam a dimensão da fome usando animais cada vez maiores — explica ele para que todos entendam. — Estou com tanta fome que poderia matar um porco ou um boi ou um elefante. Estou certo?

— Sim, mas...

— Na verdade, você mesmo já disse isso em várias ocasiões. — Ele levanta um pedaço de papel. — Estou tão faminto que poderia trucidar a droga de um rinoceronte.

— É, mas isso foi uma brincadeira! — exclama AK.

— Certo. E foi exatamente o que a srta. Chevalier fez, não foi? Uma brincadeira?

AK se encolhe na cadeira, já não tão confiante.

— Sr. Kundra, responda à pergunta.

— Claro, ela estava brincando.

Meu advogado se vira e me oferece um sorriso, mas AK ainda não terminou.

— Era hora de fazer uma coisa dessas? — continua ele, a voz reverberando pela sala silenciosa. — Ela estava morta. Alguém cortou a Elise em pedaços. Estávamos todos cobertos de sangue, e ela resolve brincar assim? Era hora de fazer uma coisa dessas?

— Sem mais perguntas — rebate meu advogado rapidamente, porém tarde demais. Um zum-zum-zum de concordância emana da multidão enquanto AK volta para sua cadeira.

O estrago está feito.

AGORA

TERIA FEITO ALGUMA DIFERENÇA SE EU TIVESSE CHORADO? TIVE MUITO
tempo para pensar a respeito, mas mesmo agora, não tenho certeza. Se eu tivesse
desmoronado, gritado e me debulhado em lágrimas... Se tivesse me encolhido
numa bola, tremendo, num canto da delegacia e me recusado a prestar depoimento. Será que eles teriam acreditado em mim? Ou será que teriam encontrado
outro jeito de virar o jogo, dizendo que meu pesar era remorso pela coisa terrível
que eu havia feito? Que minha dor era exagerada demais, pública demais, que
tudo não passava de encenação. Puro fingimento para desviar a atenção.

A verdade é que assim que Dekker meteu na cabeça que o arrombamento
tinha sido forjado e que um de nós a havia matado, não havia mais nada que eu
pudesse fazer. Ele me pegou para Cristo, e todos os pequenos detalhes da minha
vida viraram provas dessa culpa, bastava segurá-los sob a luz e analisá-los pelo
ângulo certo.

Ele queria a minha cabeça, e eu era o bode expiatório perfeito.

PRIMEIRO INTERROGATÓRIO

VOZ: **Aqui é o policial Carlsson. Também presente está o juiz investigador Dekker. Registro da primeira conversa com Anna Chevalier. 5h52.**

ANNA: **Segunda.**

CARLSSON: **O quê?**

ANNA: **É a segunda vez que falo com vocês. Já fui interrogada antes.**

CARLSSON: **Certo, mas agora estamos gravando. E o juiz Dekker tem algumas perguntas também.**

ANNA: **Juiz? Mas... não estamos na corte.**

CARLSSON: **Em Aruba, quem comanda a investigação é um juiz. Pense nele apenas como mais um detetive.**

ANNA: **Estou cansada. Não podemos fazer isso amanhã? Não dormi... não dormi a noite inteira.**

CARLSSON: **Não vamos demorar. Agora, quando você viu Elise pela última vez?**

ANNA: **Não deveria ter um advogado presente?**

CARLSSON: **Eu...**

DEKKER: **Você não está sendo presa. São apenas perguntas simples.**

ANNA: **Mas o Tate falou...**

DEKKER: **Você não quer ajudar a encontrar a pessoa responsável por isso? Precisamos que vocês falem com a gente para que possamos encontrar o assassino.**

ANNA: **Tem razão... tudo bem. Posso pegar alguma coisa para beber? Água ou qualquer outra coisa?**

DEKKER: **Depois.**

ANNA: **Estou cansada, ok? Preciso beber alguma coisa.**

DEKKER: **Depois que você responder às perguntas.**

CARLSSON: **Mas senhor, não devemos...**

DEKKER: **Tudo bem. Pegue um copo d'água para ela. Interrogatório interrompido. 5h56.**

(pausa)

DEKKER: **Interrogatório retomado. Então, quando você viu a srta. Warren pela última vez?**

ANNA: **Ontem à noite. Ou melhor, segunda à noite. Nós todos saímos para jantar e, em seguida, para os bares da avenida principal.**

DEKKER: **E depois?**

ANNA: **Depois voltamos para casa e desmaiamos. Acho que eram umas duas da manhã. Essa foi a última vez que eu vi a Elise.**

DEKKER: **Ela não estava em casa pela manhã?**

ANNA: **Não. (pausa) Quero dizer, a gente achava que sim, mas eu não vi. Fui até o quarto chamar ela, mas a porta estava trancada. Imaginamos que ela ainda estivesse dormindo.**

DEKKER: **A que horas foi isso?**

ANNA: **Umas nove, eu acho. Tínhamos combinado um passeio de mergulho, e o pessoal saiu por volta das dez. A gente mandou mensagens, mas a Elise não respondeu, de modo que concluímos que ainda estivesse dormindo.**

DEKKER: **A porta do quarto estava trancada. Você não achou isso estranho?**

ANNA: **Não. Quero dizer, a Elise gostava de privacidade, e... ela tinha ficado com o Niklas na noite anterior.**

DEKKER: **Ela bebeu?**

(pausa)

DEKKER: **Srta. Chevalier?**

ANNA: **Bebeu. Todos nós bebemos. Aqui não é ilegal.**

DEKKER: **Sei disso.**

(pausa)

DEKKER: **Por que você não foi para o passeio com os seus amigos?**

ANNA: **Eu e o Tate resolvemos ficar. Estávamos... exaustos. De ressaca. Achamos melhor ficar descansando na praia.**

DEKKER: **A que horas foi isso?**

ANNA: **Não sei. Saímos de casa por volta de meio-dia e meia, eu acho. E passamos o dia quase todo na praia.**

DEKKER: **Vocês ficaram juntos o tempo todo?**

ANNA: **Ficamos.**

DEKKER: **Não se separaram hora nenhuma? Para ir a alguma loja ou usar o banheiro?**

ANNA: **Não.**

DEKKER: **Você não foi ao banheiro?**

ANNA: **Não. Quero dizer, fui.**

DEKKER: **Então vocês não ficaram juntos o tempo todo.**

ANNA: **Isso levou cerca de dois minutos! Estávamos num dos barzinhos de beira de praia. Usamos o banheiro de lá. E compramos refrigerante. Você pode verificar. E...**

DEKKER: **Sim?**

ANNA: **Nada.**

(pausa)

DEKKER: **Você mantém um diário?**

ANNA: **O quê?**

DEKKER: **Um registro do dia a dia.**

ANNA: **Não. Não faço diário.**

DEKKER: **Muito bem. A que horas vocês voltaram para casa?**

ANNA: **Umas seis? A gente ficou um tempo na varanda, depois tomamos um banho e saímos para jantar... numa pizzaria que fica no fim da rua. O pessoal tinha acabado de chegar quando a gente voltou. Foi quando começamos a nos preocupar e ligamos para a polícia. Olha só, já contei tudo isso pra vocês. Posso ir embora agora?**

DEKKER: **Você esteve de volta na casa entre seis e sete. Não viu Elise nesse intervalo?**

ANNA: **Não. A porta do quarto continuava fechada.**

(pausa)

ANNA: **Mandei uma mensagem pra ver se ela queria ir comer com a gente, mas ela não me respondeu. Imaginamos que tinha saído.**

DEKKER: **E vocês não verificaram o quarto?**

ANNA: **Não. Quero dizer, estávamos ocupados, entende? Se ela estivesse lá, teria vindo falar com a gente. Eu cheguei a bater na porta do quarto, mas não obtive resposta.**

DEKKER: **Você não escutou nenhum barulho vindo lá de dentro?**

ANNA: **Ela estava no quarto do outro lado da casa. Eu e o Tate estávamos no que fica ao lado da entrada. E estávamos ocupados, portanto...**

DEKKER: **Ocupados fazendo o quê?**

ANNA: **Curtindo, só isso.**

DEKKER: **Seja mais específica. O que exatamente vocês fizeram desde que chegaram em casa?**

ANNA: **Eu... Nós fomos para o quarto e ligamos o som.**

DEKKER: **O policial que atendeu ao chamado disse que havia sangue no corredor. Vocês não viram?**

ANNA: **Não. Não havia sangue.**

DEKKER: **O que você quer dizer com isso?**

ANNA: **Quando a gente chegou, não havia sangue nenhum. Só mais tarde. O sangue deve ter grudado nos nossos sapatos depois que a gente... depois que a gente encontrou...**

DEKKER: **O que aconteceu depois que você e o sr. Dempsey foram para o quarto? Vocês ligaram o som e...**

ANNA: **Não me lembro.**

DEKKER: **Tente. Vocês ligaram para alguém? Assistiram televisão, talvez?**

ANNA: **Não sei... Eu lembro que tomei banho.**

DEKKER: **E onde estava o sr. Dempsey enquanto você tomava banho?**

ANNA: **No quarto.**

DEKKER: **Mas você estava no banheiro. Acredito que não dava para vê-lo de lá.**

ANNA: **Não, não dava. Mas ele fica bem ao lado do quarto... O Tate não saiu lá de dentro.**

DEKKER: **A porta do banheiro estava aberta ou fechada enquanto você tomava banho?**

ANNA: **Aberta, eu acho.**

DEKKER: **Acha ou tem certeza?**

ANNA: **Não sei. Aberta. Isso mesmo. Aberta. O Tate ficou no quarto, no computador. Por que você está me fazendo todas essas perguntas? O que isso tem a ver com o caso?**

DEKKER: **Só estou tentando estabelecer os fatos. Você disse que o som estava ligado. A música estava alta?**

ANNA: **Não, não muito.**

DEKKER: **Você e o sr. Dempsey fizeram muito barulho?**

ANNA: **Não... não entendi.**

DEKKER: **Vocês são namorados, certo? E ficaram sozinhos no quarto por quase uma hora. Não fizeram sexo?**

ANNA: **Eu... Você não pode me perguntar isso.**

DEKKER: **Posso perguntar o que eu quiser. Responda à pergunta, por favor.**

CARLSSON: **Senhor, não sei se...**

DEKKER: **A pergunta, srta. Chevalier.**

(pausa)

ANNA: **Não. Pra mim já chega, não quero mais falar com você.**

DEKKER: **Eu só estou tentando estabelecer o nível de barulho dentro da casa, e...**

ANNA: **Não! Não vou dizer mais nada sem um advogado. Você não pode falar comigo assim!**

(pausa)

(pausa)

CARLSSON: **Interrogatório finalizado, 6h20.**

O DIA SEGUINTE

O SOL JÁ ESTÁ QUASE A PINO QUANDO FINALMENTE CONSEGUIMOS fazer o check-in num dos gigantescos resorts de beira de praia. A família do Tate alugou um avião para trazer nossos pais, que devem chegar por volta do meio-dia, mas, por ora, eu não consigo pensar em nada além de dormir. A adrenalina já saiu da minha circulação, e agora estou mais cansada do que jamais me senti em toda a vida.

— Não me acordem até meu pai chegar — peço para os outros no corredor revestido por um carpete cinza. O simples ato de inserir o cartão na fechadura parece demandar mais energia do que eu tenho para despender. Eles devem estar se sentindo da mesma forma, visto que todos simplesmente meneiam a cabeça em resposta antes de entrarem arrastando os pés em seus quartos.

Uma vez dentro do quarto, dou cinco passos e caio de cara sobre o edredom azul-turquesa da cama. Não consigo me mexer. Mal consigo respirar.

Escuto uma batida na porta. Solto um gemido. Outra batida, agora mais urgente.

Eu me forço a levantar e vou lá abrir. Tate me empurra para o lado e entra.

— O que você contou pra eles? — indaga, ansioso. — O que eles perguntaram?

Fecho a porta.

— Eu...

— Aquele cara, o Dekker, que mandou você entrar de novo. Perguntou o que a gente fez o dia inteiro; o que você disse?

— Nada! Quero dizer, só o que aconteceu. — Olho para ele, confusa. Tate estava comigo quando saí do interrogatório, do meu lado durante o percurso de táxi até o hotel. E não me perguntou nada na hora, ninguém perguntou. Mas também, tudo o que a gente queria era terminar logo com aquilo.

Ele segura meus braços.

— Me fala, o que foi que você contou pra ele?

Dou de ombros, tentando me lembrar.

— Você sabe, que fomos à praia, depois tomamos um banho e saímos pra jantar...

Tate franze a testa.

— Ele não ficou insistindo?

— Ficou. — Estremeço só de lembrar. — Ele ficou perguntando o que a gente fez.

— E você contou? Sobre eu ter dado um pulo em casa? — A expressão dele é de pânico e, de repente, me dou conta do porquê. Nós *não* ficamos juntos o dia inteiro.

Tate foi até a casa. Ficou longe uma boa meia hora.

— Não, não contei... — Recuo dois passos. — Esqueci. Só falei que a gente foi pra praia. Não lembrei que você tinha voltado.

— Graças a Deus! — As palavras saem de uma vez só. Ele, então, despenca na beirada da cama. — Quase surtei enquanto você estava lá dentro. Não sabia se você ia dizer alguma coisa, se eles me pegariam na mentira. Obrigado. Obrigado. — Tate pega a minha mão e a beija. É um gesto familiar, algo que ele provavelmente já fez uma centena de vezes, mas no momento sinto vontade de puxar a mão.

Ele esquecera os óculos escuros. Eu tinha acabado de estender a toalha sob o sol e pegado uma revista para folhear. *Vai lá*, falei para ele. *E me traz um pacotinho de batata frita.*

— Você voltou para pegar os óculos — repito lentamente. — Mas, não entendo. Por que não disse isso pra eles? Por que você mentiu?

Tate pisca.

— Não sacou? Nós somos o álibi um do outro.

— Álibi? De quê? — Faço uma pausa e baixo os olhos para fitá-lo. Tate não responde, simplesmente me olha de volta com uma expressão tensa. — Está falando da Elise?! — exclamo, a voz subindo um tom. — Eles acham que *nós* matamos ela?

— *Shhh*! — Tate me silencia. — Não sei o que eles acham. — Ele então se levanta de novo e começa a andar de um lado para o outro. — Mas aquele tal de Dekker... ele não desistia. Ficava me perguntando: onde a gente estava? O que estávamos fazendo? Quanto tempo permanecemos na casa? Ele não me perguntou nada sobre a Elise, ou quem mais poderia ter entrado lá.

— Nem pra mim — comento, com um súbito arrepio. — Eu pretendia contar a ele sobre aquele cara, o que importunou a gente no mercado, lembra? Mas ele só perguntava sobre eu e você, e se a gente se afastou em algum momento...

— Esse é o problema — diz Tate. — Nem sabemos quando exatamente ela morreu. Se um de nós tiver ficado sozinho, eles podem dizer que foi a gente, que nós matamos ela.

— Mas isso é loucura! — Estendo a mão em direção ao Tate para tentar acalmá-lo, mas ele se afasta.

— Tem certeza? — insiste Tate. — Pensa um pouco, Anna. Estamos num país estrangeiro; A Elise está morta, e eles ficam perguntando sobre a nossa vida sexual em vez de saírem à procura do assassino! Os outros estavam longe, no passeio. Só sobra você e eu.

Inspiro fundo algumas vezes para afastar o cansaço e clarear a mente. Seria possível? Será que o Dekker suspeita da gente?

— Então estamos bem — digo por fim. — Nós dois dissemos que ficamos juntos o dia inteiro, e vamos manter essa história. Você não voltou em casa e não saímos do lado um do outro nem por um minuto. Vamos ficar bem.

Tate solta um suspiro entrecortado.

— Você faria isso por mim? — Ele me puxa para um abraço.

— É claro — respondo, a voz abafada pelo algodão suave da camiseta. Eu me afasto um tiquinho para poder ver o rosto dele. — De qualquer forma, você não viu ela, certo? Quando voltou?

Ele faz que não.

— Não. Juro! Só entrei, peguei nossas coisas e saí de novo.

— Mas... — Faço uma pausa. — Você ficou longe um tempinho.

— Uns cinco minutos.

— Mais que isso — retruco. — Lembra? Eu fiquei te esperando para passar o protetor em mim, e já estava com a pele ardendo quando você voltou.

Ele sorri.

— Isso é porque você só precisa de uns cinco segundos para ficar ardendo. — Ele puxa meu cabelo e abaixa a cabeça para me beijar. Relaxo em seus braços, saboreando a sensação de seus lábios sobre os meus. Depois de tudo o que aconteceu, este parece o lugar mais seguro do mundo. — Só precisamos permanecer unidos — sussurra, afagando meu rosto. — Você e eu, como sempre.

— Como sempre — repito.

★ ★ ★

Dormimos de roupa, enroscados um no outro sobre os lençóis. Quando enfim acordo, a história já está em todos os noticiários: "Adolescente americana assassinada durante o spring break", "Grande probabilidade de que tenha sido um crime sexual", "A polícia está verificando todas as pistas".

Ninguém cita nossos nomes, não ainda, mas sei que isso é apenas questão de tempo. Desligo a televisão. Tate continua dormindo.

PENÚLTIMO ANO DO ENSINO MÉDIO

DURANTE O VERÃO, REPARO EM TATE PELA PRIMEIRA VEZ, ALGUNS MESES depois do meu colapso nervoso no banheiro feminino e da Elise abandonar seu velho grupinho de amigas de uma vez por todas.

Eu já havia cruzado com ele nos corredores da escola. Mesmo numa instituição coalhada de garotos ricos, ambiciosos e espertos, Tate Dempsey é considerado parte da realeza: estrela do time de lacrosse e líder do grêmio estudantil, físico de atleta e um rosto espetacular. Agora temos algumas aulas juntos, mas mesmo com Elise a tiracolo — especialmente com ela —, vivemos em mundos diferentes. Eu o vislumbro de quando em quando nos corredores, seguindo para uma de suas aulas com alguma garota linda e nova ao lado, ou jogando futebol americano com os amigos no gramado da frente da escola depois das aulas. O garoto consegue ser mais perfeito do que aqueles adolescentes que estampam outdoors. Vocês sabem, como um daqueles modelos dos catálogos da J. Crew ou o galã de um seriado juvenil que na verdade está na casa dos vinte — com um queixo quadrado e uma expressão viril e confiante que se destaca entre a multidão de garotos meio magricelos e de barba ainda rala.

No entanto, à medida que o ano passa, percebo que eu estava errada. Ele não é metido nem arrogante como esses garotos populares, mas sim educado, e de uma maneira quase antiquada: segurando a porta para quem vem atrás, apresentando seus argumentos em sala numa voz baixa e segura... Tampouco interrompe as pessoas, implica com os garotos novos ou desfila pelos corredores como se fosse o dono do pedaço; pelo contrário, mantém um ar de ligeiro constrangimento, como se soubesse exatamente quanto dinheiro e privilégio carrega em seus ombros largos. Todos os outros alunos parecem aceitar que seu status é um direito de nascença, como se não se dessem conta de que é pura questão de sorte não estarem amontoados numa escola pública do outro lado da cidade, tendo que pegar um ônibus para voltar para casa ou subir quatro andares de escada até um conjugado após saírem do trabalho de meio período.

Talvez por não ter nascido nesse olimpo, eu percebo quão aleatório é tudo isso — especialmente para a gente, que ainda não construiu nada com o próprio esforço; apenas vivemos com o que nossos pais podem proporcionar. Meus colegas de classe agem como se tivessem direito à fortuna, mas Tate é diferente, e eu o admiro por isso.

— Não me diga que você está caidinha pelo Menino de Ouro — repara Elise certa tarde, com uma risadinha debochada, ao me pegar olhando para ele na biblioteca.

— O quê? Não! — Rapidamente me viro de costas. Ela está sentada de pernas cruzadas na cadeira ao meu lado, mastigando uma bala vermelha de alcaçuz e rabiscando nas margens do dever de história mundial. Às terças, nosso último tempo é na sala de estudos, mas Elise é tão agitada que quase sempre escapamos antes do fim. — Ele nem sabe que eu existo.

— O que é uma sorte pra você — retruca ela, arqueando uma sobrancelha. — Ele é o maior galinha. Já namorou quatro garotas só este ano.

— Sério? — Não consigo evitar lançar outro olhar na direção da mesa em que ele está sentado, a dos garotos populares, com as mangas arregaçadas deixando à mostra os antebraços bronzeados, o cabelo louro caindo sobre os olhos. — Não sei, mas ele me parece um cara legal.

— Confie em mim, ele é só mais um desses sarados babacas, apenas com um cabelo melhor. — Elise boceja e fecha o livro. — Falando em babacas, estou de saco cheio de ler sobre Hitler.

— Stumptown? — sugiro, me referindo à cafeteria que nós costumamos frequentar. — Ou então podemos pegar um cineminha.

— Torta! — Os olhos dela cintilam. — Passei o dia todo com vontade de comer uma bela fatia de torta. A do Dusty's é a melhor, e todos os garotos da faculdade vão estar lá estudando para as provas finais — acrescenta de forma maliciosa.

Eu rio.

— Você me ganhou na torta.

Pegamos as nossas coisas e seguimos em direção à saída, passando pela mesa do Tate. Ele nem sequer ergue a cabeça.

Assim que alcançamos a porta, damos de cara com Lindsay e seu grupinho, que entram na sala com um sorrisinho ferino e os cabelos perfeitamente brilhantes.

— Ah, vejam, é o novo casalzinho de lésbicas favorito da escola — alfineta Lindsay ao cruzarmos por elas.

Elise não diz nada, sequer vira a cabeça para olhar por cima do ombro, simplesmente levanta o dedo do meio e engancha o braço no meu. Uma vez do lado de fora, olho de relance para ela para checar sua expressão, mas não vejo o menor sinal de irritação, apenas um sorriso determinado.

— Pêssego ou nozes? — pergunta enquanto descemos os degraus da frente do colégio.

— Precisa perguntar?

— Tem razão — responde ela com seriedade. — Eu já devia saber. As duas.

É surpreendente a maneira como Lindsay e suas amigas a cortaram de vez do grupo, e quão rápido Elise pareceu esquecer que elas existem, como se estivesse se livrando de uma pele incômoda. Afinal, elas cresceram juntas, passaram anos dormindo na casa umas das outras, indo a festas de aniversário e saindo depois da aula. Mas, em um único dia — em um instante —, tudo mudou. Eu me senti culpada a princípio, imaginando se ela se arrependia da decisão, tendo aberto mão de tanta coisa para receber em troca apenas eu. Não sabia ainda que Elise nunca voltava atrás. Uma vez tomada uma decisão, ela não pensava mais no assunto — simplesmente seguia em frente, sem jamais se arrepender. "Elas que se fodam", dizia sempre que Lindsay soltava uma nova alfinetada em sua direção, o ressentimento que poderia sentir por mim em nada comparável à traição de uma velha amiga. "Só precisamos uma da outra, e de ninguém mais."

E não precisamos mesmo, não naqueles primeiros cinco meses. O universo da amizade e da intimidade femininas que sempre me parecera tão inatingível se abriu de repente, tal como eu o vislumbrara naquela primeira tarde. Isso até pode não soar muito bem, mas eu jamais me senti tão feliz quanto naquele verão, mesmo com a retomada da quimioterapia da mamãe e o cheiro doce e enjoativo de remédio que pairava em torno do quarto dos meus pais no segundo andar. Afinal, passei a ter uma válvula de escape, um lugar só meu no mundo, ponto.

Eu não estava mais sozinha.

★   ★   ★

A amizade entre mim e Elise vai se estreitando como uma lei natural. A gente almoça sob a sombra das árvores mais distantes do pátio leste e fazemos nossos deveres de casa nas cafeterias do Centro. Compartilhamos roupas e músicas, assim como cadernos repletos de letras de músicas e pensamentos em cada aula que assistimos, sentadas na última fila da turma, e descobrimos a textura exata do chão do quarto uma da outra, enquanto passamos longas noites esparramadas de barriga para baixo assistindo a reality shows de quinta categoria. Mas logo precisamos de mais, e os fins de semana se tornam uma aventura: dizendo para nossos pais que vamos dormir uma na casa da outra para então sair às escondidas em nossos melhores jeans skinny com botinhas de salto. Não importa para onde vamos, desde que seja um lugar onde ninguém nos conheça para que possamos ser quem bem quisermos.

Elise arruma identidades falsas para a gente com um aluno hacker do MIT e, embora os seguranças dos lugares nos olhem com suspeita, eles sempre nos deixam entrar. Vamos a shows de rock, bares de frequência duvidosa e festas universitárias em Boylston e Beacon — na maioria das vezes não é nem por causa do álcool, apenas queremos ver o mundo que nos espera quando terminarmos o colégio. Certa noite, escolhemos nossos melhores vestidos vintage, passamos batom vermelho e pegamos o elevador até o lounge que fica no topo do Hub, um dos maiores arranha-céus da cidade. Bebericamos coquetéis em taças com açúcar na borda enquanto observamos as luzes sobre o rio, certas de que um dia tudo isso será nosso de verdade.

Conheço Tate numa noite perto do fim do semestre, às vésperas das férias de verão, um período de expectativas e liberdade. Elise e eu temos a sorte de ser convidadas para uma festa universitária pelo nosso barista predileto lá da Stumptown, que está de folga com seus amigos na mesa bem ao lado da nossa. Ela dá de ombros de maneira casual e diz que tentaremos ir, mas assim que o grupo sai do café, apertamos as mãos uma da outra, os olhos brilhando de tanta animação.

— Diz pro seu pai que você vai dormir lá em casa — ordena ela.

Ligo para ele e deixo uma mensagem, sabendo que receberei apenas uma rápida resposta de consentimento. Desde que apresentei Elise a ele, e ele fez a ligação entre o pai dela, Charles Warren, e o senador de mesmo nome, meu pai me deixa sair com ela sempre que eu quero.

E então nos preparamos: após uma série de roupas e batons descartados, nos produzimos rapidamente, descemos de maneira furtiva a escada dos fundos enquanto os pais dela relaxam na sala de televisão e entramos ofegantes num táxi a fim de cruzar a cidade sob a luz do entardecer rumo à próxima aventura.

— Se alguém perguntar, somos calouras da Berklee — diz Elise ao saltarmos do táxi diante do endereço anotado às pressas. A noite está quente e abafada, e a rua fervilha de universitários; a música extravasa pelas janelas do segundo andar de um prédio estreito de pedras amarronzadas. — Eu estou estudando psicologia e você administração.

— Muito chato! — protesto. — Prefiro ser aluna de letras. Não, artes cênicas. Elise ri.

— Sério?! E o seu pavor de palco?

— Ninguém precisa saber — retruco com uma risadinha enquanto subimos os degraus da frente e entramos num hall estreito. — Até onde eles sabem, eu poderia ser uma atriz fabulosa, participando de audições para todos os tipos de shows da Broadway.

— Ou Hollywood — acrescenta ela. — Você recebeu uma proposta para participar do novo filme do Chris Carmel, mas recusou porque prefere continuar estudando e aperfeiçoando seu talento.

— Sou uma CDF muito dedicada — concordo, rindo. Posso sentir uma faísca em minhas veias, uma sensação de que algo assim é possível, e quando enfim entramos na festa, tudo faz sentido, porque ele está lá.

Tate.

Mesmo do outro lado da sala lotada, nossos olhares se cruzam de cara, e eu percebo que isso é o começo de algo. Sinto que é.

— Uau! — murmura Elise. Tate está com um amigo da equipe de lacrosse, Lamar, mas começa a vir em nossa direção imediatamente. — Acho que você andou fazendo um pedido para alguma estrela cadente.

— *Shhh* — sussurro. — Não diga nada, por favor. — Mas ela simplesmente arregala os olhos de maneira inocente ao vê-lo se aproximar, vestido com uma t-shirt básica cinza desbotada e calça jeans.

— Oi. — Ele nos fita com uma expressão de surpresa, como se não conseguisse se lembrar de onde nos conhece. — O que vocês estão fazendo aqui?

— Ah, a gente conhece um cara — responde Elise, correndo os olhos pela sala. O lugar está quente e abarrotado, a música tão alta que posso sentir a batida vibrar, e o som de conversas e risos aliviados pelo fim das provas ecoa por todos os lados. — Bom, na verdade... é a Anna que conhece ele — acrescenta, voltando a olhar para a gente com um sorrisinho malicioso. — Juro, o pobre coitado segue minha amiga como um cachorrinho. Ela não está nem um pouco interessada, mas chegamos à conclusão de que não devíamos perder uma boa festa, certo?

Ela me lança um olhar que diz: *Não ouse desmentir* e, em seguida, me puxa para um abraço apertado.

— Vou dar uma volta. Vejo vocês mais tarde!

E então desaparece em meio à multidão, me deixando sozinha num canto da sala com Tate. Baixo os olhos de modo constrangido para o chão, sem saber ao certo se devo agradecer a ela ou enforcá-la, mas quando me forço a erguê-los novamente, ele está me olhando com uma expressão diferente, com um quê de curiosidade.

— Quer beber alguma coisa? — sugere rapidamente. — Tem um bar lá nos fundos, perto da cozinha, e eles têm todo tipo de bebidas.

— Legal. — Eu topo, ao mesmo tempo que um novo grupo de rapazes de alguma fraternidade passa pela porta. Um deles esbarra em mim ao entrar, fazendo com que eu perca o equilíbrio, mas Tate me segura pelo braço, me impedindo de cair. Sua mão é quente em contato com minha pele, e quando nossos olhos se encontram, mesmo que só por um segundo, sinto esse calor descer até minhas entranhas.

— Vamos lá? — diz ele, sorrindo, e começo a segui-lo pelo aposento.

Eu o seguiria para qualquer lugar.

ANTES

— **VOCÊ ME AMA?**

— Você sabe que sim.

— Quanto?

— Mais que o infinito.

— Mais profundo que o oceano?

— Com certeza. Mais forte que o tornado.

— Mais alto que o Everest?

— Não sei, isso é alto demais... Ui! (risos)

— Admita. Você me ama mais que qualquer outra pessoa no mundo.

— Talvez.

— E você? O quanto você me ama?

— O suficiente.

— Ei!

— Você não perguntou: Suficiente pra quê?

— Certo. Suficiente pra quê?

— Para qualquer coisa.

— Melhor assim.

* * *

— Você acha que a gente vai acabar feito os nossos pais?

— Deus do céu, espero que não. Se eu ficar igual a eles, pode me matar.

— Não. Quero dizer... solitários feito eles... Minha mãe já me mostrou os anuários dela do colégio, e tem um monte de gente com quem ela não fala mais. Antigos namorados, amigos que costumavam ser unha e carne... O que você acha que aconteceu com eles?

— Talvez eles tenham se afastado.

— Isso é bobagem. Ninguém se afasta daqueles que lhe são importantes.

— Talvez eles não fossem tão importantes um pro outro, não de verdade.

— Anna?

— Que foi?

— Eu nunca faria isso. Jamais te deixaria.

— Eu sei. Nem eu.

A FESTA

TATE ME CONDUZ ATÉ UMA COZINHA LOTADA. TODAS AS SUPERFÍCIES estão cobertas de garrafas e copos vermelhos de plástico usados. Ele encontra duas garrafas de cerveja fechadas e as abre na beirada da mesa.

— Vai de cerveja mesmo? — pergunta, me entregando uma. — Porque posso tentar encontrar um refrigerante...

— Não — respondo rapidamente. — Cerveja tá ótimo.

Fazemos uma pausa enquanto tomamos um gole de nossas respectivas cervejas, mas não me sinto nervosa nem estranha. Em vez disso, estou surpreendentemente calma. Nunca fui daquelas que acalentam ideias românticas a respeito do destino, mas tem algo tão natural nessa situação que não tenho sequer a chance de entrar em pânico. Depois de tantas semanas observando-o de esguelha pelos corredores, de repente o tenho só para mim.

— Festa legal, né? — comenta ele.

— Quem você conhece aqui? — pergunto, e Tate se inclina para me escutar melhor. O som da música ecoa à nossa volta, e o lugar está lotado de gente, dançando ou batendo papo, as vozes elevadas para se fazerem ouvir.

— Uns caras do time do ano passado — responde ele, o hálito quente em contato com a minha bochecha. — E o Lamar. Tá sabendo sobre ele e a Kayla?

Faço que sim. Eles namoraram firme o ano quase todo; eram praticamente inseparáveis até que tiveram uma briga feia durante o spring break.

— Ele tem andado meio deprê, então imaginei que uma festa seria bem legal.

— Parece que tá dando certo. — Aponto com a cabeça em direção à sala, onde Lamar está conversando com duas garotas da faculdade, ambas com saias curtas e tops brilhantes e decotados. Tate acompanha meu olhar e solta uma risadinha.

— Bom pra ele que... — O final da frase é abafado pela música, que fica ainda mais alta; algum hip-hop meio vulgar.

— O que você disse? — grito.

Tate corre os olhos em volta e aponta para o outro lado da sala, próximo aos fundos do apartamento. Uma das janelas do corredor está aberta, e dá para ver pessoas sentadas lá fora, na laje plana de concreto: finas colunas de fumaça de cigarro elevando-se noite adentro, além de um doce e discreto aroma de algo mais. Ele se curva para passar pelo buraco e, em seguida, estende a mão para me ajudar.

A noite está quente e, embora o céu já esteja escuro, continua surpreendentemente claro; a escuridão cortada pelo brilho dos apartamentos e dos carros nas ruas abaixo. Seguimos até a beirinha da laje e encontramos um lugar para nos sentar, empoleirados na beirada de um duto de ventilação feito de tijolos.

— É estranho que a gente nunca tenha conversado antes. — Tate olha de relance para mim. — Volta e meia te vejo na escola.

— Não é tão estranho. — Tomo outro gole da cerveja. — Nós não frequentamos os mesmos círculos.

Ele solta uma risada baixa.

— Tem razão. Você e a Elise não interagem com praticamente mais ninguém.

Eu me viro.

— É assim que você enxerga nós duas?

Tate assume uma expressão confusa.

— O que você quer dizer?

Balanço a cabeça, admirada.

— Nada.

Depois de tanto tempo, imaginava que todos soubessem que eu era uma espécie de pária, e que nós duas tínhamos sido excluídas por estarmos na lista negra. Tate, porém, achava que a gente não interagia com os outros por escolha própria. Talvez agora isso seja verdade.

— E quanto a você? — pergunto. — É sério que pretende ser presidente um dia?

Tate dá de ombros, aparentemente envergonhado, e me dou conta de que é sério. Ele não tenta fazer piada ou mudar de assunto, como as pessoas costumam fazer quando ficam constrangidas.

Ele deseja mesmo.

— Desculpa — acrescento rapidamente. — Não estou de sacanagem. Acho fantástico que você sonhe tão alto. Não consigo sequer imaginar o que eu estarei fazendo daqui a um ano.

Ele me fita como que tentando verificar se não estou de sacanagem mesmo e, então, relaxa.

— Talvez. De vez em quando me pergunto se vale o esforço, passar o tempo todo planejando meu próximo passo.

— O que você quer dizer... escola, faculdade, coisas assim?

— Tudo — retruca ele, com uma ligeira mudança no tom de voz. — Quero entrar na política um dia, isso é certo, mas meus pais ficam me dizendo que preciso ser cuidadoso, pensar em como algo irá parecer daqui a vinte anos.

— Você quer dizer, tipo, ir a uma festa universitária sendo menor de idade?

— Exatamente. — Ele me oferece um sorriso digno de pena. — E eles estão certos, eu sei. Só que agora fico com essa vozinha na cabeça me alertando a respeito de tudo. Me dizendo o tempo todo para fazer a coisa certa. — Em seguida, se cala e fixa o olhar na cidade. Seus olhos azuis estão encobertos pelas sombras, e o cabelo louro parece ganhar um tom escuro de cobre. Posso sentir o calor que emana do seu corpo, separado do meu por apenas alguns centímetros. Sou tomada por uma descarga de felicidade pura e simples por ter a chance de ver esse lado dele. O lado verdadeiro.

— Que tal não dar ouvidos a essa voz? — sugiro. — Só por hoje.

Ele se vira para mim, e um sorriso começa a se esboçar no canto de seus lábios.

— Que me diz para fazer a coisa certa?

— Por que não? — Sorrio também, de maneira brincalhona. — Quem vai saber?

Se tivesse sido uma festa do Hillcrest, nada jamais teria acontecido. Ele seria o centro das atenções e eu, a garota de fora, a excluída... Mas ali, longe de tudo e de todos, pudemos ser apenas nós mesmos.

De volta ao apartamento, tomamos shots de vodca com gelatina semi-solidificada em diminutos copos de papel. A música continua alta e, em pouco tempo, estamos dançando, perdidos em meio ao mar de corpos quentes e suados. Tate parece uma parede sólida de encontro a mim, os olhos brilhando, até que, de repente, Elise está ao nosso lado com algum rapaz da universidade, assim como Lamar, enroscado numa periguete qualquer. Bebemos e dançamos até sentirmos a garganta arranhar e nossos pés começarem a doer, até percebermos que são três da manhã e a polícia aparecer para acabar com a festa e, então, fugimos, aos risos, correndo escada abaixo ao encontro das ruas desertas. Terminamos num reservado revestido de vinil vermelho de uma lanchonete 24 horas no fim da rua, dividindo uma porção de fritas com queijo e tomando milk-shake, Elise e eu apertadas no meio do grupo como se esse fosse o nosso lugar.

Não rola nada com Tate nessa noite, mas enquanto o observo sentado diante de mim no pequeno reservado, percebo uma faísca em seus olhos azuis e sinto que isso é um começo. No decorrer das últimas semanas antes das férias de verão, ele se mostra amigável na escola — conversando comigo nos corredores de vez em quando ou discutindo algum trabalho depois das aulas. Elise continua me arrastando para festas e me apresentando a outros rapazes, preocupada de que eu esteja caindo de quatro por um cara que não me quer, mas não estou. Sinto uma espécie de certeza dentro de mim, como se já fôssemos um fato consumado, mesmo que nada tenha acontecido ainda.

Mesmo que eu quisesse me entregar a suspiros apaixonados, ela não me dá tempo para isso. Nosso verão é um redemoinho de dias passados na praia e viagens pelo oeste de Massachusetts com o intuito de explorar cidades universitárias, cafés e livrarias escondidas no mapa. Nossa parceria solitária, porém, não dura muito tempo. Os pais dela insistem em apresentá-la aos filhos de um antigo colega de faculdade que acabaram de se mudar da Califórnia. Max e sua irmã gêmea, Chelsea, são da nossa idade e vão começar no Hillcrest no próximo outono. Max é um surfista fanático por histórias em quadrinhos, enquanto Chelsea faz o tipo artista zen, com um saquinho de maconha escondido debaixo de seu estojo de pincéis. Encontramos Lamar por acaso em outras duas festas universitárias e, pouco tempo depois, ele e Chelsea se tornam inseparáveis. Uma antiga amiga de Elise, Melanie, começa a aparecer como quem não quer nada no café que costumamos frequentar — arrependida por ter ficado do lado da Lindsay agora que a rainha das vacas está de férias na Europa —, e, assim, de uma hora para outra, Elise e eu formamos nosso próprio grupo, pessoas com quem dividir um lanche no reservado dos fundos de alguma lanchonete após uma noite de balada, viajar conosco até a casa de veraneio dela em New Hampshire ou simplesmente passar um tempo sem fazer nada em nossas casas grandes e vazias, bebericando licores e fumando maconha enquanto esperamos o retorno das aulas como criminosos que aguardam a execução de sua sentença.

Até que, certa noite, encontro Tate em outra festa e, simples assim, ele se torna meu; ocupando o lugar que lhe fora reservado. Elise de um lado e ele do outro: eu de mão dada com ela e ele com o braço envolvendo meus ombros. Após tantos anos vivendo como um barco à deriva, sem estar conectada a nada, finalmente encontro meu lugar. Bem no meio, protegida e amada.

Começamos o último ano do ensino médio feito reis, como se nada jamais pudesse nos separar.

Estamos errados.

DEPOIS

NOSSOS PAIS CHEGAM À ILHA NO DIA SEGUINTE, POR VOLTA DO MEIO-
-dia, e, com eles, todas as equipes americanas de jornalismo e repórteres de televisão num raio de mil quilômetros.

Armam acampamento na frente do hotel, uma fileira de vans com antenas portáteis cruzando fios por todo o estacionamento. O hotel, por sua vez, posta seguranças em todas as entradas e nos transfere para uma suíte no quarto andar com janelas panorâmicas que dão para as areias reluzentes e as águas perversamente azuis da praia lá embaixo. Eu começo a entender o choque do pessoal da delegacia na noite passada, suas lágrimas e desculpas murmuradas. Coisas horríveis não deveriam acontecer num lugar tão bonito.

— Anna.

Eu me viro. Nossos pais entram no quarto, trazidos pelo gerente do hotel. A mãe da Elise vem direto em minha direção, os braços estendidos.

— Anna, querida. — Seu rosto está pálido, branco feito cera, e me dou conta de que é a primeira vez que a vejo sem maquiagem.

— Judy. — Minha voz falha, e ela despenca em meus braços, soluçando. Eu a abraço com força, sentindo o choro angustiado que lhe sacode o corpo esbelto.

— Como pode uma coisa dessas...? — Suas palavras soam entrecortadas de encontro a meu ombro. — Não compreendo.

— Eu sei. — Continuo apertando-a, meus braços envolvendo-lhe carinhosamente a cintura. — Eu sei.

De todos os pais, é dela que eu mais gosto. Elise e ela viviam brigando, mas Judy me acolheu de braços abertos desde que a gente começou a andar junto. Ela trabalha longas horas no Mass General como cirurgiã cardíaca; o sr. Warren também passa muito tempo fora de casa, envolvido em atividades políticas e levantamento de fundos — planejando o próximo passo para se tornar prefeito ou, quem sabe, um congressista. Mas sempre que está em casa, Judy faz questão de me perguntar como estão as coisas no colégio e quais meus planos para a faculdade. Não da forma falsamente educada como os pais do Tate, que sempre me tratam com uma certa frieza, como que esperando que ele se canse logo de mim e siga em frente. Não, a mãe da Elise se importa de verdade; ela se senta de vez em quando com a gente para assistir TV ou para fazer uma boquinha tarde da noite na cozinha quando voltamos de alguma festa e ela acabou de chegar de um plantão. Elise sempre rejeita suas demonstrações de afeto, dizendo que ela é exagerada e sufocante, mas minha amiga não se dá conta da sorte que tem por ter uma mãe que realmente se importa.

Que tinha.

Mantenho os braços em volta da sra. Warren até sentir outra mão em meu ombro e, então, ergo a cabeça. É meu pai, parado ao meu lado com uma expressão ansiosa.

— Você está bem? — pergunta ele, alisando meu cabelo, como sempre fazia quando eu era criança.

Nego com um lento balançar de cabeça, esperando que Judy pare de chorar. Ela, enfim, se afasta.

— Aqui. — Meu pai lhe oferece seu lenço. Ela seca o rosto, os olhos vermelhos e inchados.

— A gente não devia ter concordado com essa viagem. Eu disse que não era seguro, todos vocês sozinhos. — A voz dela falha novamente.

— Não é culpa sua — retruco. — Você não tinha como saber. Ninguém tinha.

Ela assente com um menear de cabeça e, sem dizer nada, atravessa o quarto para abraçar o restante do grupo. Faço menção de segui-la, mas meu pai me puxa de volta.

— Deixa eu olhar pra você. — Ele envolve meu rosto entre as mãos e, em seguida, me abraça forte. — Quando eles ligaram, tudo em que eu conseguia pensar era: e se tivesse sido você?

— Está tudo bem, pai. — Estou esmagada contra seu peito, mas ele não me solta. Sinto um soluço brotar em minha garganta ao imaginá-lo sozinho em nossa casa em Boston. — Estou aqui. E não vou a lugar nenhum.

Ele me solta e recua um passo para se recobrar.

— Tem razão — retruca rapidamente, secando os olhos com as costas da mão. — Você está em segurança, e isso é o que importa.

Pouco a pouco, o restante de nossas famílias se reúne. Os pais do Tate, imaculados como sempre. O pai da Chelsea e do Max, com sua nova esposa aguardando de maneira constrangida num canto. A mãe do Lamar, pequena e com um ar feroz, agarrada a ele o tempo todo, e o pai da Melanie, que nos observa com a testa franzida, como se todos nós fôssemos culpados. A gente espera espalhados pelos sofás e poltronas, sem saber o que virá a seguir. De repente, uma voz sobressai em meio ao burburinho.

— O importante é estarmos todos de acordo. Ninguém fala nada sem a presença de um advogado.

Todos nos viramos. O dono da voz é um sujeito estranho num terno cinza, abrindo um laptop na saleta ao lado. Ele parece estar na casa dos 40, e segura um Blackberry numa das mãos enquanto com a outra faz sinal para outro homem mais jovem, com outros equipamentos de informática.

— Desculpem... Esse é o sr. Ellingham, chefe da equipe de advogados — explica o pai do Tate.

— Nem uma palavra — enfatiza Ellingham, entrando na sala principal. Ele corre os olhos em volta e aponta para cada um de nós. — Nem para a polícia, nem para os repórteres. Não até esclarecermos tudo.

— Tarde demais — diz Tate baixinho. — Eles nos interrogaram a noite inteira.

— Vocês são menores de idade — intervém o pai. — Nada do que disseram poderá ser usado.

— Não dá para entender — reclama o sr. Warren, nos fitando com uma expressão confusa, um dos braços envolvendo os ombros de Judy. — Por que a polícia não está aqui? Por que os nossos filhos não estão falando com eles? Se podem ajudar na investigação, se podem ajudar a encontrar quem fez isso e...

— Não sem a presença de um advogado — interrompe Ellingham.

O sr. Dempsey tenta acalmá-lo.

— Veja bem, Brad, sei que é difícil. Não posso nem imaginar o que você e Judy estão passando. Mas precisamos nos manter unidos. Num lugar como este, a polícia vai querer incriminar quem é de fora.

— Meu pai tem razão — observa Tate novamente. — Conta pra eles, Anna. Sobre o tal do Dekker.

Todos se viram para mim. Passo os braços em volta de mim mesma, mas Tate faz um sinal com a cabeça, me encorajando a falar.

— Ele me perguntou um monte de coisas — digo baixinho. — Sobre as festas, a Elise e o que ela costumava fazer. Nada de mais, garanto — acrescento rapidamente, voltando os olhos para Judy. — A gente só gostava de se divertir.

— Mas ele não deu ouvidos quando ela tentou contar sobre o cara que estava rondando a casa. — Tate termina por mim. — Nem perguntou sobre possíveis suspeitos, nada do gênero. O sujeito é realmente estranho.

— Está vendo? — O pai do Tate se vira para o sr. Warren. — A gente precisa proteger os nossos filhos.

— Contratei uma equipe de relações públicas. Eles estão a caminho — anuncia o pai do AK, todo formal num terno de três peças. — E vão cuidar do pessoal da mídia.

— Já falei com dois investigadores locais — acrescenta Ellingham. — Gente que conhece a ilha e as pessoas daqui. Eles irão encontrar quem fez isso, não se preocupem.

Os adultos seguem para a nova sala de conferências a fim de conversarem sobre os aspectos legais: protocolos de interrogatório e apelos às autoridades competentes, deixando o restante de nós onde estamos, sentados e atordoados. Meu pai pega o celular e digita.

— Casey? Preciso que você reagende as reuniões de amanhã e quarta, e veja se consegue que a Euracorp aceite uma videoconferência. — Ele começa a checar seus compromissos, folheando uma antiquada agenda de couro preto, e me dou conta pela primeira vez de que a vida não para. O mundo lá fora continua avançando normalmente. Pessoas acordam, vão para reuniões, assistem TV, conduzindo suas vidas como se nada tivesse acontecido. Elas não sabem que Elise está morta, e mesmo que saibam, isso não passa de uma manchete em algum site ou de uma boa foto no canto superior de algum jornal.

Elas não dão a mínima para o fato de que minha amiga está morta.

Sinto uma súbita tontura e puxo a manga do meu pai.

— Preciso de ar — murmuro. Ele assente com um menear de cabeça, sem soltar o telefone.

— Não, desmarque tudo que não é urgente. Devo ficar por aqui pelo menos mais alguns dias...

Deixo o grupo e vou para a varanda, onde inspiro a brisa morna que vem do mar. Lá embaixo, na praia, uma fileira de guarda-sóis e toalhas coloridas decoram a areia, enquanto pessoas brincam dentro d'água. Mais um dia de férias.

— Ei. — Tate surge na varanda atrás de mim e fecha a porta. Em seguida, ele passa um braço em volta da minha cintura e abre um sorriso um tanto triste. — Quem diria que meus pais conseguiriam ficar juntos na mesma sala!

Permaneço séria.

— Precisamos contar a eles.

— O quê? — Seu corpo tenciona contra o meu, mas não posso deixar para lá, não agora.

— Você sabe o quê — digo e me forço a encará-lo. — Sobre você ter voltado.

— Anna. — Ele olha de relance lá para dentro, mas ninguém está prestando atenção na gente. — Eu te falei, não podemos.

— Mas, e se for importante? — argumento. — Você pode ter visto algo.

— Não vi, já disse. Fiquei lá na casa, tipo, uns cinco minutos.

— Talvez você nem se dê conta — insisto. — Mas se contar para a polícia, talvez isso se encaixe com alguma outra coisa, com algo que alguém tenha dito. Você pode ser uma testemunha sem nem saber.

— Para! — sibila Tate. Ele me agarra pelos braços, os dedos se enterrando em minha pele. — Se a gente contar, eles vão saber que mentimos. O que você acha que vai acontecer depois?

— Não sei. — Engulo em seco, incomodada com sua expressão. — Mas se isso ajudar, então vale a pena, certo? Se der a eles algum tipo de pista?

— Tudo que vai acontecer é fazer com que a gente pareça culpado — retruca Tate, a voz baixa e firme. — É isso o que você quer? Tudo que eu estou fazendo é também pra te proteger.

Eu paro.

— Como assim?

— Não fui o único que ficou sozinho, lembra? Eu tirei um cochilo, e quando acordei, você não estava mais comigo.

— Mas... eu estava dando um mergulho — protesto. — Estava logo ali.

— E daí? — Ele, enfim, me solta. — Não entende? Assim que eles descobrirem que a gente mentiu, não vão acreditar em mais nada que nós dissermos. E, enquanto isso, o verdadeiro responsável escapa impune.

Solto o ar lentamente. Ele está certo. Se Dekker souber que a gente mentiu, não vai acreditar em mais nada. De forma relutante, concordo com um menear de cabeça.

— Essa é a minha garota. — Ele beija minha testa e me abraça.

— Eu só... — Minha voz falha. — Não consigo parar de visualizar a Elise. O modo como ela estava deitada lá...

— Para de pensar nisso — pede Tate, e então muda de posição, de modo a ficar com as costas encostadas no parapeito da varanda, as mãos na minha cintura. — Pense... naquela vez em que pegamos o barco do meu pai e navegamos até Marblehead.

— *Tentamos* navegar. — Inspiro fundo de novo e sinto meu pânico amainar. As mãos dele em mim são o bastante para me conectar de volta com a Terra... algo sólido e real.

Ele é tudo o que me resta agora.

— Ei, eu consegui levar a gente até o Sound. Foram vocês que quiseram dar meia-volta — protesta, sorrindo.

— Também... do jeito que ela ficou mareada... — Não consigo evitar sorrir diante da lembrança. Elise, com um colete salva-vidas laranja, se segurando na balaustrada do iate com uma das mãos e brandindo a outra para nos manter afastados. — Nunca vi uma pessoa vomitar tanto em toda a minha vida.

— É, foi *ótimo*. — Tate ri. — Tive que pagar o triplo ao marinheiro para ele limpar tudo.

Faço uma pausa, sentindo uma nova onda de tristeza amargamente doce brotar dentro de mim.

— Foi um dia legal.

Ele assente.

— *Fantástico.*

Envolvo-lhe o rosto entre as mãos e o beijo lentamente, tentando fingir que estamos de volta no barco, navegando pelo oceano. Que iremos passar a tarde pegando sol e rindo com Elise antes de voltarmos para casa juntos, felizes e seguros.

Tentando fingir, ainda que só por um momento, que nada mudou.

AGORA

DE TODAS AS FOTOS, AQUELA É A PIOR.

O paparazzo estava na praia, espreitando com lente telescópica de alta definição. A imagem é tão nítida quanto se ele estivesse a menos de dois metros de distância. Meu semblante, leve e risonho. As mãos do Tate em minha cintura, os dedos desaparecendo sob a bainha da camiseta. Ele está de costas para a câmera, de modo que não dá para ver seu rosto, mas eu pareço feliz e despreocupada, apenas uma garota roubando um beijo do namorado sob o brilhante sol caribenho — enquanto uma família devastada chora desesperadamente lá dentro.

E foi assim que tudo começou. Os repórteres especulando por que eu parecia tão de boa. Os psicólogos oferecendo teorias sobre a minha inabilidade social e preocupante carência de empatia. Os apresentadores de TV mostrando a foto como se ela fosse uma clara confissão de culpa. É verdade que alguns tentaram conter os carniceiros, levantando a hipótese de choque pós-traumático e reações tardias, porém essas poucas vozes sensatas foram rapidamente abafadas pelo coro de indignação.

Por que ela parece tão feliz? A melhor amiga está morta.
Ela deveria estar arrasada. Será que está feliz por ela ter morrido?
Será que secretamente a odiava? Será que teve algo a ver com
o assassinato? Teria matado a amiga com as próprias mãos?

Foi ela. Só pode ter sido. Talvez ele tenha participado também.
Juntos. Um pacto. Um jogo. Algum sério transtorno sexual.
Drogas e álcool. A juventude de hoje. Onde estavam os pais?
Não seriam eles culpados também? Teria ele pressionado
a namorada? Ou será que ela o forçara? Ela parece feliz.
Por que ela parece estar tão feliz?

Um instante. Uma foto. Um rápido vislumbre — é só o que precisa para qualquer um achar que sabe a verdade.

OUTONO

— VAMOS MATAR AS DUAS ÚLTIMAS AULAS E IR PARA PROVIDENCE —
diz Elise como cumprimento assim que a encontro em nosso point atrás da arqui-
bancada do campo de lacrosse certa terça à tarde. É um lindo dia de setembro,
céu profundamente azul, minha época favorita do ano. Um dia perfeito para
luvas sem dedo, cachecóis xadrez e cappuccinos. E não para ficar trancafiada na
sala de estudos da biblioteca.

Eu me sento ao lado dela, de pernas cruzadas, e fecho o casaco para me
proteger da brisa gelada. É um ponto de onde ninguém dos prédios principais
consegue nos ver — e tecnicamente ainda estamos dentro do terreno da escola,
embora longe do caminho de qualquer professor.

— Não dá — respondo. — Tenho francês e biologia.

— E daí? — Ela pega minhas mãos e abre seu melhor sorriso de: *Você sabe
que quer.* — Aquele tal de Lex lá do café disse algo sobre uma rave. Toneladas de
gatinhos da faculdade de design de Rhode Island só pra você...

Eu rio.

— E daí, Lise, que a srta. Guerta está se coçando toda para me dar um B.
Além disso — acrescento um tanto constrangida —, vou sair com o Tate. Vamos
jantar e ir ao cinema.

Elise me solta.

— Ele? Ainda?! — Percebo um quê de irritação em sua voz.

— Não começa. — Meto a mão na mochila para pegar um pacote de balas
de alcaçuz. Eu deveria estar feliz: pela primeira vez na vida tenho um namorado

e uma melhor amiga, porém tentar agradar os dois nesse último mês tem sido um exercício exaustivo, com ambos querendo todo o meu tempo e eu me sentindo uma traidora, quer escolha um ou outro.

— É que... — Ela dá de ombros. — Achei que a essa altura você já teria se cansado dele. Vocês estão saindo há meses. E você pode arrumar alguém muito melhor.

— Não quero ninguém melhor. — Encontro o pacote e ofereço uma bala a ela. Elise pega uma tirinha e a morde lentamente. — Eu quero o Tate.

— Mas ele é tão... príncipe do colégio! — exclama ela. — Com suas notas perfeitas, seu blazer perfeito e todo aquele cabelo perfeitamente arrumado.

Dou uma risadinha.

— Ele realmente tem um cabelo lindo.

— Isso não é uma qualidade. — Elise fixa o olhar em algum ponto atrás de mim, e sua expressão muda novamente. — E agora eu sei por que você queria me encontrar aqui. Porque não consegue ficar longe dele, nem mesmo por uma mísera hora.

Eu me viro. O time de lacrosse acaba de entrar em campo. Tate e Lamar liderando o grupo.

— Não sabia que eles tinham treino — digo rapidamente.

— Claro que não!

— Elise...

Ela se cala e ficamos observando-os. Tate segue correndo sem esforço algum em direção ao gol mais distante, gritando instruções para a equipe e táticas de passe. O pulôver azul acentua discretamente seu corpo esguio e musculoso, e o cabelo louro brilha sob a luz do sol. Ele é o rei do campo, da equipe, e não consigo evitar pensar num general comandando suas tropas rumo à batalha.

— Ai. Meu. Deus!

Eu me viro de novo. Elise está com os olhos pregados em mim.

— Você está se apaixonando por ele.

— Não! — protesto de forma automática, mas estamos apenas nós duas ali, nenhum risco de alguém começar uma fofoca. Inspiro fundo. — Talvez... Sim — confesso por fim, a voz praticamente um sussurro. — Você não conhece ele como eu conheço — acrescento no mesmo instante. — Todo esse lance de Garoto de Ouro é apenas fachada, você sabe.

— E o que isso diz dele? — murmura ela de modo sombrio. Em seguida, tira um maço de cigarros da mochila e pega um. Observo-a acendê-lo com um isqueiro de prata e dar uma longa tragada.

— Desde quando você fuma? — pergunto, distraída.

— Desde agora, *mãe*.

— Você não deu um fora naquele banqueiro porque o beijo dele tinha gosto de cinzeiro?

— Não. Dei um fora nele porque ele tinha um pau de cinco centímetros e não fazia a menor ideia de como usar.

Eu rio, vendo-a soprar um perfeito anel de fumaça. Elise capta meu olhar e pergunta.

— Quer um?

Solto um suspiro.

— Acho melhor não.

— Isso significa que você quer.

— Significa que é melhor não. Minha mãe vai sentir o cheiro em mim. — Reviro os olhos. — Ela virou um verdadeiro general no que diz respeito a aromas. Semana passada, surtou porque eu usei um aromatizante de ambientes, falando sem parar sobre produtos químicos, toxinas e coisas do gênero.

Elise me passa o cigarro mesmo assim. Eu aceito e dou uma leve tragada.

— A propósito, como ela está? — pergunta baixinho.

Dou de ombros.

— Você acha que eles me contam alguma coisa? — Solto a fumaça, soprando mais um anel no ar frio. — Você sabe que essa porcaria mata — digo, dando outra tragada.

— Mas dá à gente um charme extra — rebate ela com um sorrisinho. Eu rio.

Compartilhamos o resto do cigarro em silêncio, ainda de pernas cruzadas. Eu sei que eu deveria deixar o assunto de lado, mas não consigo parar de pensar na expressão facial dela ao falar do Tate, na irritação em sua voz.

— O que você quis dizer? — pergunto. — Antes, quando falou do Tate. Por que não vai com a cara dele?

— Eu vou, sim. — Ela dá de ombros. — É só que... Ele é o tipo de garoto que acaba virando um serial killer.

Meu queixo cai.

— Elise!

— Toda aquela perfeição, aquele jeito politicamente correto... — Elise dá uma risadinha. — Não é saudável. A raiva vai se acumulando até que um dia... boom! Ele explode. Que nem *Psicopata Americano*. Corpos por todos os lados. Acredite em mim.

Faço que não, sorrindo.

— O Tate não é assim. Você saberia se passasse algum tempo com ele.

— Eu passo! — protesta ela. — A gente vive saindo junto.

— Em grupo — corrijo. — Mas você mal fala com ele.

— Porque prefiro passar o tempo com você — devolve ela. — Hoje em dia, é a única oportunidade que eu tenho de ficarmos juntas.

Não há leveza alguma em sua voz. Faço uma pausa, sentindo a pele repuxada pela culpa.

— Me desculpa. Sei que dei pra trás em vários convites, mas...

— Tudo bem, eu entendo, você está apaixonadinha! — Elise revira os olhos de forma exagerada.

— Lise, *please*... — Estendo a mão para tocá-la. — Não seja assim.

— Assim como?

Faço outra pausa, subitamente incomodada.

— Assim. Não pode ficar feliz por mim?

— Eu estou, gatinha. — Ela me olha de esguelha e, então, amolece. — Estou felicíssima. Manda ver, seja a rainha do baile. Só toma cuidado, ok? Ele vai partir seu coração.

Eu pisco.

— Você não tem como saber. Talvez eu é que parta o dele.

Elise me fita com um olhar de dúvida.

— Você não tem isso dentro de você.

— Quer apostar?

— Vai perder. — Ela aperta minha mão enquanto o observa em campo. — Mas deixa comigo. Se ele te fizer sofrer, vai se ver comigo.

A ferocidade em sua voz toca fundo em meu peito. Eu me inclino e lhe dou um beijo no rosto.

— Eu te amo.

— Mais que demais.

— Sempre.

SEGUNDO INTERROGATÓRIO

DEKKER: **Analisamos as impressões digitais da faca. Encontramos as suas e as do sr. Dempsey. Como você explica isso?**

ANNA: **Eu... não sei. Se era uma das facas da cozinha... Quero dizer, eu usei uma.**

DEKKER: **Quando?**

ANNA: **Na noite anterior, talvez? Preparamos guacamole. Eu ajudei o Max, cortando algumas coisas.**

DEKKER: **E o sr. Dempsey?**

ANNA: **Ele também.**

DEKKER: **Por que está mentindo para mim?**

ANNA: **Não estou mentindo, juro.**

DEKKER: **E, no dia do assassinato... Vocês não se afastaram nem por um minuto.**

ANNA: **Não. Ficamos juntos a tarde toda.**

DEKKER: **Você não voltou em casa?**

ANNA: **Já te falei. Não.**

DEKKER: **Há quanto tempo você e o sr. Dempsey estão namorando?**

ANNA: **Desde o verão passado. Quase sete meses.**

DEKKER: **E você o ama.**

ANNA: **Amo.**

DEKKER: **E quanto à srta. Warren?**

ANNA: **O que o senhor quer dizer?**

DEKKER: **Você a amava também?**

ANNA: **Eu... sim. Ela era a minha melhor amiga.**

DEKKER: **E vocês três passavam muito tempo juntos.**

ANNA: **Claro que sim. Quero dizer, nós todos passávamos. O grupo inteiro.**

DEKKER: **Mas você, o sr. Dempsey e a srta. Warren em particular.**

ANNA: **Sei lá.**

DEKKER: **Segundo seus amigos, muitas vezes saíam só vocês três.**

ANNA: **Acho que sim. Quero dizer, a gente saía junto, sim, mas nada de mais. Não estou entendendo... Onde o senhor quer chegar com isso?**

DEKKER: **Só estou tentando entender melhor a amizade entre vocês, apenas isso.**

ANNA: **Mas o que isso tem a ver com a morte dela? O senhor não está me fazendo as perguntas certas! E quanto ao cara que ficou nos rondando? E quanto ao Niklas?**

DEKKER: **Deixe que eu julgo o que é importante. Agora, voltando à sua amizade com a srta. Warren. Vocês brigavam?**

ANNA: **Não.**

DEKKER: Nunca? Com certeza tiveram algumas divergências ou mal-entendidos.

ANNA: Não, a gente nunca brigava. Ela é como uma irmã pra mim. Ou melhor, era.

DEKKER: Quer dizer que você não tinha ciúmes dela?

ANNA: O quê? Não.

DEKKER: A srta. Chang disse que vocês duas brigavam com frequência.

ANNA: Não eram brigas de fato. Só implicância mesmo.

DEKKER: Então vocês discutiam.

ANNA: O senhor está distorcendo as minhas palavras. Não era como se... eram bobagens. Ela pegava uma camisa minha emprestada... eu esquecia de devolver o iPod dela. Nada sério. A gente nem ficava zangada.

DEKKER: E quanto ao sr. Dempsey? Como você definiria a relação dele com a srta. Warren?

ANNA: Eles não tinham uma relação. Quero dizer, sempre foi só amizade. Nós todos éramos muito amigos.

DEKKER: Não havia nenhuma tensão entre vocês?

ANNA: O que o senhor quer dizer com isso?

DEKKER: Bem, você e ela eram próximas, melhores amigas. Aí você começou a sair com ele. Com certeza isso provocou algum atrito.

ANNA: Não, não houve atrito algum. Nós todos nos dávamos muito bem.

DEKKER: Então ela não ficou ressentida pelo sr. Dempsey ter feito vocês duas se afastarem?

ANNA: Não. Eu não sei... não sei onde o senhor pretende chegar com essas perguntas, mas não é verdade. Ela não ficou com ciúmes; a Elise também tinha os casinhos dela. Vários inclusive. Estava saindo com o tal do Niklas pouco antes... eu te falei. Já conversou com ele? Onde ele estava na noite do assassinato?

DEKKER: Sou eu quem faz as perguntas aqui, srta. Chevalier.

ANNA: Mas não entendo. Tudo isso é pura perda de tempo!

ELLINGHAM: Acalme-se, por favor...

ANNA: Como pode me pedir isso?! Ela está morta, e eu estou sentada aqui, respondendo às mesmas malditas perguntas sem parar! E quanto ao cara que fez isso? Por que vocês não estão tentando encontrar ele?

(pausa)

DEKKER: Já terminou?

(pausa)

DEKKER: Srta. Chevalier... Dr. Ellingham, pode, por favor, lembrar sua cliente que é do interesse dela cooperar com este interrogatório?

ELLINGHAM: Anna...

ANNA: Tudo bem. Deixa pra lá. O que mais o senhor quer saber?

DEKKER: Sobre o primeiro dia, quando vocês chegaram à ilha...

ANNA: Já te contei tudo sobre esse dia.

DEKKER: Então me conte de novo.

FÉRIAS

— OLHA SÓ QUE VISTA! — MAX LARGA A MALA SOBRE O LUSTROSO PISO
de lajotas e solta um assobio, olhando para a praia e o azul profundo do oceano
mais além. Prendo a respiração e acompanho seu olhar. A vista das janelas da casa
de praia é perfeita, algo retirado de um cartão-postal, como se só faltasse um
Bem-vindo a Aruba no céu acima da palmeira ligeiramente inclinada pelo vento.

— Dane-se a vista... Ofurô! — exclama Chelsea. Ela abre a porta que dá
para a varanda e sai para o deque, chutando os chinelos de lado. A brisa penetra
o aposento, fresca e acolhedora após o longo voo e o perigoso trajeto de carro
desde o aeroporto; nós oito apertados numa van caindo aos pedaços, com nossas
malas amarradas no teto.

Solto o ar, sentindo o enjoo amainar agora que estou segura em chão firme.
E não qualquer chão, mas um lustroso piso de lajotas, decorado com alegres
tapetes trançados. A casa é moderna, blocos interligados erguidos sobre a areia,
com paredes brancas e quadros coloridos de arte abstrata. Uma sala de estar
aberta, com janelas gigantescas do chão ao teto que dão para o deque e propor-
cionam uma bela vista do oceano; uma área de cozinha em mármore escuro
e sofás convidativos posicionados em torno de uma TV de tela plana.

— Esse lugar é fantástico — falo para AK, absorvendo tudo enquanto os
outros saem para explorar. — Quando seu pai comprou?

— Uns dois anos atrás. — AK dá de ombros, indiferente, mas posso perceber
um quê de orgulho em seu sorriso. — Papai comprou a casa mais como uma
forma de reduzir o imposto de renda. Ele raramente vem pra cá.

— Pô, jogada de mestre! — Eu o abraço. Elise se junta a mim, plantando um beijo no rosto dele. Ela já trocou a roupa da viagem por um sutiã de biquíni e shorts jeans, os sapatos tendo sido descartados assim que passou pela porta.

— Mestre lendário — concorda ela. — Agora... onde ficam as bebidas?

Segue-se um coro de vivas da parte de Lamar e Max, que se jogam sobre os sofás. Tate, porém, só observa:

— Não tá um pouco cedo? — pergunta sem muita determinação. Elise revira os olhos em resposta.

— Você é o quê, nosso tutor legal? Talvez a gente devesse te chamar de *pápi*. — Ela o cutuca no peito com o indicador. Tate afasta a mão dela com um tapa.

— Só estou dizendo que a gente podia ir com mais calma. Você não precisa passar a semana inteira de ressaca.

— *Moi*? — Ela bate as pestanas em fingida inocência. — Tenho uma boa resistência para o álcool, *pápi*. Você é quem fica bêbado fácil. Ou já esqueceu da festa do Jordan mês passado? — Sorri com malícia.

— Ei! — interrompo os dois. — Menos conversa e mais goró.

Melanie se levanta num pulo.

— Eu ajudo — oferece alegremente. — O que vocês querem? Cerveja ou coquetéis?

— Antes que você se anime demais, dá uma olhada na cozinha — avisa AK. Ele pega o celular e, com a câmera ligada, dá um giro lento por toda a sala. — A empregada pode comprar o que a gente precisar, é só fazermos uma lista, mas não sei direito o que já temos aqui.

Elise segue direto até a cozinha, seguida por Melanie, que dá uma olhada na gigantesca geladeira e, em seguida, verifica os armários e gavetas.

Tate despenca no sofá ao meu lado. Apoio os pés descalços no colo dele e me aconchego.

— Não sabia que você tinha ficado bêbado na festa do Jordan. Foi por isso que seus pais surtaram?

Ele dá de ombros.

— Acho que sim. Mas não fiquei *tããão* bêbado... Você estava lá.

— Não estava, não. Eu estava gripada — refresco a memória dele.

Tate desvia os olhos.

— Não me lembrava. Elise tá de sacanagem, só isso.

Deixo o assunto de lado. Os pais dele encontraram um punhado de garrafas vazias ao voltarem de um fim de semana em Nova York no mês passado, e mesmo jurando que mal havia tocado nelas, Tate teve que escutar um tremendo de um sermão sobre responsabilidade, escolhas e consequências. O que quer que eles tenham dito, foi o bastante para ele baixar a bola. O último ano já está na metade, o resultado das admissões para a faculdade brilham no horizonte — há semanas ele tem andado tão tenso que posso entender o motivo de não querer correr nenhum risco, não quando está tão perto da linha de chegada.

— Tenta relaxar um pouco, pelo menos essa semana — peço, e começo a beijar-lhe o pescoço, acompanhando a linha do maxilar até a clavícula. — Você tem andado estressado demais.

Ele me oferece um sorriso meio sem graça.

— Eu sei. Desculpa.

— Não é nenhum crime. — Entrelaço nossos dedos. — Só quero que a gente se divirta, só isso.

— Acho que um pouco de diversão não vai fazer mal. — Ele se inclina e me beija de volta, de forma leve e delicada. Ergo a mão para afagar-lhe o cabelo, e Tate aprofunda o beijo, demorando-se...

— Arrumem um quarto! — Uma almofada nos acerta em cheio na cara. Tate se afasta e joga a almofada de volta na cabeça do Max, que pega mais duas e as lança em nossa direção. Eu me abaixo, rindo, os braços levantados para me defender do ataque. Apesar da longa viagem, estamos todos bastante animados, tendo finalmente caído a ficha de que, após tantos planos e preparações, temos uma semana inteira pela frente, longe da realidade.

— Por falar em quartos... — Chelsea entra novamente na sala, os cabelos soltos e já emaranhados pela brisa. — Como vamos fazer?

— A casa tem cinco quartos — responde AK, tirando uma foto dela com o celular. — Escolham como quiserem.

— Eu quero o grande com varanda! — grita Elise da cozinha. — Não vou subir a escada com as minhas coisas.

Melanie reclama em tom de lamúria.

— Mas achei que a gente fosse dividir um quarto.

— De jeito nenhum. — Elise volta para a sala. — Pretendo me divertir essa semana.

— Piranha! — grita Max.

— Com certeza! — Elise faz uma pose. Eu rio e jogo uma das almofadas em cima dela.

— Ficaremos no quarto ao lado da porta da frente. — Tate olha para mim em busca de confirmação. — Já até deixei minhas coisas lá.

— Por mim... — Eu me levanto e pego minha mala. — Preciso me trocar. Sinto como se estivesse cheirando a aeroporto.

— E depois precisamos sair para fazer compras — declara Elise. — Não tem nada aqui.

— Mas a geladeira tá cheia. — Melanie franze a testa.

— Verdade, cheia de frutas e saladas. — Elise faz um muxoxo. — Precisamos de limão, refrigerantes, hortelã para os mojitos...

— Batata frita — acrescenta Lamar.

— Sorvete — concorda Chelsea, as mãos apoiadas nos ombros dele.

— Cerveja! — exclama AK.

Deixo-os planejando nossa lista de compras e saio para o corredor com minha mala em direção ao quarto que Tate mencionou, ao lado da porta da frente. Sorrio ao abrir a porta. São dois quartos neste andar, e mais três no de cima, que dão para uma segunda varanda e possuem uma vista ainda melhor, mas este é mais reservado e é suíte, e não tem ninguém na porta ao lado para escutar nada através das paredes.

Largo minha mala ao lado do armário e entro no banheiro de ladrilhos verdes, equipado com toalhas felpudas e armários repletos de sabonetes líquidos e xampus, tal como um hotel sofisticado. Não que eu pudesse esperar nada diferente da família do AK. O pai dele fez fortuna com o boom tecnológico e tem uma queda por brinquedinhos chamativos: AK sempre aparece com celulares e laptops de última geração que ainda nem saíram no mercado, além de possuir à sua disposição cinco carros esportivos diferentes na garagem de casa. Alguns dos outros pais olham torto para ele durante os eventos escolares, mas se o sr. Kundra percebe, não deixa transparecer, andando de um lado para o outro com ternos de estilistas famosos e relógios de dez mil dólares, enquanto o motorista particular o aguarda do lado de fora.

Faço uma pequena pausa, pensando no meu pai, nas conversas sussurradas ao telefone e nas horas extras que vem fazendo ultimamente. Certas noites, papai só chega em casa do escritório depois da meia-noite, parecendo exausto e abatido, mas sempre que pergunto o motivo, ele descarta minha preocupação com alguma desculpa sobre período de declaração de impostos e clientes exigentes. Quero muito acreditar nele, mas não consigo evitar escutar as conversas abafadas entre os outros pais, com suas observações sombrias sobre uma possível recessão econômica e como todo mundo está sendo obrigado a cortar gastos.

Essas, porém, são minhas férias, um período de trégua de tudo isso. Afasto minhas preocupações, ligo o chuveiro de multijatos e tiro a calça jeans. Estou passando a camiseta pela cabeça quando escuto Tate no quarto.

— Tey, você tá com o meu colar? — pergunto. — O que eu esqueci de tirar antes de passar pelo detector de metais? Acho que eu guardei na sua mala, no bolso da frente.

Um par de mãos geladas se fecha em torno da minha cintura. Solto um gritinho esganiçado e viro a cabeça. É Elise.

— Que susto!

— Não devia ter deixado a porta aberta — retruca ela, me abraçando com força por trás. — Qualquer um poderia ter entrado aqui.

— Pessoas educadas batem antes — ressalto com um sorriso. Meus olhos encontram os dela pelo espelho, ambas com uma expressão deslumbrada. — Uma casa e tanto, não acha?

— Sofisticada — concorda ela, tascando um beijo em meu ombro. — Está melhor?

— Muitíssimo melhor — respondo, e é verdade. Todo o estresse de Boston, do meu pai e da escola parecem subitamente a um mundo de distância, tendo se dissolvido sob o brilhante sol que se derrama à nossa volta, aquecendo as lajotas sob nossos pés descalços. — Você tinha razão sobre esse lugar. — Eu a abraço de volta. — O Tate também parece melhor.

— Você não me contou que ele estava meio deprê. Qual é o problema?

— Nada... Tudo. — Solto um suspiro. — Escola, família, o de sempre. Mas está tudo bem agora. A gente só precisava se afastar de lá.

— Não te falei? — Elise me solta. — Agora, anda logo! Vamos sair pra fazer as compras em dez minutos.

— Sim, senhora! — Bato continência de forma brincalhona. Ela me dá um tapa na bunda e sai do banheiro antes que eu possa protestar, me deixando sozinha com meu reflexo embaçado. Reparo em meu próprio sorriso, relaxado e feliz, e juro para mim mesma não pensar mais no meu pai. Pelos próximos sete dias, a vida em Boston não existe. O mundo real pode esperar.

Uma vez no mercado local, enchemos o carrinho com cerveja e guloseimas como se estivéssemos fazendo compras para um mês, e não apenas uma semana. A garota do caixa nem sequer pede nossas identidades, simplesmente passa a montanha de álcool como se fosse refrigerante.

— É tão estranho sermos considerados maiores de idade aqui. — Melanie lança um olhar por cima do ombro ao sairmos da loja de conveniência em direção à rua movimentada. — Durante todo o tempo que ela levou para passar as compras, tive a sensação de que estávamos cometendo algum crime.

— Por que será que na nossa terra isso é um problema tão grande? — questiona Chelsea, chupando um picolé. — Quando eu fui para a Europa, reparei que as crianças tomam vinho em quase todas as refeições.

— Ohhh! — implico. — Olha só pra ela, tão europeia!

Elise faz coro comigo.

— Aquela vez que fomos a Paris... Ah, eu te contei da vez em que estivemos em Roma?

Chelsea dá um empurrãozinho de brincadeira em Elise.

— Cala a boca, você sabe o que eu quero dizer.

— Ei, meninas, não querem dar uma mãozinha aqui?

Nós nos viramos e vemos os rapazes ralando para carregar nossa gigantesca pilha de compras.

— Não, obrigada — grita Elise alegremente. — Tenho certeza de que rapazes tão fortes como vocês conseguem lidar com isso sozinhos.

Max retruca fazendo um sinal obsceno com a mão.

Nós os deixamos cuidar de tudo e seguimos em direção à casa de praia. Essa parte da rua é estreita e barulhenta, repleta de vitrines coloridas exibindo peças de artesanato local, cartões de telefone pré-pagos e lembrancinhas cafonas. Alguns dos comerciantes locais expõem seus produtos em barraquinhas armadas ao longo da calçada: bijuterias de contas e pequenas estatuetas esculpidas em madeira. Chelsea e Mel diminuem o passo para vascular as bugigangas expostas. Sigo lado a lado com Elise, mastigando tirinhas de balas de alcaçuz.

— Esperem! — chama Mel.

Elise nem diminui o passo, apenas revira os olhos.

— Que mala... — suspira. — Antes da gente sair, encheu o saco por causa do lance do quarto.

— Um saco inteiro? — Eu rio.

— Dez! Como se eu fosse mudar meu jeito só pra dividir um quarto com ela. Acho que ela queria é ficar me admirando — acrescenta, dando uma risadinha debochada. — Você sabe que a Mel é obcecada por mim.

— Dá um tempo! — Lanço-lhe um olhar de censura. — A Mel não é tão sem noção assim. Ela só é...

— Reclamona? Pegajosa? Insegura?

— Certinha demais — retruco de maneira diplomática. — Vamos arrumar um cara pra ela quando sairmos hoje à noite. Assim ela vai ficar distraída e vai parar de perturbar.

— Você é tão boazinha... — Elise solta outro suspiro.

— Ei, ela é sua amiga! — ressalto.

— Tá bom. *Eu* é que sou boazinha demais. — Ela repara em algo na outra calçada. — Ai, que fofo!

Dizendo isso, vai para o meio da rua. Um carro velho buzina e desvia para não atropelá-la. Elise o ignora solenemente. Simplesmente serpenteia em meio aos carros em direção a uma barraquinha situada na esquina do outro lado. Espero os carros passarem e, em seguida, vou atrás dela.

— Estamos aqui de férias. — Ela está sorrindo para o comerciante quando me aproximo. Ele é alto e musculoso, com uma camisa de linho aberta sobre a pele bronzeada e cabelo rastafári.

— Você tem cara de que gosta de uma boa festa, acertei? Então veio para o lugar certo. — O sujeito abre um sorriso de orelha a orelha. — Um amigo meu é dono de um bar lá na praia. Se você quiser, posso conseguir uns convites.

Elise bate as pestanas.

— Seria ótimo. — Ela se vira para mim. — Esse é meu novo amigo, Juan — apresenta. — Ele conhece todos os lugares maneiros.

— Ah! Show. — Olho com desconfiança para a barraquinha. Na verdade, não chega nem a ser uma barraca, apenas uma tábua de madeira posicionada sobre dois caixotes, com bijuterias e outras bugigangas espalhadas sobre um pano azul sujo e puído. Elise pega um bracelete de argolas de metal e contas de ônix.

— O que você acha?

— Acho que parece algo que surgiu na beira da praia, trazido pela maré. Vamos lá, a galera tá esperando.

Ela finca o pé.

— Eu gosto.

— Sua amiga tem bom gosto — observa Juan. — Um belo bracelete para uma bela garota.

— Elise. — Eu lhe dou um puxão no braço e acrescento em voz baixa: — Esses caras só querem arrancar dinheiro de você.

— Juan não faria isso, faria? — Elise flerta mais um pouco. Ela está com sua melhor expressão de "você é um cavalheiro", a que usa para atrair e convencer os pobres coitados a nos oferecer uma rodada após a outra nos bares da State Street. Eu me afasto alguns passos, sabendo que ela não irá desistir até conseguir o que deseja. — Quanto? — pergunta, os olhos arregalados.

— Para você? Um presente — responde Juan com um sorriso radiante.

— Jura? — insiste Elise. — Isso não é uma pegadinha, é? Porque seria muito perverso da sua parte. — Seu tom de voz ainda é de flerte.

— Claro que não. — Juan segura a mão dela enquanto prende o bracelete. — Talvez a gente possa tomar um drinque. Vou te mostrar o bar perto da água.

Ela puxa a mão.

— Acho que o meu namorado não aprovaria.

Juan leva a mão ao peito, fingindo estar de coração partido.

— Você tem namorado?

— Vários — responde ela com um sorrisinho.

Nesse momento, um assovio penetrante soa um pouco mais além. Nós duas nos viramos para olhar. Chelsea e os rapazes estão parados diante de uma loja de artigos de praia, acenando para chamar nossa atenção — botes infláveis e outros brinquedinhos decoram a frente da vitrine. Lamar está com uma boia em formato de pato em volta da cintura, por cima das roupas, enquanto Tate e Max duelam com fluorescentes espadas infláveis.

Elise ri.

— Brincadeiras fálicas, só pra variar.

— Espera só até eles começarem uma luta corpo a corpo — acrescento. — Terminamos?

— Sim. — Elise se vira de volta para Juan. — Obrigada pelo bracelete. — Começa a se afastar, mas ele a pega pelo braço.

— Espera, espera — diz Juan. — Aonde você vai? Vamos tomar um drinque mais tarde.

— Não, obrigada. — Elise se desvencilha com um puxão.

— Eu te encontro no bar — insiste ele.

O sorriso dela desaparece.

— Eu disse *não*. — Ela se vira para mim. — Babaca! — exclama, revirando os olhos, mas sem baixar o tom de voz.

A expressão de Juan torna-se sombria.

— Então é assim? Você quer me passar a perna. Acha que tudo isso é uma brincadeira? Que Juan é um otário?

Elise e eu nos entreolhamos e começamos a nos afastar, rápido.

— Malditas americanas! — A voz dele ecoa às nossas costas enquanto nos metemos rapidamente na multidão. — Bando de putinhas!

Assim que nos vimos longe o bastante da barraquinha, eu me viro para Elise, pau da vida.

— Por que você fez isso?

— Isso o quê?

— Deu mole pra ele. Você não pode sair assim, azarando qualquer um. Não é seguro.

— Relaxa. — Ela não parece nem um pouco preocupada. — De qualquer forma, valeu a pena. Olha! — Mostra o bracelete.

— Mesmo assim... — Olho por cima do ombro e sinto um súbito arrepio de pânico. Juan está uns seis, sete metros atrás da gente, e vem se aproximando rapidamente. — Elise — sibilo. — Ele está nos seguindo.

Ela nem olha.

— Ignora. O cara é maluco. O que que ele pode fazer?

Isso não me tranquiliza nem um pouco. Começo a andar mais rápido, arrastando-a comigo até alcançarmos o restante do nosso grupo, que continua nos esperando do lado de fora da loja.

— Ei! — Tate passa o braço em volta do meu ombro. — Onde vocês foram?

— Lugar nenhum. — Lanço outro olhar por cima do ombro, mas não vejo sinal do Juan. Solto o ar lentamente.

— Está tudo bem? — pergunta Tate, franzindo a testa.

— Está. — Forço um sorriso. — Não foi nada.

Seguimos de volta para a casa de praia com nossas compras e os novos brinquedinhos. Elise vai dançando na frente, contando como conseguiu seu novo bracelete.

— Tem certeza de que está bem? — pergunta Tate de novo ao chegarmos em casa. AK destranca a porta da frente e os outros entram, falando alto e despreocupadamente.

— O quê? Ah, sim, tudo bem. — Olho por cima do ombro uma última vez e congelo.

Juan está parado do outro lado da rua, nos observando.

— Anna! — Elise sai de novo e me pega pela mão. — Onde você deixou seu iPod? Precisamos de música para a nossa festa!

— Hum... em cima da cômoda, eu acho.

Quando me viro de novo, Juan não está mais lá. Talvez jamais tenha estado. Sinto um calafrio e entro em casa atrás dos outros. A porta se fecha.

O JULGAMENTO

— **OFICIAL CARLSSON, O SENHOR PARTICIPOU DA EQUIPE DE INVESTI-**gação do juiz Dekker, correto?

Meu advogado verifica alguns papéis sobre a mesa e, em seguida, se aproxima do banco das testemunhas. Carlsson tem uns vinte e poucos anos, com cabelos louros cortados à máquina e uma expressão ansiosa. Numa delegacia repleta de rostos desconfiados e olhares gélidos, ele foi um dos poucos que se mostrou amigável: o que verificava se eu queria um copo d'água, se precisava de um intervalo para ir ao banheiro ou que falava comigo como se eu fosse um ser humano normal, em vez de simplesmente gritar por horas, como Dekker. Agora, sentado no banco, me lança um olhar solidário antes de responder.

— Sim. Fui designado para o caso na manhã seguinte à descoberta do corpo.

— Isso significa que trabalhou desde o começo com o promotor na avaliação das provas e das possíveis pistas, correto?

— Exato.

— Então estava presente durante o interrogatório da srta. Chevalier, quando ela contou sobre o incidente com... Sinto muito, não sei o sobrenome dele. O incidente com o homem conhecido como Juan?

Ele aperta o controle e a foto de Juan surge no telão acima. É uma imagem de registro policial, em que Juan aparece carrancudo e com olheiras. Um ruído baixo de pessoas soltando o ar por entre os dentes ecoa pela sala. Juan parece perigoso.

— Sinto muito — desculpa-se meu advogado com a juíza, porém sem nenhum sinal de arrependimento na voz. — É a única foto que temos dele.

A juíza Von Koppel não parece nem um pouco impressionada. Ela brande a mão dizendo "continue".

— Oficial Carlsson?

Carlsson assente com um menear de cabeça.

— Sim. A srta. Chevalier nos contou sobre o encontro com Juan no mercado, e como ele as seguiu até a casa. Disse que ele ficou "putaço" quando a srta. Warren o rejeitou.

— Um homem enfurecido, que segue a vítima até em casa... — Meu advogado faz uma pausa dramática. — E o senhor não achou que valia a pena averiguar essa informação?

— Achei, sim. — Carlsson olha na direção em que Dekker está sentado, à mesa do promotor. — Eu achei que ele deveria ter sido considerado um dos principais suspeitos na investigação.

— Devido a seu comportamento ameaçador?

— Sim, mas havia mais — acrescenta ele. — Ocorreram vários arrombamentos na área durante as semanas que precederam o crime. A descrição de Juan combinava com a do homem que foi visto fugindo de uma dessas cenas.

Olho cheia de esperança para a juíza novamente, mas ela está fazendo anotações com uma expressão impassível.

— Então o senhor acreditava que ele era um criminoso, suspeito de arrombar casas à beira-mar. Casas como a do sr. Kundra. — Meu advogado faz outra pausa. — E não tentou encontrá-lo?

— Tentei. Interroguei colegas e conhecidos dele e fiz perguntas pela vizinhança, mas ele sumiu. — Carlsson dá de ombros. — Ao que parece, deixou a ilha.

— Ele fugiu. E o senhor parou de procurá-lo?

— Não. — Carlsson lança um olhar irritado na direção de Dekker. — Preenchi um formulário pedindo a liberação de mais recursos, a cooperação de outros departamentos policiais nas ilhas vizinhas e uma equipe extra para averiguar as câmeras de segurança das docas e portos.

— E esse pedido foi recusado?

— Foi. Me disseram que seria perda de tempo.

— Sinto muito, mas não entendo. — Meu advogado está enrolando, mas não me importo, não quando ele está fazendo isso em meu benefício. — O senhor tinha um suspeito ligado a outros arrombamentos, tal como o que ocorreu juntamente com o assassinato da srta. Warren, e lhe disseram para parar de investigá-lo?

— Dekker disse que era irrelevante. — Carlsson me fita com uma expressão de arrependimento. — Ele chegou à conclusão de que o arrombamento foi encenado, de que alguém do grupo a matou e simplesmente quebrou as portas depois. E me mandou abandonar a investigação a respeito do tal Juan e focar a atenção na srta. Chevalier e no sr. Dempsey. Eu até tentei passar por cima dele — acrescenta, falando diretamente com a juíza Von Koppel. — Achei que ele estava cometendo um erro. Ainda acho. Mas ninguém me deu ouvidos. Dekker estava obcecado.

Obcecado.

Meu advogado deixa a palavra pairando no ar por um momento, e preciso me controlar para não sorrir. Carlsson foi transferido para um departamento do outro lado da ilha duas semanas após eu ter sido indiciada. Dekker e sua equipe tentaram de tudo para mantê-lo fora do julgamento, mas conseguimos que ele fosse forçado a comparecer, e tê-lo agora no banco das testemunhas parece uma vitória — pra variar, alguém que não está falando do meu ciúme e mudanças de humor, da minha óbvia culpa.

— Vamos falar sobre a cena do crime. — Meu advogado aperta o controle de novo, e a imagem do quarto destruído de Elise aparece no telão. Ele clica mais uma vez e a imagem se fecha nas portas da varanda e na miríade de cacos de vidro espalhados pelo chão. — De acordo com o testemunho dos especialistas contratados pela promotoria, as portas foram quebradas após o ataque, de dentro para fora. O senhor concorda?

— É possível — responde Carlsson de maneira relutante. — Havia vidro no piso da varanda também, o que poderia condizer com as portas terem sido quebradas de dentro para fora. Mas havia vidro por todos os lados — acrescenta ele. — Pessoas entraram e saíram do quarto por horas. Essas fotos só foram tiradas depois que os paramédicos saíram. Não há como saber o quanto a cena foi contaminada.

— Ainda assim o senhor acredita que foi um arrombamento genuíno? — continua meu advogado. — O juiz Dekker, porém, disse para a corte que nada foi roubado, com exceção do colar da vítima.

— Exato — confirma Carlsson. — O que não significa que o agressor não tivesse a intenção de roubar a casa. Ele talvez tenha sido surpreendido pela srta. Warren, e fugiu depois de matá-la. Como eu disse, ocorreram outros arrombamentos que condizem com o padrão e o comportamento desse tal Juan.

— Deixe-me lhe perguntar, então, oficial Carlsson. Depois de examinar todas as provas, as mesmas fornecidas ao detetive Dekker, o que o senhor acha que realmente aconteceu naquela noite?

Carlsson olha para a gente.

— Simples. O cara entra na casa, encontra Elise lá e a ataca... por pânico ou raiva. As roupas rasgadas indicam que pode ter havido uma tentativa de estupro. Ela o rejeitou antes, de modo que esse tal Juan tinha motivos para feri-la da forma como fez. É o que faz sentido, pelo menos mais sentido do que um de seus amigos subitamente se virar contra ela.

— Obrigado. Isso é tudo. Sem mais perguntas.

DEPOIS

ELES NOS MANTÊM EM SUSPENSE POR UMA SEMANA, AGUARDANDO na ilha por alguma novidade. Todos os dias, pelo menos um de nós é chamado para um novo interrogatório, agora com a presença de nossos pais e advogados. Os repórteres e cinegrafistas continuam mantendo um cerco em torno do hotel, de modo que não podemos ir a lugar algum; permanecemos, portanto, sentados na suíte, assistindo TV, pedindo o que quer que seja ao serviço de quarto e esperando que tudo isso acabe.

AK mal abre a boca. Melanie chora o tempo todo. Max passa a maior parte do dia no quarto com as persianas abaixadas, dopado de tanto ansiolítico.

Tudo o que queremos é voltar para casa.

— O que eles te perguntaram dessa vez? — Lamar levanta os olhos da tela do laptop assim que entro na suíte. Papai e Ellingham estão na "sala de conferências" conversando com os outros pais; estamos sozinhos na suíte.

Dou de ombros, despindo meu cardigã.

— As mesmas coisas de sempre. O que aconteceu, onde a gente estava...

Olho para Tate, que está sentado diante da TV. Ele me fita com uma expressão de interrogação e eu faço que sim. Estamos bem.

— Não entendo. — Chelsea está enroscada no sofá ao lado dele. — Por que eles ficam nos perguntando as mesmas coisas? Não deveria haver gravações de segurança ou testemunhas?

Não me dou ao trabalho de responder. Sigo me arrastando até a pequena cozinha no canto do aposento, abro a torneira de água fria e deixo o jato correr

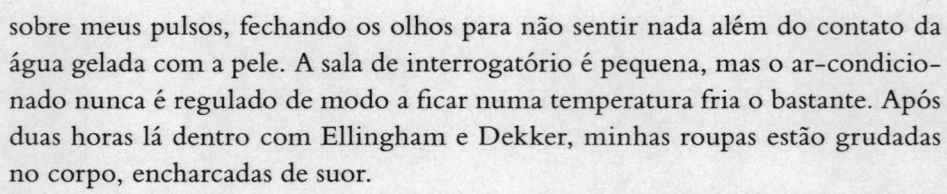

sobre meus pulsos, fechando os olhos para não sentir nada além do contato da água gelada com a pele. A sala de interrogatório é pequena, mas o ar-condicionado nunca é regulado de modo a ficar numa temperatura fria o bastante. Após duas horas lá dentro com Ellingham e Dekker, minhas roupas estão grudadas no corpo, encharcadas de suor.

— Quem quer que tenha feito isso, planejou antes — diz AK. Eu me viro, surpresa. Ele está em pé ao lado das janelas, olhando para o mar com a mesma expressão indecifrável que vem usando desde que encontramos Elise. — A porta da frente tem câmera. Eles sabiam que não poderiam entrar por ali, caso contrário, teriam sido filmados.

— Então, o quê? Andaram sondando o lugar? — pergunta Lamar.

Chelsea se aproxima dele e o abraça com força.

— Isso significa que eles andaram nos observando. A semana inteira. Aguardando. — Ela estremece.

— Talvez. — AK faz uma pausa. — Ou talvez eles já tivessem todas as informações.

— O que você quer dizer com isso? — Tate se pronuncia pela primeira vez. AK se vira para a gente.

— Não sei... Tudo o que sei é que eu passei três horas naquela delegacia ontem, respondendo a perguntas sobre vocês dois. Há quanto tempo já estão juntos. O que vocês costumam fazer. Como a Elise se encaixava na relação... Era só o que ele queria saber.

— O cara é louco — digo rapidamente.

— Será? — grita AK de volta. — Eles são os especialistas no assunto. Analisaram a cena do crime, fizeram uma autópsia e tudo o mais. Se achassem que foi alguém de fora, não estariam zanzando por aí, procurando o assassino?

— O que está acontecendo? — pergunta Melanie, parada na soleira da porta. Ela está vestindo um dos robes do hotel, os cabelos escuros escorrendo em torno do rosto. Seus olhos nos percorrem de um em um. — Eles encontraram alguma coisa?

— Nada, amiga. — Chelsea faz que não. — Não é nada.

— Nada que vocês queiram pensar a respeito — murmura AK.

— Como está se sentindo? — interrompo. Ela dá de ombros e segue até o sofá arrastando os pés.

— As aulas já recomeçaram — observa, sentando-se de frente para os outros. — Quando vocês acham que eles deixarão a gente voltar?

— Logo. Espero. — Ofereço-lhe um sorriso encorajador. — Até mesmo matemática é melhor do que isso.

Melanie não olha para mim. Em vez disso, estende a mão para pegar o controle e zapeia até encontrar um dos canais a cabo de notícias. A imagem familiar do nosso hotel preenche a tela, a repórter de cabelos lustrosos transmitindo ao vivo da rua lá embaixo.

— Mel — falo baixinho. — Não faz isso. Lembra que eles nos disseram para não assistir nada.

— Eu quero ver — insiste ela, aumentando o volume.

"... Como nenhuma prisão foi efetuada ainda, a pressão em cima do investigador responsável pelo caso, Klaus Dekker, aumenta a cada dia." A repórter loura, de olhos grandes, segura o microfone diante da boca. Com uma camisa de gola e gravata de lacinho, ela parece uma universitária, como se tivesse largado uma chopada com a galera depois da aula ao ser chamada pela emissora para o trabalho.

"Como está o humor geral na ilha, Katie?", pergunta o âncora.

"Andei conversando com os moradores locais e outros turistas, mas todos continuam em estado de choque." Katie franze a testa em sinal de preocupação. "Embora seja um destino conhecido por sua vida noturna, fotos dos adolescentes bebendo e festejando enlouquecidamente têm feito as pessoas pararem para pensar e ponderar sobre o tipo de comportamento da vítima e de seus amigos."

"Verdade. Nós temos visto as fotos postadas nas mídias sociais desses estudantes..."

"Exatamente. E a última delas, dos amigos da vítima, Anna Chevalier e Tate Dempsey, levanta ainda mais especulações." A imagem surge no topo da tela. "Ela foi tirada poucas horas após o assassinato de Elise, e mostra os dois rindo e brincando na varanda do hotel, aparentemente indiferentes a essa morte tão brutal..."

Tate arranca o controle da mão da Mel e desliga a televisão.

— Já chega! É tudo bobagem, só querem aumentar a audiência.

— Eu tinha certeza que você diria isso — murmura AK novamente.

Tate gira nos calcanhares.

— Tá insinuando o quê?

— Tate. — Eu me enfio na frente dele. — O dia foi longo, ok? Estamos todos cansados, e...

— Não, estou falando sério. — Ele me afasta e vai até AK. — Bota pra fora. Se tem algo a dizer, então desembucha.

AK o encara.

— Certo. — Seu tom de voz é grave. — Por que vocês não foram mergulhar com a gente?

Tate o encara no fundo dos olhos.

— Você sabe muito bem. Estávamos de ressaca, só queríamos ficar quietos.

— Não é verdade. Você tinha dito que ia, que mal podia esperar — rebate AK. — Mas foi só a Elise dizer que ia ficar pra você rapidinho mudar de ideia.

— Tate? Do que ele está falando? — pergunto.

— Nada. — Seus olhos tremem de raiva. — Ele tá falando merda.

— Nós dois decidimos ficar — eu digo para AK, me metendo entre eles. — Nenhum motivo em especial. A gente só queria passar um tempo sozinhos.

— É por isso que vocês não foram dar uma olhada nela? — AK exige saber. — Estavam ocupados demais trepando enquanto ela sangrava até a morte?

— A gente mandou mensagem! — protesto. — Todos nós mandamos. E se você estava tão preocupado, por que não foi ver como ela estava antes de sair?

— Era cedo demais. — Ele desvia os olhos.

— Cedo? Eram quase dez da manhã! — Eu o corrijo. — Não lembra? Ela não saiu pra tomar café. E você foi até o quarto e bateu na porta — acrescento, me virando para Mel.

O rosto dela se contrai.

— Acha que eu não sei disso? Que eu não voltaria no tempo se pudesse e arrombaria aquela porta ou algo do gênero?

— Ei! — Chelsea estende o braço para confortá-la. — Parem com isso, todos vocês. Essa discussão não vai levar a lugar algum. Ninguém tem culpa.

— Você vive repetindo isso! — explode AK. — Mas não tem como saber se é verdade. Ninguém sabe. Não estávamos lá.

— Mas a gente estava, é isso que você tá insinuando? — Tate avança um passo, ficando cara a cara com AK. Posso sentir a tensão irradiando dele, o corpo inteiro contraído, preparado para atacar.

— Será que vocês podem se acalmar? — suplico. — Precisamos nos manter unidos.

— Por quê?! — rebate AK aos gritos. — Porque está preocupada com o que a gente possa dizer, se vai deixar os dois mal?

— Porque é verdade!

Minha voz ecoa pelo aposento, suplicante, mas é como se uma linha tivesse dividido a sala ao meio. Tate e eu de um lado, AK do outro, e Melanie, Lamar e Chelsea entre nós, calados.

— Você realmente acha que a gente teve algo a ver com a morte dela? — pergunto a ele, a voz falhando. — Que seríamos capazes de cometer uma atrocidade dessas, que... — Prendo a respiração.

— Não sei — responde ele por fim, a voz sem entonação. — Não sei mais o que pensar.

— Muito obrigado, parceiro — observa Tate, esbanjando sarcasmo.

— Ele não tá falando sério — digo, mas Tate simplesmente se vira e sai da sala, batendo a porta. O som é semelhante ao de um tiro.

Silêncio.

— Vai atrás dele — incito AK. — Peça desculpas. Você pode dar um jeito nisso. Estamos todos estressados, não estamos conseguindo pensar direito...

— Eu estou. — AK me fita. — Provavelmente sou o único que está conseguindo ver as coisas com clareza.

Estremeço. Seus olhos me queimam por dentro de uma maneira como nunca senti antes. AK é o playboy, o palhaço, o que sugere uma ida até Allston às duas da manhã em busca de algum lendário food truck. Ele nunca fica com raiva, jamais guarda ressentimento. No momento, porém, me olha como se eu fosse uma estranha.

— AK... — começo, mas antes mesmo que eu possa dizer qualquer outra coisa, a porta se abre e meu pai entra na suíte como um tufão, seguido por mais dois outros pais.

— Está tudo bem, querida. — Ele atravessa a sala e me puxa para um abraço. — Tudo será esclarecido.

— O que está acontecendo? — Minhas palavras saem abafadas de encontro ao suéter dele. Papai me aperta com tanta força que posso senti-lo tremendo. Sinto um súbito calafrio, e o sangue gela em minhas veias. — Pai, o que houve?

— Sr. Chevalier, por favor, se afaste.

Ele me solta. Ergo os olhos e vejo Dekker passar pela porta com mais dois policiais em seus calcanhares. Sua expressão é de puro triunfo.

— Pai? — Minha voz tem um quê de pânico.

— Fique calma — pede ele. — Tomaremos conta de você.

Recuo um passo.

— Mas o que está acontecendo?

Dekker avança.

— Anna Chevalier, tenho um mandado de prisão contra você, pelo assassinato de Elise Warren.

O chão desaparece sob meus pés.

Cambaleio alguns passos, mas Dekker me segura e puxa minhas mãos para trás. Em seguida, me empurra de encontro à parede. Meu pai grita em protesto ao mesmo tempo que sinto o metal frio das algemas se fecharem em torno dos meus pulsos.

— Você tem o direito de ficar calada...

Minha voz falha. Posso ver os lábios dele se movendo, a explosão de pânico e confusão por toda a sala, mas tudo é abafado pelo rugido do sangue em meus ouvidos enquanto Dekker me conduz em direção à porta. Só consigo captar rápidos vislumbres do cenário à minha volta. A expressão do meu pai, apavorado e impotente. Chelsea chorando no ombro de Lamar. A camareira no corredor observando de boca aberta os policiais me arrastarem até o elevador. Os turistas no saguão apontando de olhos arregalados enquanto erguem seus celulares. A equipe de repórteres do lado de fora pressionando os rostos contra o vidro, e o espocar dos flashes.

Sou arrancada subitamente do transe pelas luzes ofuscantes quando Dekker me puxa para fora do prédio e me lança no meio da multidão. Os jornalistas avançam por todos os lados. Estou no olho do furacão, todo e qualquer pensamento afogado pelos gritos ao meu redor. A multidão parece dez vezes maior que o usual — todos apontando as câmeras para mim, gritando perguntas com uma expressão de pura felicidade.

— Você a matou?

— Onde estão as provas?

— Ela está sendo acusada?

— Por que você fez isso?

Eu tropeço e quase caio, mas, de repente, Ellingham está ao meu lado, me ajudando a prosseguir em direção à viatura.

— Não diga nada — ordena ele. — Não fale uma única palavra até que eu chegue lá.

— Mas, e quanto...

Minha voz é abafada por um novo rugir da multidão. Tate vem sendo conduzido para fora do hotel, um pouco atrás de mim. Ele também está algemado e acompanhado por mais dois policiais. Os pais e o advogado o seguem de perto, em pânico.

— Tate! — grito, lutando contra as algemas que me prendem. — Tate, vai dar tudo certo!

Eles o levam para outra van à espera, mas, antes que seja forçado a entrar, Tate ergue os olhos e procura por mim em meio à multidão.

— Tate! — grito de novo, impotente.

Seus olhos encontram os meus por um segundo. Sua expressão é de raiva. Em seguida, ele se vira de costas.

HALLOWEEN

— CHEGA DE FOTOS, GALERA! — AK ERGUE A GARRAFA DE VODCA, gritando acima dos solos de guitarra que reverberam pela cozinha. É tarde da noite, e eu estou espremida entre Elise e Tate, posando para a câmera do celular dele. AK acena, impaciente, e derrama um pouco da vodca. — Vamos continuar a comemoração na rua?

— Levanta o dedo quem acha que ele não deve dirigir! — Com uma risada, Chelsea arranca a garrafa da mão dele e toma um gole. Sua pele bronzeada está coberta de purpurina e ela está usando uma provocante fantasia de princesa Leia, os cabelos longos presos em duas tranças grossas enroladas acima das orelhas.

— Do que você tá falando? — Vestido como um revolucionário, AK tira o quepe e faz uma reverência. — Estou tão sóbrio quanto um túmulo.

— Péssima analogia. Hoje é o dia dos mortos — ressalta Elise, com uma das mãos ainda apoiada em meu ombro e a outra segurando uma faca de cozinha que sujamos com sangue falso. — Bora pra balada no cemitério! Todos os espíritos enlouquecidos... — brinca.

— Ah, para. Cala a boca. Eu sei que você não acredita nessas coisas — digo e me viro para ela. — Fantasmas, espíritos e toda essa merda.

— E bota merda nisso! — Elise ri. — Se fosse um filme de terror, você teria acabado de virar o alvo da vingança de algum morto-vivo.

— Boo! — eu grito, brandindo os braços. — Estão escutando, espíritos malignos? Eu rio na cara de vocês e os desafio. Venham me pegar.

— E... eu voto para que a Anna não dirija, também! — observa Chelsea, rindo.

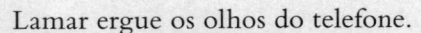

Lamar ergue os olhos do telefone.

— Acabei de checar com os meus amigos. Segundo eles, a festa tá bombando.

— Então vamos. Max! — grita Chelsea, sem parar para respirar. Ele entra na cozinha fumando a ponta de um baseadão.

— Cara! Dentro de casa, não! — Chelsea arranca o baseado da mão dele. — Quer que o papai e a mamãe surtem de novo? — Ela vai até a lixeira para jogá-lo fora, mas não antes de dar um tapa também.

— Dane-se. — Max abre um sorriso em meio às grossas cicatrizes de zumbi em seu rosto. Em seguida, baixa os olhos para seu uniforme de jogador de futebol americano, sujo e manchado. — Ei, alguém pode me arrumar um pouco mais de sangue?

Enquanto Elise vai passar mais sangue falso nele, eu sinto um novo par de braços me envolver e um suave beijo em minha nuca. Com um arrepio, me aconchego nos braços de Tate.

— Já falei o quanto você está gata nessa fantasia? — sussurra ele em meu ouvido.

Eu rio.

— Só umas dez milhões de vezes.

— Fazer o quê, está mesmo. — Ele pressiona os lábios em meu pescoço novamente, só que dessa vez dá uma leve mordiscada de brincadeira. Seus braços me apertam ainda mais, a respiração quente em contato com a minha pele. — Mal posso esperar pra te tirar de dentro dela.

As palavras provocam outro arrepio em mim — dessa vez com um certo quê de incerteza, mas antes que eu possa responder, Tate me vira de frente para ele e cola os lábios nos meus, dando início a uma intensa exploração. Eu me derreto de encontro a ele, as costas coladas contra o armário da cozinha, enquanto continuamos nos beijando de forma profunda e demorada. Posso escutar o pessoal conversando, a música alta; sentir o aroma suave e doce da maconha, mas tudo parece desaparecer, da forma como sempre acontece quando o beijo.

Ainda me surpreende o modo como podemos criar um lugar diferente, um mundo distinto, em torno dos nossos corpos. Um lugar só nosso. Mesmo ali, em plena cozinha fortemente iluminada, é igual a quando estamos sozinhos, apenas os dois, na escuridão aconchegante de um quarto à noite. Basta ele me tocar para que eu sinta aquele desejo enlouquecedor, para que fique ofegante de expectativa...

— Certo, pessoal, pro carro! — grita Chelsea, o som sobrepujando as batidas do meu coração. Tate se afasta. Estamos ambos sorrindo de maneira constrangida, porém conspiratória. — *Andiamo!* — Ela bate palmas, nos apressando a sair do lugar. — *Bamos!*

★ ★ ★

Pegamos nossos casacos e bolsas e seguimos para a porta da frente. Uma vez fora de casa, nos apertamos na van alugada — uma confusão de chapéus, e de armas e sangue falsos.

— Eu não disse que nossas fantasias eram fodásticas? — comemora Elise, radiante, apertada de encontro a mim. Nossas diminutas saias de líderes de torcida mal cobrem as coxas, e o sangue escorre por nossos rostos, pingando das presas de vampiro.

— Vocês não disseram que viriam combinando — reclama Mel, sentada do outro lado dela.

Elise e eu trocamos um olhar exasperado. Mel percebe.

— Que foi? Vocês não disseram nada. Eu teria arrumado uma também.

— Você tá linda — comenta Elise, tentando aplacá-la. — Sempre fica linda com essa fantasia.

Mel dá um puxão no rabo da fantasia de gatinha, fazendo os bigodes balançarem.

— Mesmo assim...

Elise se vira de costas para ela, voltando a focar a atenção em mim.

— Então... — Abaixa o tom de voz de modo conspiratório. — Vocês estavam no maior amasso lá na cozinha.

Lanço um olhar nervoso em direção ao banco da frente, onde Tate está sentado checando o iPod do Max. A música reverbera alto pela van abarrotada.

— Relaxa — continua ela com um sorriso, mantendo a voz baixa. — Ele não tem como escutar. Então, hoje vai ser a grande noite?

Dou de ombros, corando.

— Uau, minha garotinha vai se tornar uma mulher! — Elise me abraça, e meio que luto para me desvencilhar dela.

— Não...

— Está tudo bem — tranquiliza ela. — Se seus pais ligarem, digo que você já tá dormindo.

— Eles não vão ligar.

Minha resposta é abafada pela voz da Chelsea.

— Elise, qual foi a música que você botou pra mim mesmo? Do show...

Enquanto a resenha rola solta, olho pela janela para a estrada escura, abraçando a mim mesma. É clichê planejar algo desse tipo, ficar tão nervosa, mas essa vai ser minha primeira vez. Por mais loucas que Elise e eu possamos parecer nas festas, o mais longe que já cheguei com algum cara foi *quase* lá: dedos curiosos num quarto escuro, um gosto estranho em minha boca... Tate e eu já brincamos bastante, claro, mas na última hora eu sempre travo, sem saber ao certo se é o momento de dar o passo decisivo.

O problema não é físico; sei que eu o desejo. É um desejo tão forte que me consome por inteiro. Esse é o problema. Jamais senti tanta vontade de ceder a um impulso em toda a minha vida — tanta falta de autocontrole. Escondo isso dele, de Elise, de todo mundo, mas às vezes nem consigo dormir tamanho o desejo que corrói meu sistema. Fico deitada de olhos abertos, relembrando nossos momentos juntos: o olhar intensamente sombrio nos olhos dele, o roçar deliberado de seus quadris em mim, os gemidos de inesperado prazer. Sinto-me mergulhar numa nuvem de desejo, imaginando tudo o que viria a seguir se eu tivesse coragem de dizer sim: bocas e dedos e aquela derradeira fricção pela qual meu corpo parece tanto ansiar, gritando numa língua que sequer consigo compreender.

A verdade é que não tenho medo do ato em si, mas de me entregar tão completamente a alguém. Enquanto houver limites aos quais me agarrar, posso fingir que estou a salvo desse desejo enlouquecedor que ameaça me consumir. Estou segura, ainda dona de mim mesma. Mas depois...

Depois o quê? O que virá depois que ele me tiver por inteiro para usar como bem entender? Depois que ele for meu. Será que algum dia sentirei que tenho o suficiente?

— Eu não quero te pressionar — disse ele semana passada, o peito nu subindo e descendo, ofegante. Estamos mais uma vez na cama dele, o mesmo lugar em que volta e meia me encontro: quase pelados, quase lá, quase longe demais para parar.

Quase.

Sua respiração começa a desacelerar.

— Só não entendo por que você ainda não se sente pronta. — Tate se apoia num dos cotovelos e se inclina sobre mim, acariciando gentilmente meu rosto. — Você sabe que eu te amo.

Faço que sim.

— E você me ama. — Ele sorri, deslizando a mão pelo meu pescoço e pela região sensível dos meus mamilos. Sinto meu estômago contrair de novo, tanto pela expressão de vitória em seus olhos quanto pela suave sensação de seus dedos em contato com minha pele. Para ele, o meu amor é um prêmio, uma conquista.

Faço que sim novamente.

— Então, o que estamos esperando? — Tate abaixa a cabeça e começa a percorrer o caminho de sua mão com os lábios, uma trilha sinuosa de beijos descendo pelo meu corpo, enquanto a mão continua a me acariciar gentilmente, cada vez mais baixo, num ritmo lento que me deixa sem ar. — Quero conhecer você... — sussurra, levantando a cabeça da minha barriga para me encarar no fundo dos olhos. Não há nada além de sinceridade, tesão e desejo em seu olhar. — Completamente.

Completamente.

O grupo continua conversando e rindo enquanto eu observo o mundo lá fora através do vidro escuro da van, a palavra martelando em minha mente. É, ao mesmo tempo, uma tentação e uma promessa. Estremeço só de pensar que não haverá mais barreiras entre nós — ele todo meu; eu toda dele.

Eu quero, e ao mesmo tempo não quero. Só existe uma pessoa a quem eu tenha me entregado tão completamente. Elise. E, ainda que soe estranho, errado até, imagino subitamente se o motivo de estar me segurando com Tate não seria porque isso significaria que ele me teria de uma forma que ela jamais poderá ter.

Sinto um estremecimento em minha barriga. É o celular vibrando com uma mensagem do Tate.

Eu te amo.

Nossos olhos se encontram pelo retrovisor. Ele sorri, aquele sorriso particular, reservado apenas a mim — mais suave, quase triste.

Sorrio de volta, timidamente.

Eu também te amo.

A festa é num antigo quartel de bombeiros nos arredores de Providence, a uma hora de carro de Boston. Ele foi transformado numa verdadeira casa assombrada: teias de aranha pendendo de todos os cantos; lanternas de abóboras espalhadas por toda a área; gritos ecoando noite adentro. Há gente até no estacionamento, uma multidão caótica de zumbis, lobisomens, super-heróis e as costumeiras universitárias com ousadas fantasias de personagens da literatura.

— Viva a Disney! — vibra AK, seguindo em direção à festa. — Vou arrumar uma Ariel pra mim!

A gente se esbalda por horas no espaço lúgubre, o grupo se separando e voltando a se reunir em torno de mim num ritmo constante como o das ondas batendo na praia. Observo-os aloprar cada vez mais, do jeito como se faz quando a música é perfeita e você está perdido no meio de uma multidão que não irá recriminá-lo — como uma experiência extracorpórea, nada além de batidas ritmadas, corpos dançando e peles quentes e suadas. Mas não consigo me deixar levar, não hoje, não com tanta coisa em minha mente. Assim sendo, apenas os observo, perdidos na multidão. Vejo a noite em flashes, brilho versus escuridão. AK agarrado a uma Chapeuzinho Vermelho bêbada; Chelsea em êxtase nos braços do Lamar; Melanie olhando ao redor, ansiosa, quando nos perde de vista; Tate, totalmente alheio aos olhares de admiração das garotas à nossa volta; e Elise, com a cabeça jogada para trás e os olhos fechados, brandindo os braços no ar.

Ela nunca tem dificuldade em se soltar, não como eu; ela se deixa levar pelo ritmo, por uma risada ou pelos braços de um estranho como se fosse algo tão fácil quanto respirar, sem se preocupar nem por um instante com o que irá acontecer quando o momento passar e não restar mais nada além da luz pálida da aurora e todas as nossas velhas inseguranças. Eu tento, mas não consigo forçar minha mente a se concentrar apenas no aqui-e-agora e esquecer o que pode vir a acontecer. Consequências e arrependimentos e outros *e-se?*... estou sempre planejando todo ângulo e cenário, mesmo sabendo que "cada escolha, uma renúncia".

Em pouco tempo — rápido demais, talvez —, percebo que já passa das três. A música é interrompida... e a festa acaba: luzes fluorescentes se acendem em meio à escuridão. De repente, os assustadores esqueletos e intestinos pendurados não passam de adereços baratos balançando tristemente diante de paredes de concreto, enquanto montanhas de garrafas quebradas se espalham pelo chão e nossas fantasias pendem de nossos corpos, sujas e desmanteladas. Meus amigos não parecem perceber a mudança — continuam rindo, alegremente embriagados, os rostos corados pela dança e por amassos indecorosos. A multidão se espalha do lado de fora, demorando-se junto ao meio-fio diante do quartel, fumando cigarros e flertando, planejando o que fazer, agora que a festa acabou.

A noite ainda está só começando.

Elise dá o braço a mim enquanto atravessamos o estacionamento.

— Tá nervosa? — pergunta. Dou de ombros. — Isso significa que sim. — Ela sorri. — Não se preocupe. Tudo vai acabar num piscar de olhos. O Tate não me parece ser do tipo que consegue se segurar por muito tempo.

— Você ficaria surpresa — respondo. Elise joga a cabeça para trás e ri.

— Acho que estou sempre subestimando o coitado. — Ela balança nossas mãos para a frente e para trás, como crianças no playground, mas suas próximas palavras soam sérias. — Você não é obrigada a fazer nada, sabe disso.

— Eu quero. Só... — Paro de andar e espero até nosso grupo se afastar o suficiente e não restar nada além de escuridão e faróis acesos. — Como a gente faz? — pergunto.

— É meio tarde pra te fazer um desenho — alfineta, mas eu faço que não.

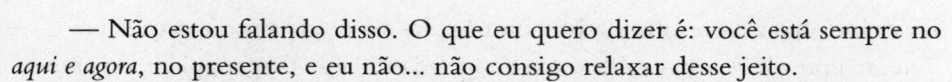

— Não estou falando disso. O que eu quero dizer é: você está sempre no *aqui e agora*, no presente, e eu não... não consigo relaxar desse jeito.

Elise inclina a cabeça ligeiramente de lado e me fita com seriedade.

— É fácil — diz ela. — Pelo meu modo de ver, o futuro não existe. Nada existe, exceto o agora. — E corre os olhos em volta, reparando nos resquícios da festa e na multidão cada vez menor, no casal trocando amassos contra um carro, ele sem perceber o chapéu de pirata caído no chão enquanto se esfrega mais e mais entre as coxas de uma Chapeuzinho Vermelho, uma das mãos *dançando* debaixo da saia dela. Elise sorri afetuosamente. — Tá vendo? Isso é tudo o que a gente tem. Tudo. Você não pode se prender a coisas que não sejam importantes. É perda de tempo, entende? Precisa viver o momento. — Cutuca meu peito com o indicador, a pele exposta acima do acentuado decote em V do uniforme de líder de torcida. — O agora.

— Mas como? — Dou de ombros, impotente. — Eu não consigo, não sei como desligar meu cérebro.

— Aqui. — Ela se aproxima mais um pouco e pega algo no bolso da saia. Um pequeno saquinho plástico, com dois comprimidos brancos. Em seguida, estende a mão com a palma para cima.

Eu hesito.

— São da minha mãe — acrescenta ela. — Vendidos com receita, nada muito forte, mas vão te deixar mais calma. O mesmo efeito de algumas taças de vinho, só que... mais suave.

— Você toma isso? — pergunto, franzindo a testa. Ela nunca me contou. Eu nunca vi.

Elise dá de ombros de maneira um tanto constrangida.

— Não sempre. Só às vezes. Só quando não quero lidar com... sentimentos desse tipo.

— Está tudo bem? — pergunto, subitamente envergonhada. — Sei que eu tenho estado muito envolvida com o Tate, e com esse negócio todo...

— Ei, esse é um passo importante pra você. Estou ótima. — Ela me puxa para um abraço. — Juro.

Permaneço por um tempinho na segurança dos braços dela, inalando seu perfume, o aroma suave de xampu. Ela, então, se afasta e pressiona o saquinho em minha mão.

— Isso vai te relaxar. Confie em mim — acrescenta com um olhar de quem sabe das coisas. — E você vai querer relaxar.

Faço outra pausa, me sentindo dolorosamente consciente de mim mesma. Minha cabeça zumbiu a noite inteira, presa a um plano que agora me parece

inevitável, quer eu resolva desistir ou não. Eu sei o que sinto e o que quero —
Tate, sempre ele —, mas ainda estou congelada na beira do precipício, esperando.
Pelo quê, nem sei. Algo que me empurre, que me diga que essa é a decisão certa.
Cair do penhasco. Ser dele. Deixar que isso me consuma.

Talvez esse seja o meu empurrão.

Pego o saquinho e o guardo no bolso.

Eles nos deixam diante da casa do Tate: a fachada é toda decorada com estuques,
escura por trás dos portões de ferro. Seus pais estão em Washington DC
para algum evento beneficente, e temos a casa todinha só para nós dois.

— Eles mandaram uma mensagem. — Tate sorri, destrancando a porta da
frente ao digitar rapidamente o código de segurança. — Só vão voltar na segunda.

— Isso significa que não precisamos andar na ponta dos pés às quatro e meia
da manhã? — Entro na casa atrás dele.

Tate ri e me puxa para um rápido beijo.

— Exatamente. Posso até levar o café na cama se você quiser.

— Você quer dizer uma tigela de cereal com leite gelado. — Eu o beijo de
volta, relaxando de encontro à sua boca como se ele fosse algum tipo de droga,
mas Tate se afasta e começa a me puxar pelo saguão em direção à ampla escada
que leva ao segundo andar e ao quarto dele. Ao chegar no corredor, para.

— Só um minuto — pede, animado. — Espera aqui.

Ele desaparece quarto adentro, me deixando sozinha com meu nervosismo
no corredor recoberto por um felpudo carpete vermelho. Meu coração martela
feito louco, sabendo o que virá a seguir. Quase desejo não ter planejado nada —
poder simplesmente sussurrar um "sim" outra noite qualquer, quando já estivesse
arrebatada pela delirante sensação de mãos e lábios e da pele dele, quente contra
a minha. Isso é tão premeditado, lento e careta.

Pego o saquinho que guardei no bolso da saia, considerando tomar um
comprimido, mas antes que eu possa abri-lo, Tate grita:

— Pronto! — Acena para mim da porta. Rapidamente guardo os comprimidos de novo, inspiro fundo e entro no quarto.

O aposento está transformado. Em vez dos troféus de lacrosse e do equi-
pamento para velejar, a escrivaninha e a moldura da lareira estão cobertas por
diminutas velas, que quebram a escuridão do ambiente com uma crepitante luz
dourada. A música ecoa baixinho por todo o quarto, uma canção que escutamos
num dos nossos primeiros encontros. Uma rosa repousa sobre o travesseiro da
cama recém-arrumada.

— O que achou? — Ele pega minhas mãos e me fita com uma expressão levemente ansiosa. — Tudo bem? Quero que tudo esteja perfeito para você.

Meu medo se esvai. Não por causa dos preparativos, do cenário clichê de filme romântico, mas por causa da expressão ansiosa em seu rosto, de sincera expectativa. Isso é tão típico do Tate: dar o melhor de si para deixar tudo perfeito. Ele sempre tenta ser um cara bacana, e embora eu não precise de nada disso — das velas, da música —, o amo ainda mais por querer criar um ambiente perfeito só para mim.

Tate sempre age corretamente comigo. Jamais irá me desapontar.

— Está impecável — asseguro-lhe, sentindo meu sangue começar a ferver. Desejo, amor... e uma fagulha inesperada em minhas veias. Estou cansada de esperar. É isso o que eu quero.

Fico na ponta dos pés para beijá-lo, e me entregar por inteiro.

ESPERA

LAMAR VEM ME VISITAR UMA SEMANA APÓS EU PERDER A POSSIBILIDADE de fiança. Sentamos na sala destinada às visitas, com aquele vidro grosso entre nós, falando por meio de um comunicador, como uma triste e distorcida versão de crianças brincando de telefonar uma para outra.

— Como você está? — pergunta ele, visivelmente preocupado. Não consigo sequer imaginar como deve estar minha aparência, com esse macacão laranja largo e os cabelos desgrenhados. Não pretendo lhe contar a verdade sobre a sensação insuportável de revés que ecoa por cada minuto dos meus dias, portanto, nem tento.

— Bem, eu acho. — Estou feliz por ele estar aqui, embora surpresa. Esperava Chelsea, até mesmo Mel. Mas Lamar sempre foi nosso esteio, o mais quieto e confiável.

— Não me diga que te obrigam a dar voltas correndo pelo pátio, costurar bolas de futebol ou coisas do gênero. — Ele está tentando manter a conversa num tom leve, como se estivéssemos numa lanchonete ou sentados no gramado diante da escola, e não num presídio com dois guardas armados vigiando cada movimento nosso.

Forço um sorriso, mas sem muita convicção.

— Não. Passo o tempo todo sentada, aguardando.

— A gente também — brinca, mas mesmo sentado do lado de lá, numa barata cadeira de plástico, seu corpo está nitidamente tenso. — Minha mãe já está em cima de mim para que eu faça algo de construtivo com o meu tempo. Algum projeto.

— Tipo uma dissertação sobre "O que eu fiz durante o spring break"? — retruco, mas minhas palavras soam vazias. — Você devia ter adiado a faculdade por um ano. Eu escreveria uma dissertação matadora para sua inscrição agora.

— Pode ser — concorda Lamar. — Matadora.

A palavra paira entre nós. Meu estômago vai parar no chão.

— Não foi o que eu quis...

— Eu sei. Tá tudo bem. — Ele corre os olhos escuros de maneira ansiosa pela sala comprida. Há dois outros visitantes também, um sujeito corpulento e tatuado murmurando no fone e um grupo de garotos agarrados à avó, as palmas pressionadas contra o vidro grosso que os separa da mãe, que chora copiosamente do lado de cá da sala. É uma cena deprimente, sombria, que me faz desejar com todas as forças estar em qualquer lugar que não aqui.

— E obrigada — digo baixinho, tentando não deixar minha voz falhar. — Por ter vindo. Sei que você não tinha que fazer isso, e é o único que veio.

Lamar desvia os olhos.

— A galera queria vir também — responde rapidamente —, mas você conhece os nossos pais. E com a sua prisão...

— Eu sei.

— Mas eles mandaram lembranças. Estamos todos torcendo por você.

Faço que sim. Talvez seja verdade. Quero acreditar nele, mas já estou aqui há tempo demais, muitos dias, longos e vazios, pensando em meus amigos e nos motivos para eles não terem vindo — para não terem sequer enviado uma carta ou ligado, mesmo eu tendo me certificado de que meu pai informou a eles sobre os horários de visita e a possibilidade de receber telefonemas.

Estou zangada, magoada com eles por isso, mas cada vez que penso em traição, não consigo evitar imaginar se não faria a mesma coisa caso estivesse no lugar deles.

Lamar me olha com atenção.

— Tem certeza de que está bem? Quero dizer, você me diria, né? Se eles... Se houvesse algum problema com as outras garotas aí dentro.

— Diria, juro! — respondo. — Não é como dormir na casa de amigos, mas também não é como naqueles programas sobre os piores presídios do mundo ou algo do gênero. Os guardas me vigiam de perto. Acho que sou uma espécie de celebridade. — Ofereço-lhe um sorriso um tanto irônico. — Em geral, as detentas me deixam em paz.

— Bom saber. — Seus olhos escuros estão arregalados, expressivos. — Vai dar tudo certo — diz novamente, pressionando a palma contra o vidro blindado.

— Aguenta só mais um pouco.

Sei que eu deveria sorrir e pensar positivo, fingir que estou confiante, mas a verdade é que eu tenho estado entorpecida desde que a juíza negou a fiança, as palavras ecoando em minha mente, tão frias e sem compaixão.

O risco de a acusada tentar fugir para não responder pelo crime de assassinato em primeiro grau é real...

Papai tentou me tranquilizar dizendo que o advogado entraria com um novo *habeas corpus*, mas algo dentro de mim pareceu desligar. Observei em choque os guardas liberarem Tate. Suas algemas foram retiradas e ele se virou para abraçar os pais, que o envolveram com força, comemorando, enquanto eu era conduzida, sem que ninguém reparasse, em direção à porta dos fundos. Apartada de todos eles.

O trajeto de volta até a penitenciária foi um borrão de verde, areia e poeira amarronzada diante de meus olhos vermelhos e inchados. Sequer me encolhi quando eles me despiram e me revistaram. Simplesmente permaneci imóvel no cômodo revestido por azulejos brancos enquanto uma policial de meia-idade apalpava meu corpo, evitando cruzar os olhos comigo. Não sei o que eles esperavam encontrar — como se eu pudesse ter escondido alguma coisa no sutiã no meio de uma sala lotada e sob constante vigilância. Comprimidos, uma lâmina de barbear... É até difícil de imaginar, mas só estou trancafiada aqui há quatro semanas. Algumas das mulheres em minha ala estão aqui há anos.

Anos.

A simples ideia me causa pânico, é dolorosa demais, tal como olhar diretamente para o sol. Portanto, tento não pensar nisso. Cada vez que esse pensamento se insinua em minha mente, fecho os olhos e procuro me concentrar em tudo o que meu pai e os advogados disseram. Que tudo não passa de um tremendo engano. Que é uma caça às bruxas promovida por um promotor ensandecido. Que em pouco tempo as acusações serão retiradas e poderemos voltar para casa. Passo a noite deitada de olhos abertos na estreita cama de alvenaria de minha pequena e abafada cela, repetindo essas palavras sem parar, me deixando envolver por elas como um manto seguro. Mas, ainda assim, durante as longas horas de escuridão, cercada pela respiração das outras prisioneiras e por um pavor opressivo, não consigo evitar sentir germinar as primeiras sementes de dúvida.

E se eles estiverem errados?

— Pense positivo — pede Lamar, como se o medo estivesse explícito em meu rosto. — Tudo isso vai acabar logo.

Inspiro fundo.

— Viu ele?

Lamar não precisa perguntar de quem estou falando. Faz que sim.

— Depois da audiência de fiança fomos até a casa onde eles estão ficando, na outra extremidade da ilha. Uma mansão na beira da praia.

— E como ele está? — Minha voz falha. — Ele disse alguma coisa? Perguntou por mim?

Lamar parece pouco à vontade.

— Não ficamos lá muito tempo. O Tate não estava muito a fim de conversar. Teve vários ataques de pânico na prisão — acrescenta —, e precisou ser mantido à base de calmantes. Na verdade, ainda está meio fora de si.

Solto o ar lentamente.

— Então ele sequer mencionou meu nome?

Lamar faz que não.

— Sinto muito.

Ele não deveria estar tentando se desculpar. Sinto uma súbita pontada de raiva, tão forte quanto meu medo — e tão letal quanto.

— Não tem problema. — Me esforço para engolir a raiva. — Tenho certeza de que ele viria me visitar se pudesse. Os advogados provavelmente o estão mantendo afastado, assim como os pais. — Sorrio de maneira forçada. — Como você disse, vou sair logo, logo, e então nós todos voltaremos juntos para Boston e tudo vai ficar bem.

Lamar se remexe na cadeira.

— Era sobre isso que eu queria conversar com você. — Faz uma pausa, a voz pesada e relutante. — Estamos... voltando para casa.

Simplesmente o encaro.

— A polícia disse que não precisa mais da gente — continua ele, tropeçando nas palavras. — E com o recomeço das aulas, nossos pais...

— Eu entendo. — Tento reprimir a súbita dor em meu peito. — Claro. Vocês não podem continuar sentados na praia o dia inteiro. — Força outro sorriso. — Quando partem?

— Amanhã.

— Ah!

— Mas posso ligar ou escrever, ou o que quer que seja — acrescenta ele. — Até que tudo isso se resolva.

— Certo. Claro.

Segue-se um momento de silêncio, pesado e sombrio, enquanto tento digerir a notícia. *Casa.* Nunca dei muita importância a essa palavra antes — jamais senti saudade de casa durante os verões que passava acampando, nem a mesma sensação de segurança que os meus amigos pareciam compartilhar. Para mim, nossa casa era apenas o lugar onde morávamos, um espaço que meus pais haviam escolhido a dedo e decorado, recheado com o interminável barulho de reformas e melhorias de que não precisávamos, mas que de alguma forma pareciam essenciais agora que éramos ricos. Caixas de som embutidas. Aquecimento do piso. Novas claraboias na área dos fundos. Quando ambos estavam em casa, o clima já ficava ruim o bastante — portas fechadas, aposentos que eu não tinha permissão para entrar —, mas o último ano foi ainda pior, uma fortaleza silenciosa que eu nunca conseguia animar, nem mesmo com a música reverberando pelas novas caixas de som instaladas em cada um dos cômodos. No final, eu passava o tempo todo na casa da Elise; até mesmo o ar desaprovador dos pais do Tate era melhor do que o vazio dos corredores de minha própria casa. Mas agora, sinto falta dessa casa e de todas as suas lembranças sombrias com um fervor que jamais imaginei que pudesse sentir.

Amanhã, um avião irá decolar, e eu não estarei nele.

— Me faz um favor? — peço, olhando de relance para o relógio na parede. Nosso tempo está acabando. — Fique de olho nele por mim. Quero dizer, vocês podem conversar, e eu... só quero saber como ele está.

Um lampejo de alguma coisa cruza o rosto de Lamar. Ele faz uma pequena pausa e, em seguida, se aproxima.

— Tem certeza?

Eu pisco.

— Certeza de quê?

— Tate. — Lamar faz outra pausa, e posso perceber que está escolhendo as palavras com cuidado antes de continuar. — De que você estava realmente com ele o dia todo?

— Tenho — insisto. — Já falamos sobre isso um milhão de vezes...

— Eu sei disso. Mas sei também que você faria qualquer coisa para proteger ele. — Seus olhos perscrutam meu rosto com atenção.

Não digo nada, o que parece ser o bastante, porque Lamar solta o ar tristemente.

— Anna...

— Não começa... — interrompo, correndo os olhos em volta. — Vamos ficar bem. Tudo irá se resolver em pouco tempo.

— Tem certeza? — Ele tamborila os dedos nervosamente. — Porque andei pensando na maneira como o Tate se comportava perto da Elise. Sempre imaginei se...

Ele para no meio da frase. Sinto um estremecimento incômodo.

— Se?

— Nada, não. — Ele desvia os olhos. — Apenas tome cuidado, só isso. A família dele é absurdamente rica; você sabe que farão qualquer coisa para levar ele de volta pra casa.

— O que é ótimo — retruco ao mesmo tempo que o sinal toca, indicando o fim da visita. — Nós temos os melhores advogados do planeta — acrescento. — Eles estão trabalhando dia e noite para resolver essa situação. Vai dar tudo certo.

Um guarda nos interrompe numa voz entediada.

— Todos para fora!

Lamar se levanta.

— Se cuida — repete baixinho, pressionando a mão contra o vidro. Eu o imito, ficando palma contra palma, e isso é o mais próximo que chego de qualquer contato humano em dias.

— Vou me cuidar. Prometo.

Minha voz falha, mas ele já se foi.

A PRIMEIRA NOITE

— ESTE É O NIKLAS — APRESENTA ELISE, COMO A APRESENTADORA DE
um torneio mostrando o prêmio. — O pai dele é dono de metade da ilha.

São duas da manhã, e estamos do lado de fora do bar, no vento fresco da
rua de terra, escutando os sons abafados da música que vem lá de dentro. Niklas
é o cara da área VIP, o tal em que Elise botou os olhos de cara: cabelos louros
artisticamente bagunçados, olhos azuis como gelo, calça jeans, camisa de botão
e um relógio visivelmente caro. Ele acende um cigarro para ela com um isqueiro
de prata, nos cumprimentando com um ligeiro aceno de cabeça.

— Pra onde a gente vai agora? — pergunta Chelsea, bocejando.

— Estou cansada. — Mel se apoia nela para manter o equilíbrio, levanta
uma perna e começa a massagear o pé. — Acho que devíamos ir pra casa.

— Querida... — diz Elise, numa voz meio de brincadeira. — A noite é
uma criança. — Ela sorri para Niklas, flertando. — Na sua opinião, onde rola
um bom lugar pra saideira?

Ele dá de ombros.

— Depende. Eu posso te mostrar...

— Tenho certeza que sim. — Elise ri e se aproxima um pouco mais de
Niklas, soprando uma longa baforada de fumaça. Em seguida, murmura algo
no ouvido dele, que solta uma risadinha, tira o cigarro da mão dela e dá uma
tragada também, a mão livre escorregando da cintura da minha amiga e se
fechando em sua bunda.

Tudo acontece muito rápido, o que não me surpreende. Elise é especialista na arte da sedução. Após começarmos a ir a bares e boates frequentados por universitários, ela despertou esse poder; nós duas despertamos. O colégio é um mundo estranhamente puritano de regras e padrões, onde sua reputação vale muito mais do que um beijo roubado num canto escuro, onde qualquer leve indiscrição torna-se motivo de reprimendas e fofocas. Contudo, fora dessas paredes... descobrimos que as regras são diferentes. Melhores. Eu posso beijar um garoto no canto de uma boate até ficar ofegante e depois ir embora sem nem saber o nome dele. Ou, como Elise, fazer ainda mais. O que quer que a gente deseje. Sem regras, sem olhares de repreensão ou cochichos na segunda de manhã. Podemos ser apenas nós mesmas e nos entregar ao friozinho em nossas barrigas, ao calor em nosso sangue.

Ao desejo.

Elise me fita com um sorriso preguiçoso enquanto Niklas acaricia suas costas seminuas. Sorrio de volta. Mel o olha com desconfiança, franzindo a testa, mas eu entendo a Mel — ela faz isso com qualquer garoto desconhecido, qualquer carícia mais travessa. Mas eu faria também, se não tivesse Tate. E, por que não? A gente quer, a gente pega. Simples assim.

Os rapazes finalmente saem da boate. Max com o rosto corado e os olhos enevoados. AK com uma marca de batom rosa-choque na bochecha. Eu rio e estendo a mão para limpá-la.

— O que é que eu posso fazer? — AK dá uma risadinha. — Sou irresistível.

— É mesmo — concordo, dando o braço a ele. — Ou talvez seja por causa das bebidas que você não parava de oferecer.

— Cada um usa as armas que pode.

Partimos de volta para a casa de praia. Eu seguindo preguiçosamente entre os rapazes; Elise e Niklas ficam para trás.

— Vejo vocês mais tarde — grita ela, com Niklas ao seu lado, o braço envolvendo-lhe os ombros. A gente para.

— Você não vem? — Mel arregala os olhos. — Mas Elise, a gente...

— O Nik vai me mostrar a ilha. — Ela sorri de maneira sugestiva. — Ele conhece um excelente restaurante tailandês. A gente se vê depois.

Ergo a mão para dar um tchau, mas Tate é mais rápido.

— Eu comeria alguma coisa. — Ele olha em volta para ver se alguém mais se manifesta. — Topam?

— É, eu também — concorda Lamar. Max murmura algo sem muito sentido.

Elise me olha com uma expressão exasperada, mas eu simplesmente dou de ombros.

— Estou com um pouquinho de fome também — digo, meio que me desculpando.

— Certo. — Ela solta um suspiro. — Então vamos todos. Bora.

Partimos para o Centro da cidade, ainda bastante movimentado. Turistas entram e saem de bares, a música ecoa por todos os lados, tanto pop quanto reggae. O ar vibra de animação, e mesmo que estejamos todos cansados, somos contagiados por essa alegria. Lamar puxa Chelsea para dançar ao escutar um hit superconhecido. Mel e Elise seguem cantando até a entrada do tal lugar que Niklas mencionou. O restaurante não passa de uma cabana meio detonada de frente pra praia, cercado por um cheiro de gengibre e de condimentos picantes, repleto de locais, sentados em bancos espalhados pelo entorno.

— Então, o que você faz? — Mel começa a interrogar Niklas enquanto pedimos várias porções de pad thai.

— O que eu faço? — Ele sorri de modo arrogante.

— Quero dizer, você estuda? — pressiona Mel. — Trabalha?

— Mel! — protesta Elise.

— Que foi? Só tô perguntando.

Niklas dá de ombros.

— Meu pai tem vários negócios. — Seu sotaque é norte-americano, mas com uma ligeira cadência holandesa. — Imobiliárias. Empresas de importação e exportação. Eu ajudo de vez em quando.

Elise ri.

— Admita — diz ela, brincando —, você passa o dia inteiro na praia e de noite sai pra balada.

Niklas a encara por um segundo, os olhos frios como gelo. Mas então, seus lábios se curvam num sorriso.

— Você me pegou — concorda. — E o que tem de errado nisso?

— Absolutamente nada, meu amigo. — AK dá um tapinha nas costas dele. — Isso aqui é um maldito paraíso.

— E vocês? — pergunta Niklas, se virando para incluir a mim e Elise na pergunta. — O que vocês fazem? Estudam? Fazem o dever de casa direitinho? — Sua voz tem um quê de zoação. — São garotas boazinhas?

— O que você acha? — flerta Elise, com um sorrisinho diabólico.

— Acho que você adora uma bagunça. — Niklas estende o braço e corre o indicador pelo rosto dela, descendo para o pescoço e, em seguida, a clavícula. Elise não se retrai.

— *Promises, promises...* — cantarola ela. A expressão de oferecida em seus olhos é tão explícita que me viro de costas.

★ ★ ★

Assim que chega o pedido, em embalagens de isopor e sacolas plásticas, começamos a andar de volta pela praia. Tiro os sapatos e enterro os dedos na areia fria, escutando o ritmo distante das ondas quebrando. A animação dá lugar a uma satisfação sonolenta, e me aconchego a Tate, bocejando. O mar é uma sombra negra como piche à nossa esquerda, com as luzes dos hotéis e das casas de praia refletindo numa serpenteante linha fluorescente ao longo da orla.

— Não gosto dele.

A voz do Tate me arranca dos meus devaneios. Paro por um instante e olho para Elise e Niklas, que estão um pouco mais à frente, duas sombras escuras indistinguíveis sob a fraca iluminação.

— Ele me parece legal. E parece estar bem a fim dela.

— Um babaca — retruca Tate, curto e grosso.

Eu rio.

— Talvez. Mas é o tipo dela, certo?

Tate não diz nada por alguns momentos, mas posso sentir que está tenso por baixo da camiseta fina.

— Ela não pode continuar fazendo isso — diz ele por fim.

— Fazendo o quê?

— Ficando com caras que mal conhece. — Ele não para por aí. — Não é seguro.

— Fala sério. — Solto um suspiro. — Ela faz isso o tempo todo.

— E daí? — Tate não parece apaziguado. — Isso já é bem ruim no nosso país, com um de nós sempre por perto, mas aqui, é uma tremenda estupidez. Ela estava planejando sair sozinha com ele! O cara pode ser perigoso.

— Claro, ele é um criminoso procurado. — Eu rio. — Fala sério, Tate. Eu já te disse, a Elise sabe se cuidar. E ela não vai sair com ele sozinha — acrescento. — Estamos indo juntos para casa, todos nós.

Ele chuta a areia.

— Tem razão.

Eu me aconchego ainda mais a ele e meto a mão no bolso traseiro de seu jeans. Meus dedos roçam algo frio e metálico.

— O que é isso? — Puxo o objeto para fora. — Meu colar!

— Ah, é. Encontrei na minha mala — retruca Tate. — Bem que você disse.

Sorrio e me ergo na ponta dos pés para beijá-lo.

— Obrigada, amor.

Um som de risadas ecoa à nossa frente. Tate olha por cima do meu ombro, ainda tenso. Niklas.

Solto outro suspiro.

— É fofo ver você preocupado com ela — digo. — Mas a Elise faz o que dá na telha, você sabe disso.

— Continuo não gostando dele. — A voz soa petulante.

— Eu sei. Mas se ele acabar provando que é mesmo um babaca, você pode enxotar o cara pra fora de casa. Ela vai estar no fim do corredor. — Tento tranquilizá-lo. — Nada de ruim vai acontecer lá.

AGORA

A ESSA ALTURA, TODO MUNDO JÁ DEVE TER PERCEBIDO. É ÓBVIO.
Vocês, provavelmente, estão imaginando como eu pude ser tão cega.

Mas eu era.

Não é como se estivesse tudo diante dos meus olhos, claro e nítido. Eu os amava. Confiava neles. Isso jamais me passou pela cabeça, nem por um momento. Por que passaria? Estávamos felizes, todos nós. Éramos uma família. Mesmo agora, relembrando cada momento, dissecando-os da melhor maneira possível, tentando enxergar a verdade por trás de todas as camadas de mentiras... E digo mais: a ficha ainda não caiu completamente.

Não consigo vislumbrar o motivo, e isso é o que mais me queima e me corrói por dentro, o que me deixa confusa durante o dia e insone à noite, que me enche de perguntas. Não havia motivo algum para eles destruírem tudo o que a gente tinha construído, para desprezar nossa amizade como se ela não significasse nada.

Como se *eu* não significasse nada para eles.

Talvez as coisas fossem diferentes se eu tivesse sacado, ainda que só por um instante, que ela o amava, talvez assim eu pudesse entender. Se ao menos Tate e eu estivéssemos brigando, entediados um com o outro, infelizes... Algo, qualquer coisa que pudesse explicar por que eles dois fariam isso comigo. Conosco.

Tate? Ele não vai me dizer nada. E Elise levou suas razões consigo para o túmulo. Assim sendo, não tenho respostas. Acho que jamais saberei.

EVIDÊNCIA:
REGISTRO DE MENSAGENS DE TEXTO
ELISE WARREN, TELEFONE: 212-555-0173

DE: **ANNA**

09h17

Quer ovos mexidos?

DE: **ANNA**

09h22

Ei, dorminhoca. Acorda!

DE: **MEL**

09h25

Vc vem? Vamos sair em 10 min.

DE: **CHELSEA**

09h30

Vc bebeu D+. Vem c a gnt fazer o mergulho.

DE: **ANNA**

09h45

Caraca! N acorda por nada. Nós 2 vamos ficar tb.
Encontra a gente na praia.

DE: **MEL**

09h50

Tá puta c alguma coisa? Responde!

DE: **MEL**

09h55

OK. Te ligo qdo voltarmos.

DE: **ANNA**

11h22

Tamu no café. Procura a toalha vermelha.

DE: **TATE**

13h10

Tentando escapar. Aviso qdo chegar aí.

DE: **CHELSEA**

13h47

<foto encaminhada> PEIXES!

DE: **NIKLAS**

16h12

Topa sair hj à noite?

DE: **ANNA**

18h32

Acho que vc saiu. Me liga se quiser jantar c a gente.

DE: **MEL**

19h51

Voltando. Eu fiz alguma coisa? Fala cmg!

DE: **AK**

20h19

Ei, cachorra, onde cê tá?

DE: **ANNA**

20h26

Isso n tem graça. Estamos preocupados. Cadê vc?

52º DIA

PERCEBO QUE É IMPORTANTE QUANDO ELES VÊM ME CHAMAR DURANTE o café da manhã. A rotina aqui é gravada em pedra, todos os dias a mesma coisa. A menos que você tenha uma audiência marcada, visitas somente à tarde. Sem exceção. Portanto, quando sou conduzida até a sala reservada e me deparo com Ellingham e meu pai andando de um lado para o outro no pequeno espaço vazio, sinto um súbito arrepio de pânico.

— Que foi? — pergunto, indo em direção a meu pai, esquecendo por um momento que não tenho permissão de tocá-lo. Ele se afasta e olha para o guarda.

Eu paro.

— Desculpa — murmuro, desanimada.

— Não tem problema. — Papai me oferece um sorriso cansado, que não chega aos olhos.

— É melhor se sentar — instrui Ellingham.

Obedeço, sentindo o medo aumentar.

— Que foi? O que houve?

— A situação... mudou. — Ellingham se senta do outro lado da pequena mesa. — Acabo de receber uma ligação do sr. Dempsey. As acusações contra Tate foram retiradas.

Levo um minuto para digerir a notícia. Meu coração dá um salto.

— Eu sabia! — Levanto num pulo. — Eles encontraram o Juan? O policial disse que estavam procurando ele — balbucio, sem esperar resposta. — Eu sabia que daria tudo certo.

Um soluço brota em minha garganta ao mesmo tempo que uma doce sensação de alívio se espalha por meu peito, forte e pungente. Passo os braços em volta de mim mesma para me impedir de me jogar sobre ele.

— Não é bem assim. — Ellingham pigarreia e minha animação se esvai como algo que despenca precipício abaixo.

— Mas você disse... — Minha voz falha. Estou confusa. — Eles retiraram as acusações. Isso significa que eu posso ir para casa, certo?

Olho para os dois em busca de confirmação, mas meu pai simplesmente desvia o rosto.

— Eles concluíram as investigações contra Tate — diz Ellingham de modo relutante. — Ele deve voltar para casa ainda hoje. Mas as acusações contra você se mantêm. Você irá a julgamento em dois meses, como já era esperado.

Despenco novamente na cadeira de plástico duro, desorientada.

— Como assim? — murmuro. — O que houve?

Meu pai, enfim, resolve falar.

— Tate fez um acordo com a promotoria. Ele admitiu que vocês mentiram em relação a seus álibis. — Seu olhar de desapontamento é o bastante para partir meu coração.

— Eu posso explicar! — retruco numa voz chorosa. — Ele me pediu para fazer isso; disse que eles suspeitariam dele se soubessem que ele voltou em casa. Jamais tive a intenção de mentir.

— Mas por que você não me contou a verdade? — Meu pai me encara, os olhos perscrutando meu rosto. — A gente poderia ter feito alguma coisa, encontrado um jeito...

— Não sei — respondo, impotente. — Ele disse que seria pior, que eles poderiam achar que a gente fez algo errado.

— Eles acham. — O tom de Ellingham é taxativo.

Faço uma pausa, tentando processar os fatos. Tate falou. Depois de todo esse tempo insistindo que precisávamos permanecer unidos, ele foi lá e...

— Por que eles retiraram as acusações contra ele? — pergunto lentamente. — Se sabem que o Tate esteve na casa com ela, isso não faria dele um suspeito?

Ellingham pigarreia novamente. Parece desconfortável, como se desejasse estar em qualquer lugar que não nesta salinha exígua e sem graça sob uma luz fluorescente. Mas então lembro que ele trabalha para o sr. Dempsey. Eu nunca fui prioridade.

— Nossos investigadores encontraram os vídeos de segurança da lojinha de conveniência próxima à casa — explica, o corpo rígido. — Eles mostram que Elise saiu naquela tarde, por volta das três.

Não entendo. Viro para o meu pai em busca de ajuda.

— A linha do tempo não bate — diz gentilmente. — Ela estava viva depois que Tate voltou de lá. O álibi dele se mantém para essa nova estimativa da hora da morte.

Balanço a cabeça, sem conseguir acreditar.

— Mas então por que *eu* continuo aqui? — pergunto. — Eu só menti para proteger ele. E se eles têm certeza de que o Tate é inocente...

— O álibi dele se mantém, mas o seu não — responde Ellingham. — Tate contou que tirou um cochilo enquanto vocês estavam na praia. E que quando acordou, você não estava mais lá. Isso configura um intervalo de 40 minutos, talvez mais. Tempo suficiente para você ter ido até a casa e voltado.

— Mas eu fiquei na praia — retruco num fio de voz, lançando um olhar de súplica em direção a meu pai. — Só fui dar um mergulho e depois caminhei um pouco pela orla. Permaneci lá o tempo todo.

— Tate disse que não viu você. — O tom de Ellingham não dá margem a argumentos, é totalmente factual. — Isso é o bastante para Dekker argumentar que você teve oportunidade e meios de matar Elise. E, levando em consideração que eles estavam tendo um caso... ele também pode alegar que você tinha motivo.

AGORA

ESTÃO VENDO? COMO É SIMPLES? COMO UMA PEQUENA INFORMAÇÃO pode virar a situação de cabeça pra baixo? Como tudo se encaixa perfeitamente?
Traição.

LOGO EM SEGUIDA

AFASTO A CADEIRA DA MESA, LENTAMENTE. OS PÉS ARRANHAM O CHÃO de lajotas.

— Do que você está falando? — pergunto numa voz arrastada.

— Elise e Tate. — Ellingham me observa com atenção. — Eles estavam tendo um caso. Se pegando, como vocês, jovens, costumam dizer.

— Não. — Balanço a cabeça. — Você tá mentindo. — Corro os olhos em volta. — O Dekker tá assistindo, tentando ver se eu caio nessa. Isso não passa de uma armadilha.

— Asseguro a você que não é.

— Filha, Tate contou para a polícia hoje — diz meu pai delicadamente. — Ele admitiu ter mentido sobre a questão dos álibis.

— Não pode ser — retruco num fio de voz.

— Ao que parece, eles vinham se encontrando há meses — continua Ellingham, como se não se desse conta da dor que suas palavras provocam em mim. Ou talvez até saiba e não dê a mínima. — Segundo Tate, desde janeiro.

— Não!!! — Meu grito reverbera pela sala. — Você tá mentindo! Ele jamais... — Paro, ofegante. — *Ela* jamais faria isso!

Segue-se um longo momento de silêncio, e então Ellingham se levanta.

— É melhor eu ir — diz ele, estendendo rapidamente a mão para pegar sua maleta. — Você precisará de tempo para... digerir tudo isso.

— A gente se fala mais tarde? — Meu pai se levanta também, parecendo preocupado. — Precisamos conversar sobre uma nova estratégia de defesa para ela, agora que Tate saiu de cena.

— Claro. — O sorriso de Ellingham é profissional, sem emoção alguma. — Você tem meu número.

Ele sai da sala e o guarda fecha novamente a porta. Meu pai e eu ficamos sozinhos.

— Eu não sabia. — Minha voz falha. — Juro, não tinha a menor ideia.

— Acredito em você, querida. — Papai estende o braço por cima da mesa e pega minha mão. O guarda desvia os olhos, e é quando percebo quão desesperadora é minha situação. Um simples toque por cima da mesa é toda a esperança que eu tenho. — Vamos ficar bem, prometo.

— Como? — O peso das revelações de Ellingham começa a me esmagar com tanta força que mal consigo respirar. Corro os olhos pelo pequeno aposento, sabendo que lá fora não há nada além de barras de metal, portões trancados e guardas armados e prontos para me manterem aqui, trancafiada pelo resto da vida. Meu pânico aflora; posso senti-lo em meus ossos. — Sou só eu agora, estou sozinha — murmuro, sem conseguir acreditar.

— Não está, não, querida. — Papai aperta minha mão com mais força, mas eu balanço a cabeça novamente, sei que estou. As lágrimas que vinha contendo havia semanas finalmente escapam. A tristeza é tanta que sinto como se eu estivesse me afogando.

— Ele me abandonou. — Engasgo com as palavras e com os meus amargos soluços. — Os dois me abandonaram.

Apoio a cabeça na mesa, aos prantos.

O JULGAMENTO

— ENTÃO VOCÊ NÃO SABIA?

A pergunta de Dekker ecoa pela corte, esbanjando sarcasmo e desdém.

Respiro bem fundo e corro os olhos em busca do Tate, mas ele não está presente.

— Não.

— A vítima mantinha um caso com seu namorado há meses, bem debaixo do seu nariz, e você está dizendo para a corte que não tinha a menor ideia do que estava acontecendo? — Dekker se vira para o público com uma estudada expressão de incredulidade.

Tento manter a calma. Não existe júri, como meu advogado vive me dizendo, de modo que toda essa encenação do Dekker, no fim, não muda nada. A única pessoa que importa — a única que detém meu destino em suas mãos delicadas e bem cuidadas — é a juíza Von Koppel, que está sentada uns dois metros à minha esquerda, a uma mesa posicionada diante de toda a corte.

Dirijo a resposta a ela, tentando manter a expressão neutra e o tom firme e resoluto.

— Não, eu não fazia a menor ideia... não até ele confessar, depois de fazer esse acordo com a promoto...

Dekker rapidamente me interrompe.

— Por favor, deixe-me mostrar as gravações. Não houve acordo, não como a ré está insinuando. O sr. Dempsey ofereceu a informação de livre e espontânea vontade, o que nos levou a retirar as acusações contra ele. Só isso.

— Desculpa — retruco. — Erro meu.

Erro nada. Meu advogado me instruiu a dizer isso, a falar qualquer coisa que faça Dekker parecer injusto ou corrupto, ou simplesmente incompetente. Ele me fita com os olhos estreitados, furioso, mas eu tento não perder a calma. Tenho que marcar o maior número de pontos que conseguir, me disseram inúmeras vezes. Pode parecer mesquinho, jogo sujo, mas é minha vida que está na balança. Se eu puder desacreditá-lo, mesmo que só um pouco, isso talvez faça toda a diferença.

— Faço objeção ao uso da palavra "confessar" — continua Dekker, ainda me fuzilando com os olhos. — O sr. Dempsey simplesmente esclareceu as inconsistências de seu testemunho para a polícia.

— Objeção aceita. — A juíza Von Koppel parece entediada. Eu me pergunto se isso é bom ou ruim.

— Agora, srta. Chevalier... — Dekker se vira para mim novamente, desta vez com renovada determinação. — Você se considera uma pessoa ciumenta?

— Não.

— Não era nem um pouco possessiva em relação a seu relacionamento com a vítima ou com o sr. Dempsey?

Repito mais uma vez, com calma e tranquilidade.

— Não. — Mantenho as mãos entrelaçadas sobre o colo e as pernas cruzadas na altura dos tornozelos. Eles passaram horas me ensinando como sentar, falar e até mesmo tomar um gole de água.

— Nem um pouquinho? — insiste Dekker. — Afinal, relacionamentos entre adolescentes podem ser estressantes. Um turbilhão de emoções e novos sentimentos.

Mantenho os olhos fixos nele.

— Honestamente, não. Era tudo muito simples.

— Simples... — Dekker vai até sua mesa e remexe alguns papéis. — E quanto ao incidente de 15 de outubro?

— Desculpe... — Faço uma pausa. — Não sei do que o senhor está falando. — Olho para o meu advogado, mas ele simplesmente dá de ombros.

— Deixe-me refrescar sua memória. — Dekker sorri. — Quinze de outubro do ano passado. Você teve uma discussão com uma colega de classe, Lindsay Shaw.

Lindsay, a rainha das vacas. Meu estômago vai parar no chão. Isso não pode ser boa coisa.

— Este é o relatório da escola sobre o incidente — continua Dekker. — E a declaração da srta. Shaw. — Ele entrega os papéis para a juíza e se vira de volta para mim. — Segundo ela, você a abordou durante a aula de educação física e a acusou de flertar com o sr. Dempsey.

É por esse motivo que ele parece tão radiante? Faço que não.

— Não foi isso o que aconteceu. Na verdade, não aconteceu nada.

— Nada? Ela disse que você a ameaçou fisicamente, e a mandou ficar longe dele — prossegue Dekker. — Várias testemunhas confirmaram que você a atacou com um taco de hockey, gritando com violência.

— Não foi bem assim — protesto. — Estávamos jogando hockey no campo, e estávamos em times opostos. Eu tentei uma interceptação, e ela tropeçou.

— Ela tropeçou? — Dekker aumenta a voz. — A srta. Shaw foi levada para a emergência. E precisou tomar seis pontos em um corte no rosto.

Percebo a expressão no semblante do meu advogado.

— Foi um acidente — insisto, num tom mais elevado. — Eu não estava com ciúmes. Lindsay começou a me perseguir desde que entrei na escola. Pode perguntar a qualquer um, era ela quem praticava bullying comigo.

— Então ela mereceu?

— Não foi isso o que eu disse. — Tento não perder a calma, mas Dekker não para de me provocar.

— Então o que *realmente* aconteceu? Você mesma disse que sofria bullying nas mãos dela.

— Verdade, mas...

— Ela flertou com seu namorado. — Ele não me deixa terminar. — A srta. Shaw a provocava publicamente, até que você não aguentou mais. E a atacou...

— Objeção! — Meu advogado se levanta num pulo. — Qual a relevância disso? Estamos falando de uma discussão no pátio da escola a cerca de um ano atrás...

— Estou tentando estabelecer o estado emocional da ré sob pressão — rebate Dekker. — E suas frequentes explosões de violência.

A juíza Von Koppel faz uma pequena pausa.

— Objeção negada. Continue.

Dekker se aproxima, e me preparo para mais perguntas acerca do incidente no campo de hockey, mas ele abre um sorrisinho manhoso.

— Vamos deixar de lado seu ataque a srta. Shaw por um momento, e falar sobre a vítima. Segundo várias testemunhas, vocês tinham um relacionamento estranhamente íntimo.

Faço uma pausa para me recobrar. Ele está tentando me confundir, é evidente — tentando me irritar com a história da Lindsay para que eu continue zangada e frustrada quando falar sobre Elise. Mas não vou cair nessa armadilha. Inspiro fundo, me certificando de que estou calma antes de responder.

— Éramos melhores amigas. Não tem nada de estranho nisso.

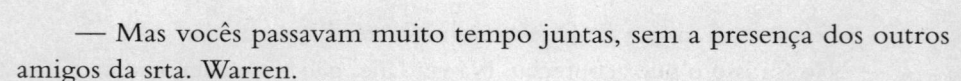

— Mas vocês passavam muito tempo juntas, sem a presença dos outros amigos da srta. Warren.

— Por opção dela. — Dou de ombros levemente. — Ela é quem preferia ficar só comigo.

— E o que vocês faziam quando estavam sozinhas? — Dekker assume novamente uma expressão presunçosa, que me provoca arrepios. — Conta pra gente.

Olho para o meu advogado.

— Não... estou entendendo.

— O que vocês faziam? — repete Dekker. — Como passavam o tempo?

— Fazendo o que todo mundo faz — respondo com cuidado. — A gente saía para fazer compras, ia a cafés ou apenas ficava conversando depois da aula...

— E iam a bares juntas — acrescenta ele. — Saíam para beber. E frequentavam festas universitárias, com rapazes mais velhos.

— Verdade — admito. — Mas não só a gente. Éramos um grupo. Tinha também a Chelsea, o Max, o AK...

— Sim, mas você preferia passar o tempo sozinha com a srta. Warren, não é mesmo? — Dekker me fita com um olhar sorrateiro.

Eu o fito de volta, tentando entender qual é o jogo dele.

— Não. Quero dizer, éramos bem próximas, mas eu gostava de estar com os outros também.

Ele anda de volta até sua mesa e folheia mais alguns papéis.

— Em suas declarações, tanto Melanie Chang quanto Chelsea Day, além de vários dos seus outros amigos, disseram que você e a vítima costumavam dormir uma na casa da outra.

— É verdade — respondo lentamente.

— E onde você dormia? — pergunta ele.

Eu pisco.

— Como?

— Quando dormia na casa da srta. Warren? — Dekker mantém uma expressão séria, como se estivesse fazendo uma importante pergunta de cunho legal, e não apenas outra de suas insinuações maldosas. — Você não ficava no quarto de hóspedes, ficava? Vocês sempre dormiam no mesmo quarto. Na verdade, na mesma cama.

Olho mais uma vez para o meu advogado.

— Objeção! — Ele se levanta, obediente. — Isso é totalmente irrelevante.

— Ele tem razão, detetive Dekker. — A juíza Von Koppel o observa por cima dos óculos de aros dourados, os lábios contraídos. — Preciso concordar. Isso me parece profundamente desproposital.

— Peço desculpas. — Dekker lhe oferece um sorriso bajulador. — Estou apenas tentando estabelecer um motivo. Se a srta. Chevalier estivesse envolvida sexualmente com a vítima, isso lhe daria mais uma razão para se sentir traída e zangada ao descobrir...

— Sim, sim. — A juíza faz sinal para que ele continue. — Entendo. Vou permitir que prossiga, mas, por favor, seja direto.

— Claro. — Dekker se vira de volta para mim com um sorrisinho de triunfo, como se tivesse vencido esta rodada. — Então, srta. Chevalier, permita-me perguntar. O seu relacionamento com a srta. Warren era de natureza sexual?

Eu o fito de volta, pasma.

— Não.

— Vocês nunca tiveram nada? — pressiona. — Mas... e essas fotos? — Ele as coloca no telão novamente: as fotos tiradas no Halloween e algumas outras de Elise e eu durante o último ano. As imagens nos mostram agarradas, abraçando uma a outra de modo carinhoso e íntimo. Em uma delas, inclusive, estamos de biquíni, e Elise está beijando meu ombro, os braços envolvendo minha barriga de maneira protetora. Em outra, estamos aconchegadas no sofá dela com um edredom, ambas de babydoll e com as pernas entrelaçadas. Dekker se vira de volta para mim. — Você está nos dizendo que essas fotos são puramente platônicas?

— Sim — insisto. — Elas não significam nada. Há fotos desse tipo de todos nós. Minhas com a Chelsea... com o Lamar. Da Elise com a Mel...

— Estou interessado apenas nas suas com a vítima, srta. Chevalier — interrompe ele novamente, mas dessa vez eu não paro.

— Você não está me deixando terminar! — exclamo. Percebo a expressão tensa de meu advogado, mas não posso permitir que Dekker continue com isso, que ele continue exibindo fotos como se elas tivessem um significado maior, sem mostrar o resto delas, como as coisas realmente eram. — Você está me fazendo todas essas perguntas, mas não se importa com o que eu digo. Quer apenas mostrar essas fotos e fingir que elas significam mais do que realmente significam!

— Por favor, acalme-se, srta. Chevalier. — Dekker me fita com uma expressão presunçosa, e percebo com uma fisgada de dor que era isso que ele planejava o tempo todo: que eu erguesse a voz ou gritasse ou fizesse qualquer coisa que o permita dizer que eu tenho pavio curto.

— Para ser honesta, concordo com a ré.

Nós dois nos viramos. A juíza Von Koppel o observa com uma expressão neutra.

— Quando o senhor lhe fizer uma pergunta, permita que ela termine de responder.

Segue-se outra pausa.

— Claro. — Dekker força um sorriso, mas antes que eu possa ter qualquer sensação de vitória, ele se vira de volta para mim.

— Então, você e a vítima jamais estiveram envolvidas sexualmente?

— Como eu já disse, não.

— Nunca trocaram sequer um selinho?

— Não.

— Nunca se tocaram, experimentaram...

— Objeção!

— Mantida. — A juíza lança um olhar bem irritado na direção de Dekker. — O senhor está saindo da linha. Não irei tolerar esse tipo de especulação libidinosa em minha corte, compreendeu? — Sua voz ressoa pela sala, transbordando recriminação, e Dekker enrubesce. — Eu lhe fiz uma pergunta, promotor — continua ela. — Compreendeu?

— Sim. — Ele cospe a palavra, ressentido. — Agora, se eu puder continuar...

— Não — interrompe ela, e me sinto imediatamente grata pela trégua. — Acho que já tivemos perguntas demais por hoje. Faremos um pequeno recesso, e então quero ver o senhor e o doutor Gates em minha sala para discutirmos a conduta apropriada de questionamento. É nítido que o senhor precisa ser relembrado. Sessão encerrada.

Ela bate o martelo, e uma onda de conversas eclode pela sala: advogados, assistentes e repórteres, todos murmurando animadamente. Eles, porém, são apenas um borrão para mim. Solto o ar lentamente, aliviada, sem ousar me levantar do banco das testemunhas.

— Está se sentindo bem, srta. Chevalier? Anna?

Ergo os olhos. É a juíza, debruçada sobre a mesa, o cenho franzido em preocupação.

— Perguntei se está se sentindo bem.

— Ahn... sim — respondo, chocada. É a primeira vez em semanas que ela fala comigo como um ser humano normal. Durante todo o julgamento, ela se dirige apenas aos advogados, como se eu sequer existisse, e nas poucas vezes em que olha em minha direção, é para me pressionar a responder, para me pedir que seja mais clara. — Estou bem — digo, me recobrando. — Obrigada.

Ela assente com um brusco menear de cabeça.

— Daremos continuidade ao seu testemunho pela manhã.

O guarda se aproxima para me conduzir de volta à sala de detenção, mas mesmo enquanto ele fecha as algemas em torno dos meus pulsos, deixo-me levar por uma ligeira sensação de vitória, um diminuto triunfo em semanas de derrotas consecutivas.

Eu ganhei esta rodada. Dekker foi longe demais.

Mas então, olho para o outro lado da sala e meu breve momento de felicidade se esvai. A mãe da Elise me observa de sua costumeira cadeira atrás da mesa do promotor. O ódio em seu olhar rouba o ar de meus pulmões.

Eu paro, encarando-a de volta pelo máximo de tempo que consigo. Suplicando. O guarda, porém, me força a prosseguir, sem dó nem piedade, e a mãe da Elise me dá as costas.

ESPERA

OS DIAS NA PRISÃO PASSAM LENTAMENTE, UMA REPETITIVA PROCISSÃO de toques de acordar, refeições sem gosto servidas em bandejas de plástico e umas poucas e preciosas horas no pátio de exercícios, caminhando sob um imenso céu azul. Claustrofóbica, a princípio sinto cada segundo que passo trancafiada, como se as paredes da cela estivessem se fechando ao meu redor, prestes a me esmagar de uma vez por todas. Fica difícil dormir ou comer, e cada vez que escuto passos se aproximando, não consigo impedir meu coração de dar um pulo nem o brotar da esperança em meu peito. Vieram me tirar daqui. Posso ir para casa. Acabou.

Só que nunca é assim.

No fim, chego à conclusão de que não posso continuar sofrendo com essas decepções. Ninguém virá me salvar. Embora papai me diga para me manter otimista, não perder a esperança, sei que ele simplesmente não consegue se forçar a me contar a verdade ainda: de que não haverá milagre algum no final, nenhuma reviravolta de última hora. Irei a julgamento pelo assassinato da Elise, e não há nada que eu possa fazer a não ser esperar.

De certa forma, tudo fica mais fácil quando abandono esse sonho. Não estou mais suspensa num limbo de esperança, acordando todos os dias com a expectativa de uma possível liberdade — e indo me deitar com o peso da decepção quando o sinal para as luzes se apagarem toca e a porta da cela se fecha novamente. Tenho um julgamento ao qual me agarrar agora: minha luz no fim do túnel. Quando estivermos na corte, quando conseguirmos descartar toda e qualquer prova que

Dekker apresente — as manchas de sangue; a faca; o colar —, então tudo isso estará terminado. Serei declarada inocente. E poderei ir para casa.

Até lá, só preciso permanecer forte e esperar.

E assim passam-se os dias. Cem. Cento e dezesseis. Cento e quarenta e sete. Lembro-me da maioria deles — deitada na estreita cama de alvenaria em minha cela, esperando o tempo passar enquanto mergulho no passado. Começo pelo início, pelo dia em que encontrei Elise na aula de educação física e, em seguida, prossigo lentamente, passando pela escola, Tate e a chegada da Chelsea e dos outros. Relembro cada conversa, cada beijo, como uma cena retirada do filme da vida de outra pessoa. Exceto que posso sentir tudo. A sensação é forte e pungente, e me rasga por dentro com uma profunda nostalgia, uma intensa saudade pelo tempo que passou e que jamais irá voltar. Todos aqueles breves momentos aos quais não dei o devido valor — as tardes na aula de história, sentada no fundo, rabiscando de maneira entediada letras de música no caderno dela; os intervalos saboreando lattes e chocolates quentes no Luna; os momentos passeando pela Newbury Street, paquerando as vitrines. Elise e eu, de braços dados, pernas entrelaçadas. Tingindo mechas coloridas juntas, colares idênticos em volta do pescoço... E riso em nossas almas.

Procuro por motivos, respostas, pistas e sinais de aviso. Pego cada um de nossos momentos finais na ilha e os analiso separadamente, como um garimpeiro procurando pelo brilho do ouro em meio à lama do leito do rio. De vez em quando, acho que percebo alguma coisa: um vislumbre, uma nota de preocupação em sua voz. Um abraço demorado demais, o som de uma mensagem de texto que ela não verifica. Mas a imagem borra, os detalhes se misturam. A linha que separa memória e imaginação é tênue demais, e me pergunto se não estou inventando tudo isso: inserindo falsas lembranças entre as reais apenas para ter algo a que me agarrar. Ouro de tolo.

Enquanto eles discutem datas para o julgamento, os dias passam, e eu continuo esperando.

FÉRIAS

ACORDO NOS BRAÇOS DO TATE, O SOL INCIDINDO ATRAVÉS DAS cortinas abertas sobre a cama onde estamos deitados, enroscados entre lençóis brancos. É o nosso terceiro dia em Aruba. A janela está aberta, de modo que posso escutar o distante quebrar das ondas e sentir a suave brisa em minha pele.

Felicidade.

Bocejo e me aconchego ainda mais, apoiando o rosto em seu peito nu. Tate se mexe tanto durante o sono que o edredom foi parar no chão. Agora, porém, seus braços e pernas encontram-se esparramados, como se ele tivesse travado uma épica batalha e finalmente desmaiado de exaustão. Sorrio, traçando com a ponta do dedo a linha de seu maxilar, descendo para a clavícula e, em seguida, as costelas.

Ele murmura alguma coisa, ainda não totalmente acordado, e um suave sorriso se desenha em seus lábios.

Eu o beijo, substituindo o lento passeio dos dedos pela minha boca. Acompanho o contorno de seus músculos e ossos, fazendo o caminho até o abdômen trincado. Sinto seu corpo tremer com o riso; ele está acordado agora. Tate, então, me puxa de volta e me beija com força, rolando comigo até eu ficar esmagada sob o peso de seu corpo.

Permaneço assim por alguns instantes, beijando-o lentamente, me deleitando com sua força sobre mim. O beijo, então, se aprofunda, e suas mãos buscam, impacientes, a carne entre as minhas pernas, afastando-as uma da outra. Sinto-o endurecer de encontro a mim.

— Espera só um pouquinho — peço, e me desvencilho dele. Tate solta um grunhido de frustração. — Eu preciso ir ao banheiro. Volto já — prometo, beijando-o de novo.

— Sem pressa. Vou sair para dar uma corrida. — Ele levanta da cama, nu, exceto pela cueca azul. Em seguida, veste uma bermuda de surfista estampada. — Lamar e eu precisamos nos manter em forma para a próxima temporada.

Faço uma pausa, admirando a vista. Seria de se esperar que eu já estivesse acostumada, mas não. O corpo dele, a graciosidade com que se move...

Meu.

— Tudo bem. Te vejo mais tarde. — Começo a atravessar o quarto, abrindo caminho por entre as roupas que tiramos antes de dormir e o restante da tralha espalhada em volta de nossas malas. — Acho que o programa de hoje vai ser praia de novo. O AK falou alguma coisa sobre alugar uns jet-skis...

— Show! — Tate amarra os tênis e segue em direção à porta da varanda. — Até mais. — Ele desce, saltitante, os degraus que levam à praia. Saio também e o observo esticar os braços para o alto e se alongar. Em seguida, parte, ajustando o passo até encontrar seu ritmo, rumando em direção à areia molhada. Em pouco tempo, torna-se uma diminuta figura ao longe, uma sombra escura em contraste com a areia branca.

Tomo um banho, visto um biquíni e sigo para a sala. É cedo, e o aposento está deserto; ninguém acordou ainda. Passamos o dia na praia e depois ficamos bebendo em casa até tarde enquanto Mel e Elise discutiam onde iríamos jantar, até que, por fim, os rapazes se irritaram e nos arrastaram para uma pizza numa cafona cadeia de restaurantes em um dos resorts. E margaritas, duas pelo preço de uma, em taças tão gigantescas que mais pareciam tigelas de sopa. Para a sobremesa, sundaes de creme com calda de chocolate quente e chantilly. Quando finalmente voltamos para casa estávamos todos alegremente embriagados e balbuciando asneiras de maneira incoerente, exceto por Elise, é claro. Ela continuou dançando sozinha na sala mesmo depois que nós todos fomos nos deitar — bailando como num devaneio, iluminada pelo azul fluorescente do aquário.

Vou até a geladeira e pego uma caixa de suco.

— Bom dia, docinho.

Dou um salto, batendo a porta da geladeira. Niklas está a alguns passos de distância, recostado em um dos armários.

— Jesus! — Paro para recuperar o fôlego, o coração martelando com força. — Que susto.

— Desculpa. — Ele parece estar se divertindo, e me olha de cima a baixo. — Acho que você não estava esperando companhia.

Mudo de posição, incomodada. Estou apenas com o sutiã do biquíni e um shortinho. Roupa de praia, adequada para ficar entre meus amigos ou mesmo para andar lá fora, mas aqui, sozinha na cozinha com um cara mais velho e desconhecido, sinto-me dolorosamente consciente da quantidade de pele exposta.

Percebo Niklas me observando novamente com aqueles olhos azuis frios e presunçosos, e resisto à vontade de sair correndo para vestir um pulôver. De alguma forma, acho que isso lhe daria uma tremenda satisfação.

— É cedo — digo de modo brusco, me virando de volta para o suco. — Eu não imaginei que você estaria aqui.

Estico o braço para alcançar um copo na prateleira logo acima da pia, mas Niklas se adianta e pega primeiro, pressionando o corpo contra o meu. Eu me encolho.

— *Voilà*. — Ele me entrega o copo com um sorriso indecifrável, mas posso perceber que está adorando meu desconforto.

— Obrigada — respondo, curta e grossa. Sirvo o suco e contorno a ilha do café da manhã, colocando propositadamente o mármore polido entre nós. — Cadê a Elise? Achava que ela ainda não tinha acordado.

— E não acordou. — Niklas dá de ombros. Eu espero, mas ele não diz mais nada. Em vez disso, toma um gole do suco direto da caixa, ainda me observando com uma expressão divertida.

Apesar da temperatura agradável, um calafrio percorre meu corpo inteiro. Tate tinha razão. O cara é assustador.

— Bom dia, meus amores! — Elise entra na sala, recém-saída do banho, vestida com um biquíni vermelho e um shortinho branco. Ela me abraça, o cabelo ainda pingando gotas geladas na minha pele. Em seguida, me dá um beijo no ombro. — Já viu o mar? Tá de foder hoje. Não quero ir embora daqui nunca mais.

— Claro, abandone tudo e se mude pra cá — retruco, rindo, mais relaxada agora que ela está aqui. — Vire uma rata de praia profissional. Seus pais vão adorar.

— Diz que duvida. — Com um pulo, Elise se senta na ilha e começa a balançar as pernas. — Vou mandar um cartão-postal pra eles: "Gostaria que vocês jamais aparecessem por aqui".

Ela pega duas uvas na tigela de frutas e as enfia na boca, ainda de costas para Niklas.

Eu olho para ele e me dou conta de que Elise ainda não falou com o cara. Ela sequer lançou um olhar na direção dele.

Niklas deve ter percebido também, pois, por um momento, sua expressão torna-se sombria. Mas, então, a estranheza desaparece, substituída mais uma vez por aquele mesmo sorrisinho presunçoso e indecifrável.

— Estou indo. A gente se fala mais tarde?

Elise dá de ombros.

— Claro. Pode ser.

Niklas me cumprimenta com um menear de cabeça e, então, segue para a porta da frente. Um segundo depois, escuto-a bater.

Olho para Elise em expectativa. Ela solta uma risadinha.

— Melhor não dar muita atenção...

— Eu sei, mas você foi superfria.

Ela dá de ombros novamente.

— Ele é um pouco arrogante demais. Não parou de falar sobre os negócios do pai, dizendo que eles são donos de, tipo, metade da ilha. Ainda assim, o garoto tem suas utilidades... — Ela abre um sorrisinho malicioso, e não consigo evitar cair na gargalhada.

— A que horas ele chegou? — pergunto, indo lavar meu copo. Uma empregada vem aqui todas as tardes, mas mesmo assim me sinto mal em deixar coisas para ela limpar. — Eu não escutei nada.

— Pedi para ele entrar pelos fundos — responde Elise, pulando para o chão. — Niklas escalou minha varanda.

— Ah, Romeu, Romeu! — exclamo, levando a mão à testa numa fingida encenação de quase desmaio. Ela ri. — Você tem sorte de ele não ter caído e rachado a cabeça — acrescento.

Ela faz um ruído de quem descarta a hipótese.

— A altura não chega a 5 metros. Qualquer um consegue escalar. Além do mais, eles têm que ralar para conseguir alguma coisa, caso contrário acham que a gente é fácil.

— Você, a magnífica Elise Warren, fácil? — brinco. — Jamais!

— Sou bicho solto. — Ela começa a dançar em volta da cozinha, fazendo gestos típicos de um membro de gangue, só de zoação. — Osso duro de roer, gata.

— Duro como o seu tanquinho? — Eu rio, batendo de leve na barriga dela.

— Duro como um diamante.

Escutamos um gemido. AK entra na sala cambaleando, vestindo a mesma camiseta da noite anterior, agora totalmente amarrotada, e com uma expressão de puro sofrimento.

— Barulho. Dor. Morto.

— O que foi isso?! — grita Elise, bem alto.

— Não faço ideia! — berro de volta. — Não consegui escutar!

AK nos fuzila com os olhos.

— Odeio vocês — diz ele, caindo de cara no sofá.

— Ah, não fique assim — devolve Elise carinhosamente.

— Desculpa — peço por nós duas. — Quer que eu prepare um café pra você?

Ele solta outro gemido.

— Acho que isso foi um sim. — Elise ri. Ela se vira de volta para mim e arregala os olhos. — Você encontrou meu colar!

— O quê? — Levo a mão à garganta. — Esse é o meu.

— Não é, mesmo. — Elise estende o braço em direção à minha nuca para abri-lo. — O meu tem aquele amassadinho no metal, lembra? Bem aqui, ó. — Ela me mostra o ligeiro amassado no bronze antes de fechar o colar no próprio pescoço. — Achei que eu tinha perdido em Boston. Bijuteria vagabunda. — Sorri de modo afetuoso. — Um dia ainda vamos acabar com uma alergia braba ou algo do gênero.

Antes que eu possa responder, Lamar entra na cozinha de óculos escuros e com uma toalha pendurada no ombro.

— Por que vocês ainda estão aqui? Temos uma programação, gente. Relaxar! Beber! Pegar sol!

Elise ri e se afasta de mim.

— Dois minutos — promete. — Vou pegar minhas coisas, e aí poderemos relaxar até o cu fazer bico.

Ela segue dançando para o quarto, enquanto eu permaneço ali, os dedos enterrados nas costas do sofá, soltando o ar lentamente.

— O que houve? — A voz de Lamar me arranca de meu devaneio. Eu me viro.

— Nada. Nada, não.

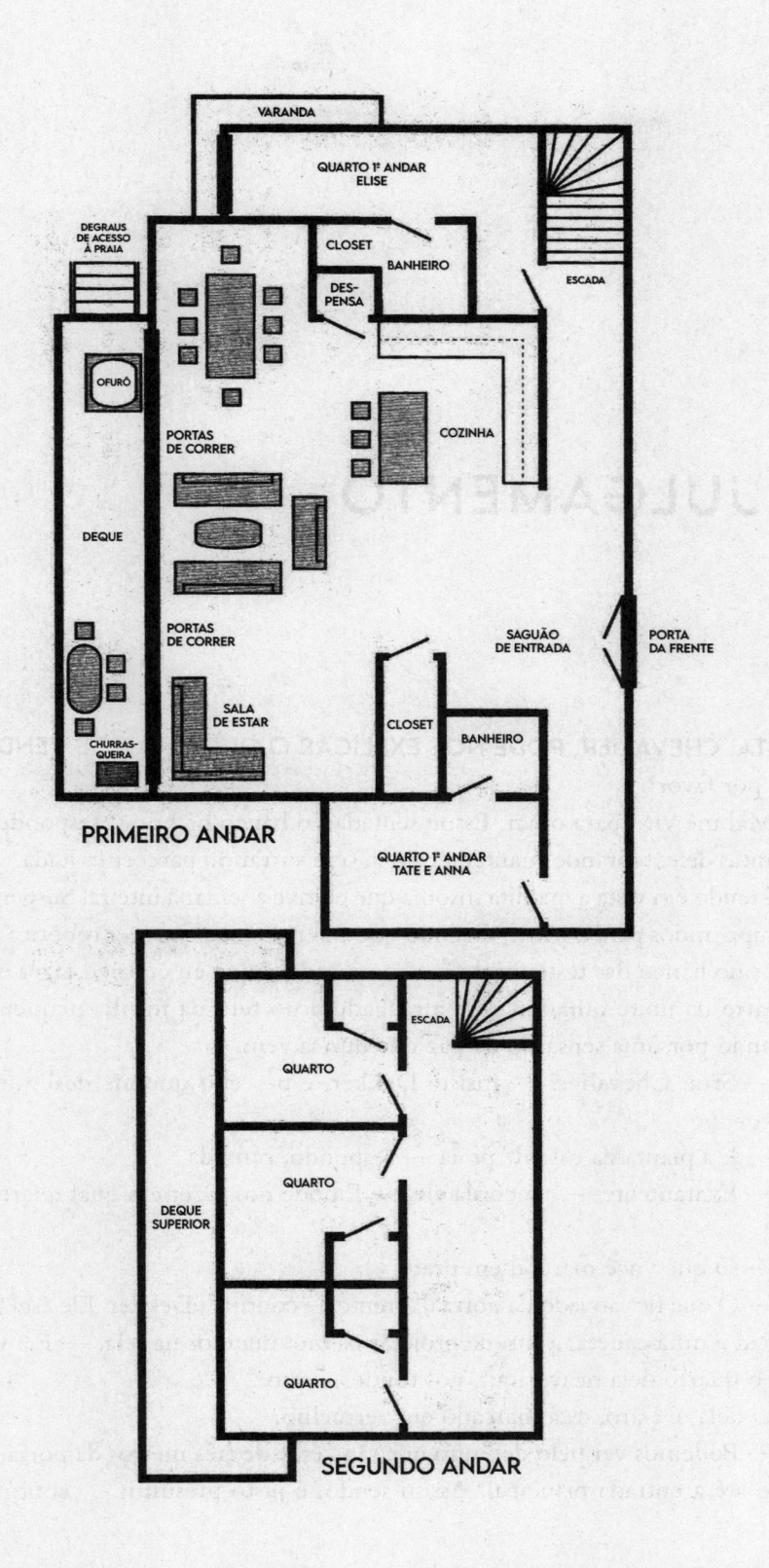

VARANDA

QUARTO 1º ANDAR
ELISE

DEGRAUS
DE ACESSO
À PRAIA

CLOSET

BANHEIRO

ESCADA

DES-
PENSA

OFURÔ

PORTAS
DE CORRER

COZINHA

DEQUE

PORTAS
DE CORRER

SAGUÃO
DE ENTRADA

PORTA
DA FRENTE

SALA
DE ESTAR

CLOSET

BANHEIRO

CHURRAS-
QUEIRA

PRIMEIRO ANDAR

QUARTO 1º ANDAR
TATE E ANNA

ESCADA

QUARTO

QUARTO

DEQUE
SUPERIOR

QUARTO

SEGUNDO ANDAR

O JULGAMENTO

— SRTA. CHEVALIER, PODE NOS EXPLICAR O QUE ESTAMOS VENDO NO telão, por favor?

Mal me viro para olhar. Estou sentada no banco há horas, respondendo às perguntas dele, tentando manter a calma, sem surtar ou parecer irritada, o que é difícil tendo em vista a maldita insônia que eu tive a semana inteira. Suspenderam os comprimidos para dormir, dizendo que eles me fazem parecer robótica e aérea demais no banco das testemunhas, e agora tudo o que eu consigo fazer é passar boa parte da noite olhando para a rachadura no teto da minha pequena cela, esperando por uma sensação de paz que nunca vem.

— Srta. Chevalier? — insiste Dekker, e percebo que me desliguei mais uma vez.

— É a planta da casa de praia — respondo, cansada.

— Exatamente — concorda ele. — E pode nos dizer em qual quarto você ficou?

— O que você marcou em preto.

— O que fica ao lado da porta da frente — continua Dekker. Ele está usando um iPad e uma caneta, a fim de projetar os movimentos na tela. — E a vítima, Elise, o quarto dela ficava aqui, nos fundos, certo?

O dela, é claro, está marcado em vermelho.

— Podemos ver pelo desenho que são cerca de três metros da porta do seu quarto até a entrada principal. Assim sendo, é justo presumir — continua ele

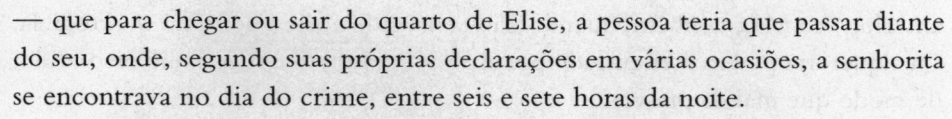

— que para chegar ou sair do quarto de Elise, a pessoa teria que passar diante do seu, onde, segundo suas próprias declarações em várias ocasiões, a senhorita se encontrava no dia do crime, entre seis e sete horas da noite.

— Não.

Dekker para.

— A senhorita não se encontrava em casa nessa hora?

— Não. Quero dizer, nós dois estávamos. Eu e o Tate — esclareço, tentando não tropeçar nas palavras. — Só que a porta da frente não era a única entrada.

— Mas se um estranho invadiu a casa para atacar a srta. Warren, como você alega, ele teria que ter passado pelo seu quarto para chegar ao dela.

— Objeção! — Meu advogado suspira. — A hora da morte ainda não foi estabelecida. O ataque pode ter acontecido antes de a ré ter chegado em casa, ou depois de ela ter saído para jantar.

— Mantida.

Dekker disfarça um franzir de testa de irritação.

— Permita-me reformular a pergunta — pede. — Se um estranho houvesse invadido a casa enquanto você estava lá, ele teria que ter passado em frente ao seu quarto, correto?

— Não — repito. — Havia outros meios de entrar na casa. — Eu me viro para a juíza. — Posso mostrar no telão?

— Certamente isso é algo que devemos deixar para o inquérito da defe... — Dekker tenta intervir, mas a juíza o interrompe.

— Foi o senhor quem apresentou a planta, portanto irei permitir.

Segue-se uma pequena pausa até que Dekker me entregue o iPad e a caneta, ainda que com relutância.

— A porta da frente não era a entrada principal — explico, mostrando as outras saídas na planta. — Na maioria das vezes, a gente entrava e saía pelo deque, nos fundos. Toda a parte de trás se abre, tipo, portas de correr, e elas ficavam destrancadas direto. Como a gente ia e vinha o tempo todo, seria confuso demais se cada um tivesse que usar chave. Elise também tinha sua própria varanda, com vista para a praia...

— A varanda dela ficava muitos patamares acima da areia — interrompe Dekker rapidamente.

— Um andar, o que não é tão alto assim — insisto. — Uns 5 ou 6 metros, com pilastras de madeira fáceis de encaixar o pé e escalar. O Niklas subiu na noite anterior, e o Max também, quando não conseguiu abrir a porta do quarto dela. Qualquer um poderia ter entrado por ali. Além disso, fica tudo meio escondido, de modo que mal dá pra ver.

— Mais alguma coisa? — O tom de Dekker é perigosamente educado. — Alguma passagem secreta, saída escondida?

— Objeção!

— Mantida. — A juíza Von Koppel solta um suspiro. — O promotor deve se abster de sarcasmos. Deseja acrescentar mais alguma coisa em relação à planta do primeiro andar, srta. Chevalier?

— Só quero ressaltar que o nosso quarto ficava no lado oposto ao da Elise. A gente estava ouvindo música e... — Engulo em seco. — Se alguém entrasse, não teríamos como escutar. Não escutamos nada. — Minha voz falha, e meu advogado se levanta num pulo.

— Pedimos que a sessão seja suspensa pelo resto do dia, meritíssima — diz ele rapidamente. — É visível o estado emocional da ré, sem dúvida em decorrência de estar sendo atormentada incessantemente pela promotoria e...

— Ah, por favor! — interrompe Dekker. — Isso é uma óbvia tentativa de despertar empatia. Ela está bem.

Todos se viram para mim, e a juíza me observa com seu costumeiro olhar indecifrável.

Fito-a de volta, suplicante. Passamos o dia inteiro analisando impressões na faca, manchas de sangue e recriando de forma precisa nossos passos no corredor. Já não consigo sequer me lembrar mais o que eu disse ou o que Dekker vem tentando provar.

— Prefiro evitar um novo adiamento — declara ela, e meu coração pesa. — Dr. Dekker, prossiga com as perguntas, mas, por favor, seja breve.

Ele se vira para mim com um sorrisinho presunçoso.

— Então, voltando à planta... Você alega não ter escutado ninguém entrar na casa.

— Não pela porta da frente. — Eu o corrijo. — Mas como eu disse, alguém pode ter escalado a varanda que dava direto no quarto da Elise. O Niklas fez isso, talvez mais de uma vez, inclusive.

Dekker franze a testa.

— Como já foi esclarecido, Niklas van Oaten estava em casa com o pai na tarde do assassinato.

— Mas, se ele subiu, alguém mais poderia ter feito o mesmo. — Não consigo evitar o tom de desespero em minha voz.

— Alguém mais? — repete Dekker, cínico. — Isso lhe parece provável, srta. Chevalier? Que um estranho qualquer decidisse escalar a lateral da casa, totalmente à vista de qualquer um que estivesse na praia, sem saber se havia alguém lá dentro? E depois, ao se deparar com a srta. Warren, em vez de fugir, ou simplesmente nocauteá-la, essa pessoa fosse pegar uma faca na cozinha, a fim de esfaqueá-la treze vezes?

Baixo os olhos.

— Isso foi uma pergunta, srta. Chevalier. — A voz de Dekker ecoa pela sala. — Acha esse um cenário provável? Isso lhe parece plausível?

— É possível — respondo por entre os dentes. — Talvez a faca já estivesse no quarto dela. A janela estava quebrada. Foi um arrombamento.

— Você *alega* ter sido um arrombamento — corrige ele. — No entanto, as provas não são nada claras. E, quanto a essa sua teoria, não seria muito mais provável que o agressor conhecesse a srta. Warren?

— Não — insisto.

— Que na verdade sabia que ela estaria sozinha em casa naquela tarde? — Dekker ignora minha resposta. — Esse agressor poderia entrar e sair em plena luz do dia sem despertar suspeitas. Ele tinha as chaves da casa e sabia os códigos para desligar o alarme.

— Não! — Minha voz soa esganiçada. Ele está fazendo com que tudo soe simples demais, e posso ver pela expressão das pessoas na corte que elas concordam.

— Não é muito mais provável que a pessoa que a atacou estivesse tomada por ciúmes... — Dekker não dá uma trégua. — E furiosa com a vítima? Furiosa o bastante para esfaqueá-la treze vezes e deixá-la lá sangrando até a morte no chão do quarto...

— Objeção! — grita meu advogado finalmente. — O promotor está fazendo suposições!

— Mantida.

— Tudo bem. — Dekker sorri de novo, um sorriso cruel e triunfante. — Por ora, sem mais perguntas.

— O senhor gostaria de interrogá-la? — pergunta a juíza ao meu advogado, mas ele deve ter percebido que a essa altura eu já não tenho mais condições de nada.

— Não, meritíssima. — Ele solta um suspiro. — Sem mais perguntas.

Enquanto levanto do banco das testemunhas, vejo meu pai sentado na primeira fileira. Ele cruza o olhar comigo e me oferece um rápido aceno, seguido de um sorriso, mas eu capto sua expressão antes que ele consiga mascará-la: preocupação e desânimo. O cansaço e a impotência em seu olhar são um reflexo de como me sinto após um dia inteiro de perguntas incessantes. No entanto, perceber isso faz com que a ficha finalmente caia. Minhas pernas cedem, e sou acometida por uma súbita tontura ao me dar conta dessa dura verdade.

Estamos perdendo.

PREJULGAMENTO

— O NEGÓCIO É PARTIR PRO ATAQUE. ENCONTRAR OUTROS SUSPEITOS, começar a destruir a tese da promotoria antes que se vá a julgamento.

O nome dele é Oliver Gates, um velho colega de faculdade do meu pai, recrutado para tentar salvar minha lastimável defesa. O sujeito mais parece um ursinho de pelúcia atarracado, com óculos pretos de aros quadrados e uma camisa amarrotada, andando de um lado para o outro na pequena sala reservada, alheio às manchas de café em sua gravata de bolinhas. Observo-o, o coração pesado. Gates tem um jeito amável e caloroso, totalmente diferente da agressividade ferina de Dekker, ou mesmo do profissionalismo desdenhoso e indiferente de Ellingham.

E, no momento, ele é tudo que eu tenho.

— Temos Tate, o que é alguma coisa — continua ele, verificando suas anotações. A mesa está repleta delas, folhas soltas e reunidas em fichários baratos de papelão.

Franzo a testa.

— Achei que tinham retirado as acusações contra ele.

— E retiraram. — Gates assente com um menear de cabeça. — Mas mesmo com o acordo dele, podemos lançar dúvidas, revirar o caso um pouco. E tem também esse tal de Juan, que ficou rondando a casa. Um bom material.

Eu devo estar demonstrando zero confiança, pois ele faz uma pausa e solta um suspiro.

— Sei que só cheguei agora... — acrescenta, meio que se desculpando.
— E não sou de nenhuma firma importante, como o outro cara. Mas estou tentando me inteirar de tudo para dar um gás nesse processo. Vou dar o meu melhor, prometo.

— Não é você. — Sinto-me mal por deixar transparecer minha dúvida.
— Só estou cansada de todo esse negócio. Achei... Eles me disseram que tudo iria ficar bem, que tinham um plano, e aí... — Não completo a frase. Um bolo de lágrimas fecha minha garganta enquanto tento engolir as palavras que não tenho coragem de dizer.

E aí... eles me abandonaram.

Ellingham largou o caso, embora ele ainda represente Tate e os Dempsey, é claro. E sequer fez isso pessoalmente. Mandou um assistente ligar para o meu pai para explicar que continuar me representando configuraria conflito de interesses. Acho que devíamos ter previsto isso, mas, de qualquer forma, doeu; mais outra pessoa que virou as costas para mim. Lamar e o restante do grupo se foram. Tate também, e agora meu pai — de volta a Boston a fim de tentar levantar dinheiro para esse novo time de advogados, e para pagar todos os custos de voos e diárias de hotéis de cada visita que ele me faz.

— Está tudo bem. — Gates se senta ao meu lado e apoia a mão gentilmente em meu ombro. É o primeiro contato humano amigável que tenho em semanas, mas me remexo para que ele a tire dali, não porque eu não deseje o contato, mas porque preciso demais disso.

— Papai falou alguma coisa sobre quando volta? — pergunto, engolindo em seco para controlar a emoção. Há semanas que tudo o que recebo dele são ligações internacionais, e sua voz soa sempre ansiosa e culpada. O que só faz com que eu me sinta pior por imaginar que tudo o que ele está passando é culpa minha.

— Ele está fazendo de tudo para vir logo. — A expressão de Gates é solidária. — Mas há muito a ser feito. Seu pai encontrou uma firma que possui um braço em Amsterdã — acrescenta de modo esperançoso. — Estamos em contato o tempo todo para definir qual a melhor forma de prosseguir, como todo esse processo irá se desenrolar. O sistema legal aqui é completamente diferente.

Concordo com um menear de cabeça.

— Eu tenho feito algumas perguntas ao departamento de polícia... — diz o outro sujeito na sala pela primeira vez. Ele é mais novo, acho que na casa dos vinte, cabelo escuro penteado de maneira conservadora e olhos castanhos, mas está vestido de forma mais informal, jeans e camisa de botão. Passou o tempo todo fazendo anotações, o que me leva a crer que seja o assistente do Gates ou algum advogado júnior do escritório dele. — E descobri que Dekker não é dos caras mais queridos — continua, e não consigo evitar soltar uma risada amarga.

— Assim sendo, talvez possamos encontrar uma fonte que nos forneça informações a respeito da investigação, que nos permita descobrir o motivo de ele estar tão obcecado por você e o que pode ter deixado passar nesse meio-tempo.

— Excelente. — Gates meneia a cabeça em assentimento e faz mais algumas anotações. — Alguma notícia da embaixada? Um apoio oficial poderia nos ser de grande ajuda.

O rapaz faz que não.

— Estou dando com a cara na porta em todas as tentativas. O senador Warren talvez esteja envolvido, ou os Dempsey. Eu não deveria sequer estar aqui; isso é extraoficial.

Ergo os olhos, confusa.

— Você não trabalha com ele? — Aponto com a cabeça para Gates.

Eles trocam um olhar.

— Não. Esse é Lee Evans, terceiro secretário da embaixada — explica Gates. — Eu o apresentei quando nos encontramos na semana passada, lembra?

Não lembro.

— Sinto muito. — Faço que não. — As coisas andam meio confusas...

— Não precisa se desculpar. — Lee sorri para mim.

O celular do Gates vibra.

— É o meu investigador. Volto já.

Ele sai da sala, me deixando sozinha com Lee. Agora que estou prestando mais atenção, percebo que ele é bem simpático, todo arrumadinho, e parece realmente preocupado.

— Não consigo sequer imaginar o que você deve estar passando aí dentro — diz de maneira delicada.

Dou de ombros, ainda desconfiada.

— Tem dormido bem? — pergunta ele. — Quer que eu lhe traga alguma coisa? Pois podemos arrumar alguns comprimidos para dormir se você estiver tendo dificuldades com...

— Não, eu não quero mais remédios — interrompo. — Eles me deixam aérea demais. — Brinco com as algemas. Mesmo aqui, nesta saleta reservada dentro dos muros da prisão, com um guarda vigiando a porta do lado de fora, eles não arriscam tirar as algemas. Baixo os olhos para os meus pulsos avermelhados e as unhas que roí até sangrarem. — Eu não... não quero mais dormir.

Ele assente com um menear de cabeça. Segue-se um momento de silêncio, mas não como os que ocorriam com Ellingham ou a polícia — frios e acusatórios. Esse é solidário, compreensivo.

— Você vai sair dessa — diz ele. — É uma garota forte.

— Como sabe? — rebato antes mesmo que eu consiga me deter. — Desculpe. Sei que está tentando ajudar, é só que você...

— Eu sou apenas um estranho, eu sei. — Lee me fita com pesar. — A essa altura, já deve estar de saco cheio da gente.

— Não — respondo após um momento. — É melhor com vocês aqui do que... sem vocês.

Gates retorna.

— O horário de visita está quase acabando. É melhor a gente ir.

— Tudo bem. — Eu me levanto sem muita firmeza e os observo guardar toda a papelada. — Vocês vão voltar amanhã?

— Temos um monte de arquivos para analisar... — Gates parece devastado, de modo que tento manter a voz animada.

— Não tem problema. Na verdade, isso até que é bom. O Dekker não pode me interrogar sem a presença de um advogado. Aposto que ele está surtando por ser obrigado a me deixar em paz.

— Você não deveria brincar com uma coisa dessas — repreende Lee baixinho. — Pelo que escutei, ele é um cara perigoso.

— Acha que eu não sei? — Me viro para ele. — Estou tentando, valeu?

— A gente sabe. — Gates tenta me aplacar. — E está se saindo muito bem. Aqui. — Ele enfia a mão em sua pasta. — Seu pai me pediu para te entregar isso.

Pego o envelope. Dentro está um foto nossa tirada durante o Natal, há uns dois anos. Estamos usando um pulôver ridículo que a mamãe comprou para a gente combinar, ambos sorrindo diante da árvore de Natal.

Eu te amo. Vai dar tudo certo... Confie em mim.

Eu me despeço de Gates e Lee e fico observando através das grades os dois se afastarem corredor afora até sumirem de vista, rumo à liberdade.

Vai dar tudo certo... Confie em mim.

Não sei quantas vezes meu pai já me disse isso, não só aqui na prisão, mas minha vida inteira. Quando tinha receio de ir para a escola no primeiro dia de aula ou ficava estressada por causa de uma prova importante; quando caí de bicicleta na sexta série e abri o lábio. Quando mamãe ficou doente. Sempre acreditei nele. É meu pai, jamais mentiria para mim; um adulto, que sabe a verdade. Agora, porém, vejo essas promessas pelo que elas realmente são: orações de esperança, um mantra que ele repete tanto para benefício próprio quanto para o meu.

Ele não tem como consertar essa situação, está fora do seu alcance.

Atravesso a prisão em direção à sala de televisão. Sem Dekker assombrando meu dia a dia com suas intermináveis perguntas, não há nada para preencher o tempo exceto meus próprios pensamentos sombrios. As outras detentas ainda me olham com desconfiança e se viram de costas antes de falarem qualquer coisa, mas mesmo que uma delas ficasse com pena e tentasse puxar conversa, não sei o que eu diria. Elas passam o dia assistindo TV ou escutando fitas de ensino a distância de idiomas e lendo velhos livros didáticos enquanto repetem as palavras de maneira murmurada.

"Voltamos agora à principal notícia da noite, o assassinato brutal de Elise Warren."

Congelo.

Já me disseram para não assistir a nenhuma cobertura a respeito do caso, mas não consigo evitar dar dois passos em direção ao pequeno aparelho situado no canto da sala.

"Um spring break inocente, interrompido subitamente por um crime hediondo. Uma amiga ciumenta, com um histórico de violência e comportamento lascivo." A âncora é uma loura de meia-idade, mas que tenta esconder isso sob uma camada grossa de maquiagem e cabelos duros de laquê. O nome dela é Clara Rose, a maior apresentadora de programas sobre crimes reais. Eu gostava de assistir ao programa de vez em quando: exposições intermináveis de noivos mortos, crianças sequestradas e maridos infiéis assassinos. Agora é minha própria foto que está na tela, a que foi tirada na delegacia na noite em que Dekker me prendeu.

"Enquanto a família e os amigos de Elise Warren ainda choram seu brutal assassinato por esfaqueamento, vamos aos bastidores revelar a verdade sobre a acusada, Anna Chevalier. O que teria levado uma aluna exemplar a perder a cabeça desse jeito?" Clara se debruça sobre a mesa, os olhos arregalados em falsa consternação. "Fiquem ligados. Retornaremos após o intervalo com pareceres de psicólogos e entrevistas exclusivas com seus amigos mais próximos."

Sinto os olhos das outras detentas se voltarem para mim. Sei que eu deveria me virar e ir embora, mas não consigo. Meus pés estão grudados no chão, os olhos pregados no pequeno televisor.

Permaneço ali.

TRANSCRIÇÃO DO CLARA ROSE SHOW

CLARA: **Estamos de volta. Obrigada pela audiência. Meu nome é Clara Rose.**
Esta noite, discutiremos o crime que abalou a paradisíaca ilha de Aruba,
o brutal assassinato de Elise Warren, uma adolescente de 17 anos,
filha do ex-senador pelo Estado de Massachussetts, Charles Warren,
que recentemente renunciou a seu cargo — e à sua provável candidatura
nas próximas eleições para governador — a fim de passar mais tempo
com sua família devido à terrível tragédia.

<VIDEOCLIPE>

PORTA-VOZ DA FAMÍLIA WARREN: **A família Warren agradece todo o
apoio recebido e pede que sua privacidade seja respeitada enquanto
lidam com a questão.**

<FIM DO VIDEOCLIPE>

CLARA: **Esta noite, tudo sobre a investigação policial que envolve a
acusada pelo assassinato de Elise, sua antiga amiga, Anna Chevalier.
Quem é a garota acusada de um crime tão hediondo? Iremos conversar
com psicólogos e amigos, a fim de descobrir o que a levou a cometer
tamanha atrocidade. Mas primeiro, vamos ao vivo com nossa correspon-
dente em Aruba para as últimas novidades a respeito da investigação.**

MARLEE: **Oi, Clara. Boa noite.**

CLARA: **O que você pode nos contar sobre a situação aí, Marlee?
Ouvimos dizer que há novos desdobramentos e provas sobre o caso.**

MARLEE: **Isso mesmo, Clara. Houve um vazamento de informações do
departamento de polícia hoje que confirmam o que andamos ouvindo
em outros relatos: ao que parece, no dia do assassinato havia manchas**

de sangue no corredor da casa que passaram despercebidas durante várias horas tanto pela Anna quanto por seu namorado, Tate.

CLARA: Estamos vendo as fotos da cena do crime agora... Sim, na tela, vocês podem ver o quarto onde Elise deu seus últimos suspiros. Peço desculpas pelas imagens perturbadoras, pessoal. É uma enorme quantidade de sangue, mas nos ajuda a ter uma ideia da violência do ataque.

MARLEE: Violento e alucinado. Aliás, "alucinado" é o termo que escutei da minha fonte na polícia. É nítido que Elise lutou contra seu agressor, mas foi esfaqueada treze vezes, como confirmou o laudo da autópsia.

CLARA: Treze vezes! E esse sangue... que estamos mostrando agora... são das fotos tiradas no corredor da casa de praia onde Elise e seus amigos estavam hospedados. Há manchas de sangue no chão, em vários pontos do corredor, desde o quarto da vítima até a porta da frente.

MARLEE: Isso mesmo, Clara. E são essas manchas que a polícia arrolou como a principal prova na acusação de assassinato contra Anna Chevalier. Durante o interrogatório, Anna supostamente negou ter visto o sangue. Chegou mesmo a dizer que não havia sangue nenhum.

CLARA: Bom, não posso entender como algo assim poderia passar despercebido. Como vocês podem ver, há manchas no chão e na parede ao lado da porta. O que a defesa irá alegar? Argumentar que o sangue surgiu posteriormente?

MARLEE: Exatamente. Imagino que esse será o principal argumento da defesa. Essas fotos só foram tiradas várias horas após o corpo ter sido encontrado, bem depois de um intenso entra e sai de paramédicos e policiais no quarto...

CLARA: Mas, e os detetives aí... Sei que a investigação está sendo conduzida por Klaus Dekker...

MARLEE: Dekker, isso mesmo. Ele irá alegar — e isso é algo que escutei de diversas fontes dentro do departamento de polícia — que já havia sangue no corredor quando eles chegaram, e que dizer que ela não viu é suspeito, um sinal de culpa. E com as impressões digitais...

CLARA: As impressões digitais na faca usada para assassinar Elise. Uma lâmina de 12 centímetros, retirada da cozinha. Não temos fotos da arma do crime, mas irei mostrar um modelo semelhante agora.

MARLEE: Exatamente. Soubemos há poucas semanas sobre essa prova bombástica, uma faca com impressões digitais, e não faço ideia de como isso poderá ser contornado. São questões sérias com as quais a defesa terá que lidar se Anna quiser ter alguma chance de alegar inocência.

CLARA: E Anna está presa no momento, aguardando julgamento?

MARLEE: Isso mesmo. Vocês podem ver aqui atrás de mim o Instituto Correcional de Aruba, onde Anna vem sendo mantida pelos últimos cinco meses. É uma prisão pequena, que abriga homens e mulheres em alas separadas.

CLARA: E com que outros tipos de criminosos ela está convivendo? Aruba não é conhecida por seus crimes.

MARLEE: Não mesmo. A maioria das detentas está lá por delitos menores: tráfico de drogas, pequenos furtos, coisas desse tipo. Assassinato é algo raro aqui, e o sentimento que se espalhou pela ilha é de que esse é um crime absolutamente atípico, perpetrado por alguém de fora.

CLARA: **Obrigada, Marlee. Voltaremos com Marlee amanhã para mais notícias sobre a investigação. Agora, após o intervalo, exibiremos novas imagens chocantes de Anna na prisão, e conversaremos com seu amigo, Akshay Kundra, que descobriu o corpo de Elise na noite do crime. Até logo. E não saiam daí.**

<INTERVALO COMERCIAL>

CLARA: **Bem-vindos de volta. Eu sou Clara Rose, apresentando uma edição especial sobre o assassinato de Elise Warren para o** *Clara Rose Show*. **No bloco anterior, vimos as chocantes fotos da cena do crime e as provas contra sua antiga amiga, Anna Chevalier. Mostraremos agora as imagens da acusada na prisão que as autoridades de Aruba acabaram de liberar. Estou aqui com o dr. Martin Holt, um especialista em assassinos psicopatas e autor do best-seller sobre um crime real** *Beleza perversa: a história de Kayla Criss*. **Agora, Martin, vamos dar uma olhada nessas fotos recém-liberadas. Tem havido especulações sobre o tratamento que Anna vem recebendo na prisão, e as autoridades locais tentam reverter tais preocupações... Bom, ela me parece muito bem.**

MARTIN: **De fato. Essas são fotos informais de Anna em sua rotina diária na prisão. Ela parece relaxada, alguns até diriam despreocupada e bem--disposta. Aparece caminhando pelo pátio de exercícios, sentada para almoçar... Em algumas delas é possível, inclusive, vê-la sorrindo, o que...**

CLARA: **Não sei quanto a você, mas isso me parece meio estranho.**

MARTIN: **Exatamente. Numa pessoa normal, você veria sinais de estresse, medo, exaustão... Lembre-se, ela perdeu a melhor amiga num assassinato brutal, e agora está presa aguardando julgamento. Qualquer um de nós ficaria arrasado, mas o comportamento dela é de uma pessoa que está passeando pelo shopping num dia normal.**

CLARA: **E para você isso é um sinal de alerta?**

MARTIN: **Com certeza. É bom entender que o cérebro dos psicopatas e dos sociopatas funciona de maneira diferente. Eles carecem de empatia, de compreensão, não dão a mínima se estão causando dor ou sofrimento. São essencialmente incapazes de reagir a situações da maneira como uma pessoa normal reagiria.**

CLARA: **Então essa não é uma reação normal de uma pessoa que está trancafiada numa prisão?**

MARTIN: **De forma alguma. E se observarmos aquela foto tirada poucas horas após a descoberta do corpo de Elise, a de Anna na varanda, vemos mais uma vez como ela parece feliz, totalmente despreocupada.**

CLARA: **Ah, sim, *aquela* foto. Não sei quanto a você, mas ela me deixa de cabelo em pé. Acho que o que todo mundo pensou quando viu aquela foto foi: "Espera aí, tem algo que não bate". Aquele foi o primeiro sinal.**

MARTIN: **Exato. E esses sinais de alerta estão presentes em vários momentos, mas o trágico é que não percebemos até que seja tarde demais.**

CLARA: **Obrigada, Martin; esse foi Martin Holt, autor do best-seller *Beleza perversa: a história de Kayla Criss*, à venda em todas as livrarias. No próximo bloco, teremos aqui alguém que pode nos falar sobre esses primeiros sinais de alerta, que estava na ilha no dia do assassinato, um colega de classe e amigo tanto da vítima quanto da acusada, Akshay Kundra. Não saiam daí.**

<INTERVALO COMERCIAL>

CLARA: **Bem-vindos de volta. Eu sou Clara Rose. O tema de hoje é o assassinato de Elise Warren, e a verdade sobre a principal suspeita, Anna Chevalier. No bloco anterior, conversamos com o aclamado** psicólogo e autor de um livro sobre um crime real, o dr. Martin Holt, a respeito das tendências psicopatas de Anna. Agora, estou aqui no estúdio com um amigo e colega de classe da acusada, Akshay Kundra. Seja bem-vindo, Akshay.

AKSHAY: Fico feliz em estar aqui, Clara.

CLARA: Acabamos de escutar um parecer perturbador do dr. Holt sobre essas novas fotos e o estado mental de Anna. Você já havia percebido algum desses sinais de alerta?

AKSHAY: Claro. Quero dizer, olhando em retrospecto, era uma tragédia anunciada, que deixamos passar.

CLARA: Mas, por quê? Se os sinais de alerta estavam lá, por que ninguém disse nada? Por que essa garota instável e potencialmente violenta tinha permissão de andar com vocês? Quero dizer, você mesmo a considerava uma amiga.

AKSHAY: Nós todos considerávamos. Essa é uma daquelas histórias... olhando em retrospecto, está claro, mas na hora... Você precisa entender, a Anna é uma garota realmente esperta, ela sabia como mascarar essas tendências. Olhando de fora, parecia apenas uma garota normal. A gente confiava nela... sabe, ela era nossa amiga.

CLARA: Ela era amiga da Elise.

AKSHAY: Muito. E isso é algo com o qual todos teremos de conviver, o fato de nunca termos percebido nada. Quero dizer, ela sempre foi obcecada pela Elise, isso era claro.

CLARA: Fale para a gente sobre essa obsessão.

AKSHAY: Elas estavam sempre juntas, eram inseparáveis. Anna era nova na escola, entrou no segundo ano, e simplesmente grudou na Elise. Ela a afastou dos outros amigos, e tenho a impressão de que a Elise achava isso sufocante, sabe, até que por fim ela começou a tentar se afastar, a adotar uma certa distância. Foi quando a gente começou a sair junto, durante o verão... Era como se ela precisasse de outras pessoas em volta para manter a Anna numa distância segura.

CLARA: Afinal, pelo que eu escutei, Elise era uma garota bacana. Aluna exemplar, integrante do grupo de teatro, encabeçava o grêmio estudantil, até que Anna surgiu e...

AKSHAY: Isso mesmo. Ela basicamente afastou a Elise de tudo isso. Era uma má influência, todos nós sabíamos. Elas bebiam; sei que a Anna até tomava uns comprimidos de vez em quando...

CLARA: Você chegou a ver? Ela usando drogas?

AKSHAY: Vi, sim, umas duas vezes, mas sei que rolaram outras. E a Elise usava também. Acho que ela se sentia pressionada, ou talvez ficasse preocupada com o que a Anna poderia fazer com ela.

CLARA: Ela alguma vez lhe pareceu assustada? Com medo do que Anna poderia fazer se ela terminasse a amizade?

AKSHAY: Eu... Quero dizer, não. Mas não sei o que rolava entre as duas. Talvez ela achasse que não podia nos contar, ou talvez jamais tenha imaginado que a Anna faria uma coisa dessas.

CLARA: Então, aparentemente, Anna era uma garota normal.

AKSHAY: Exato.

CLARA: E nos dias que precederam o assassinato, como elas estavam? Escutamos muita coisa sobre um suposto affair. Tate Dempsey — filho do proeminente investidor de Boston, Richard Dempsey —, escutamos que ele estava tendo um caso com Elise Warren pelas costas da acusada. Você acha que foi isso que fez Anna surtar?

AKSHAY: Bem... Quero dizer, descobrir uma coisa dessas...

CLARA: Mas, segundo a investigação da polícia, eles se perguntam se Anna já não sabia. Se, em vez de ter sido um crime passional, o que, caso não saiba, pode ser usado como defesa, tipo, insanidade temporária, a descoberta não teria sido um choque tão grande assim. Talvez Anna já imaginasse, sabe-se lá por quanto tempo, e tenha planejado tudo. Talvez ela até já tenha ido para Aruba com a intenção de ficar sozinha com Elise, longe do restante do pessoal, e matá-la.

AKSHAY: Eu... Quero dizer, isso é uma coisa horrível de se pensar, se for verdade. Não havia o menor sinal de que algo assim pudesse acontecer; ela parecia normal, parecia estar apenas se divertindo, saindo com a galera, entende?

CLARA: Então, você acha que ela não sabia?

AKSHAY: Se sabia, escondeu muito bem, agindo como se não houvesse nada de errado.

CLARA: O que, na verdade, poderia ser outro desses sinais de alerta, não acha, dr. Holt?

MARTIN: Oi, Clara. Sim, como você está dizendo, essa poderia ser mais uma prova do estado mental doentio da acusada. Planejar algo de forma tão premeditada descarta completamente a possibilidade de um crime decorrente de uma crise de ciúmes e nos leva para o território de assassinato a sangue-frio. É uma grande diferença, especialmente se, no fim das contas, estivermos nos deparando com um julgamento de homicídio qualificado versus crime passional. Isso irá afetar qualquer possibilidade de acordo.

CLARA: "Assassinato a sangue-frio", vocês ouviram, pessoal. Essas são questões que tenho certeza de que a polícia na ilha irá investigar a fundo. Foi um ataque de fúria desmedida? Foi planejado? Não sei quanto a vocês, mas quanto mais eu descubro sobre essa garota, mais...

doente, acho que essa é a palavra. Doente e perigosa. Certo, isso é tudo por hoje. Fiquem ligados no noticiário a seguir com Dave e Erin. Amanhã teremos mais novidades sobre o assassinato de Elise Warren. O comerciante local que talvez tenha visto tudo... uma testemunha desaparecida. Teria ele a chave para a verdade? Juntem-se a nós amanhã, aqui no KCFX, o seu canal de notícias e esporte.

VOLTANDO

O PROGRAMA TERMINA E ENTRA O INTERVALO COMERCIAL. DESSA VEZ, todas as mulheres na sala estão com os olhos grudados em mim.

Tento me lembrar de como fazer para respirar.

Eu sabia que a situação lá fora estava ruim. Mesmo trancafiada, tenho tido vislumbres de jornais e noticiários. Não é como se eu esperasse que fossem formar um consórcio de veículos de imprensa para defender minha inocência, mas, ainda assim, o programa me deixa sem ar. Achei que seria mais... equilibrado. Não deveria ser essa a maneira de agir dos jornalistas? Apresentar ambos os lados da história de forma imparcial, e não tirar conclusões precipitadas com base em vazamento de informações e declarações tendenciosas? Ainda faltam meses para o julgamento, e até mesmo Ellingham jurou que eles não tinham provas suficientes para me condenar, portanto, onde está meu apoio? Não há nenhum tipo de protesto contra minha prisão? Nada foi mostrado do meu lado da história — nenhuma menção a Juan, às mentiras e à traição do Tate, a outra possível interpretação da foto da varanda ou a todos os problemas com a cena do crime —, nada, nem sequer uma insinuação de que talvez eu seja inocente.

Eles estão partindo do princípio de que sou culpada, e mal podem esperar para me ver arder na fogueira.

— Assassina.

A voz soa atrás de mim, alta e clara. Eu me viro. Uma das detentas está esparramada numa cadeira, as pernas escancaradas. Já a vi antes, no refeitório ou no pátio de exercícios. Ela é baixa e troncudinha, por volta dos vinte e poucos, cheia de tatuagens em torno da clavícula e com trancinhas que vão até o ombro. A mulher me oferece um sorrisinho debochado e me encara no fundo dos olhos, sem pestanejar.

Ela repete, os lábios repuxados de maneira zombeteira.

— Assassina.

Baixo os olhos e começo a me afastar, indo em direção à porta do outro lado da sala, mas ela se levanta da cadeira e se posta no meu caminho.

— Acha que vai pra onde, assassina? — pergunta, cruzando os braços.

Meu coração acelera. Dou um passo para o lado, mantendo os olhos abaixados. Ela me imita, me bloqueando novamente.

Sinto um calafrio de medo.

— Não quero problemas — digo baixinho, estendendo as palmas para a frente em sinal de rendição. Corro os olhos rapidamente em volta, mas o guarda que sempre fica ao lado da porta não está em nenhum lugar à vista. As demais detentas começam a formar um círculo em volta da gente, numa linguagem corporal que me manda sininhos de alerta.

Meu medo se transforma em pânico.

Já vi isso antes, as brigas durante o almoço e lá no pátio de exercícios. As mulheres aqui gostam de provocar e se atracar de forma violenta. Já assisti de longe quão rápido uma discussão vira pancadaria, como se todas fossem barris de pólvora esperando uma simples fagulha para explodir. Passo os dias tomando cuidado para não cruzar os olhos ou esbarrar acidentalmente em ninguém nos corredores. Ando de cabeça e olhos abaixados para me manter longe de problemas. Mas agora, a determinação no olhar dela me diz que a confusão já está armada.

— Não quero problemas — repito, recuando alguns passos. Preciso apenas manter distância até o guarda voltar. — Por favor...

— Por favor? — repete ela com uma risadinha zombeteira. Em seguida, se vira para as outras. — A assassina é bem-educada. Por favor e obrigada, sim, senhora... — Vira-se de novo para mim. — Você por acaso pediu permissão à sua amiga antes de cortar a garganta dela?

Desvio os olhos e murmuro, mesmo sabendo que é inútil.

— Eu não matei ela.

— Não? Então o que que tu tá fazendo aqui? — O sarcasmo dá lugar a uma expressão de raiva e crueldade. — Só vejo você andando de um lado pro outro como se fosse muito melhor que a gente. Acha que a gente não percebe? Ahn? — Ela se aproxima. — Aqui somos todas iguais, assassina.

— Eu não matei ninguém. — Escuto minha própria voz, mais alta, antes mesmo de me dar conta de que as palavras escaparam.

É um erro. Segue-se uma pausa, carregada de eletricidade. Posso sentir meu sangue pulsando e, de repente, a garota se joga em cima de mim. Mal tenho tempo de levantar as mãos em defesa antes que ela colida contra o meu corpo e comece a puxar meu cabelo e arranhar meu rosto.

Caímos no chão enquanto gritos irrompem da multidão à nossa volta. Consigo me desviar dos golpes, rolando para sair de baixo dela. Eu me levanto, arfante, mas ela se lança novamente em cima de mim com o rosto contorcido e uma fúria nos olhos como jamais vi igual em toda a minha vida.

Por mais que Elise e eu tenhamos nos aventurado pelas ruas sombrias da cidade, eu jamais me deparei com qualquer situação violenta ou de ameaça física. Até tive aulas de defesa pessoal no início do ensino médio: uma sequência de movimentos estranhamente ensaiados de investidas cuidadosas e esquivas, como um balé cortês. Porém, o que está acontecendo agora está a uma galáxia de distância daquela elegante coreografia: um ataque violento, rápido demais para pensar ou fazer qualquer coisa além de agarrar, puxar e unhar, rolando pelo piso duro de lajotas enquanto as outras detentas comemoram e gritam quando alguns dos golpes me acertam e enchem a minha boca com um gosto férrico de sangue.

A garota força o joelho na boca do meu estômago, fazendo com que eu fique praticamente sem ar. Seu rosto parece iluminado, ofegante e suado, o nariz ensanguentado em decorrência de um dos meus contragolpes desesperados. Ela sorri através da mancha escarlate e ergue o punho novamente, pronta para desferir um soco no meu rosto. Em algum lugar distante da minha mente, dou-me conta de que ela está se divertindo. Ela gosta disso. A luta, a dor, o conflito.

Seu prazer é seu poder.

Eu surto.

Escapo para o lado e me viro para bloquear o golpe. Em seguida, ergo o cotovelo num arco perfeito que a acerta em cheio no rosto. A cabeça é lançada para trás, a vantagem perdida. Giro o corpo de modo a prendê-la, ainda tonta, debaixo de mim. Dou início, então, a uma série de cotoveladas: rosto, garganta, peito. Escuto gritos penetrantes e grotescos, mas o rugir da multidão parece perder força, até que não ouço mais nada que não as marteladas do meu próprio coração e o estalo surdo de osso quebrando quando a cabeça dela já não levanta, o sangue se espalhando como flores vermelhas brotando na neve. A cena é quase bonita, mas não dou a mínima. Não estou mais aqui, não estou em lugar algum — todo o meu ser se resume a uma fúria explosiva de socos.

Ainda estou golpeando freneticamente quando braços fortes me agarram e me arrancam de cima dela, me jogando no chão. A gritaria não para, continua ecoando pela sala muito depois de a garota ser retirada. Só quando eles voltam com uma seringa para injetar algo em mim é que me dou conta: os gritos são meus.

E, então, nada além de... escuridão.

INVERNO

— ONDE VOCÊ ESTAVA?

A casa está escura, e levo um susto ao escutar a voz. Acendo a luz da sala e me deparo com Elise sentada no sofá.

— Elise? — Olho para ela, surpresa. Elise ainda está com a saia xadrez e o blazer do uniforme da escola. — O que você...?

— Fiquei te esperando — responde ela, com uma expressão indecifrável. — Na frente da escola, como a gente combinou.

— Ah, merda! — Sinto uma pontada de culpa. — Foi mal, eu esqueci... A gente matou o último tempo — explico, sem graça. — E fomos pra casa do Tate.

— Isso é óbvio — retruca Elise baixinho. — Tá na cara, dá até pra ver.

Eu coro. Ainda estou ofegante pelas horas que passei enroscada com Tate debaixo de seu velho edredom. Não é de admirar que ela tenha sacado. Ainda posso sentir as mãos dele em mim, o rastro quente por todo o meu corpo.

— Eu te liguei. — A voz dela soa amarga. — E deixei um monte de mensagens. Aí pensei que talvez tivesse acontecido algo com a sua mãe e vim pra cá... — Faz uma pausa. — Seu pai deixou eu entrar.

— Meu celular morreu. Não recebi as mensagens, juro. — Dou alguns passos em direção ao sofá. — Sinto muito, de verdade. Esqueci completamente. Péssimo da minha parte, sei disso. O que que eu posso fazer para compensar? Quer pedir uma pizza? Eu ia só fazer o dever de casa, mas podemos estudar juntas para o teste de amanhã, ou assistir um filme ou... o que você quiser. — Estou

gaguejando, eu sei, mas tem algo enervante na expressão dela, de total indiferença. — Elise? — repito, nervosa. — Eu fiz merda, desculpa.

A expressão impassível dá lugar a uma risadinha — mas não é um som alegre. Algo na risada não bate.

— Faz ideia de como eu me senti, esperando você? Fiquei lá uma hora, até todo mundo ir embora. — Ela abraça a si mesma, parecendo dolorosamente infantil por um momento. — Fiquei preocupada, imaginando um monte de coisas. Acidente, batida de carro, sua mãe... — Balança a cabeça, endurecendo o rosto. — E todo esse tempo você tava trepando com ele.

Eu me encolho.

— Não faz isso.

— Isso o quê? — Elise se levanta num pulo, e vejo seu rosto claramente: o olhar fora de foco. — É verdade, não é? É só *isso* que vocês fazem ultimamente, trepam feito malditos coelhos. — Ela solta uma risada amargurada. — E você costumava ser uma garota tão boazinha. Quem diria que acabaria se tornando uma piranha. Bom, e como foi? — pergunta, agarrando meu braço. — Vamos lá, me conta tudo. Ele manda bem? Ele te faz gozar?

Eu me retraio, tanto por causa das duras palavras quanto pelo leve arrastar de sua voz.

— Você tá bêbada.

— Errou! Tente novamente!

— Elise? — Meu coração pula uma batida. Eu a observo com mais atenção. — O que você tomou? Ai, meu Deus, tá tudo bem? Quer que eu chame...?

— Relaxa — interrompe ela, revirando os olhos. — E não me olha assim. Tomei só uns dois comprimidinhos da minha mãe. Remédio com receita. Está tudo bem.

— Dois? — pergunto, ainda em pânico.

— Juro que sim. Que um raio me parta se eu estiver mentindo. — Ela faz o sinal da cruz no peito, e ri mais uma vez. — Estou sendo irônica, é claro.

— Não é engraçado. — Solto o ar com força, mas meu pânico não diminui, apenas se transforma em algo mais impalpável, uma sensação ruim que me provoca um calafrio na espinha. Observo Elise ir até o bar no canto da sala e abrir a garrafa de uísque do meu pai. — Sério, Lise, larga isso.

— Por quê? — Ela balança a garrafa entre os dedos. — Não quer uma dose?

— Você já tá chapada.

— Não o bastante.

Eu me aproximo e tento arrancar a garrafa da mão dela, mas ela se afasta e toma um gole. Observo, me sentindo impotente. Essas rápidas alterações de humor me assustam. Elise não costuma usar drogas. A gente bebe, é claro, e fuma maconha com Chelsea de vez em quando, mas isso é algo novo, e não é nada bom.

— Conversa comigo — imploro. — O que tá acontecendo?

— Já falei. — Ela dá um giro lento, se afastando ainda mais. — Fiquei te esperando.

— Certo. Eu errei, me desculpe. — Levanto as mãos em sinal de rendição. — O que que eu posso fazer para compensar? — repito, o desespero nítido em minha voz. — O que você quiser, prometo.

— Você não entende! — rebate ela, a voz demasiadamente alta reverberando pela casa escura e silenciosa. — Desculpas não mudam nada. Não se você ama mais ele do que eu!

Segue-se um momento de silêncio.

— Elise...? — murmuro. Ela me encara com um olhar ao mesmo tempo desafiador e magoado.

— Éramos só nós duas — diz. — Você e eu.

— Ainda somos!

— Mas você ama mais ele.

— Não — retruco, contudo, Elise simplesmente desvia os olhos.

— Devia ver a sua cara quando vocês estão juntos. — Ela engole em seco e me oferece um sorriso triste. — É como se ele fosse a coisa mais importante do mundo.

— Ele é meu namorado.

— E daí?! — berra Elise. — Eu sou a sua melhor amiga!

— Tem razão! — berro de volta. — Minha *amiga*! Então por que não pode ficar feliz por mim?

— Feliz por estar sendo jogada pra escanteio por causa de um babaca que vai te largar daqui a um mês? — Ela está furiosa, ensandecida. — Como se eu fosse descartável? Não lembra o que você me prometeu? Que seríamos sempre nós, antes de qualquer outra coisa?

— Ainda somos.

— Não. — Ela balança a cabeça em negação. — Não desde que você se entregou completamente a ele. Nunca achei que você faria isso comigo. Que se tornaria uma vadia insensível! — Gira nos calcanhares e joga a garrafa em cima de mim com um grito. Dou um pulo para trás e a garrafa se espatifa contra a parede. Uma chuva de cacos de vidro e gotas escuras salpica o chão à minha volta.

— O que você tá fazendo?! — grito, chocada.

— A culpa é sua! — Ela chora. — Você destruiu tudo!

Sinto uma súbita fisgada de medo, penetrante e gelada. Não dou a mínima para o vidro ou a sujeira, apenas para o tom determinado em sua voz. Como se esse fosse o fim.

— Não — digo, sacudindo a cabeça para afastar o impensável. — Não está nada destruído. Eu estou com ele, mas você ainda é a minha melhor amiga, como sempre foi. Juro.

— Não acredito mais em você!

— É verdade! — Não sei o que fazer para que ela me ouça. Elise não está escutando. Sou tomada pelo pânico. Agarro-a pelos ombros e a sacudo com violência e desespero. — Ainda somos você e eu; e isso não irá mudar nunca!

— Para! — grita Elise, mas eu não paro. Continuo segurando-a até que ela me empurra com força o bastante para me fazer cair estatelada em meio aos cacos de vidro.

Eu me sento, ofegante. Uma dor surda começa a pulsar na parte de trás da cabeça, onde a bati contra o chão.

— Anna... — Ela dá um passo em minha direção, os olhos arregalados. — Ai, meu Deus. Eu não quis...

Uso o sofá para me apoiar e me levantar. Por um momento, ficamos paradas ali, cada uma de um lado da sala, os olhos pregados uma na outra, com um abismo de profunda emoção entre nós. De repente, escutamos um barulho vindo da escada. Elise desvia os olhos rapidamente, pega a manta sobre o encosto do sofá e a joga no chão, de modo a esconder a bagunça de cacos de vidro antes do meu pai aparecer na porta.

— Está tudo bem? — Ele olha de uma para a outra, confuso. — Pensei ter escutado alguma coisa.

— Tudo ótimo, tio. — Elise força um sorriso. — Eu só estava mostrando um vídeo pra Anna no meu celular.

— Ah, então tá. — Papai pisca. Ele está com uma expressão distante, como se estivesse em outro lugar, provavelmente ainda mergulhado em algum de seus relatórios financeiros. — Você vai ficar para o jantar?

— Não, obrigada, tio. Preciso ir.

— Certo. — Ele se vira para mim. — Peça alguma coisa quando estiver com fome.

— Pode deixar, pai — respondo, nervosa, mas ele mal olha para mim, simplesmente se vira e volta para o escritório.

Elise espera até ele sair da sala e, em seguida, passa por mim, em direção ao hall de entrada. Vou atrás dela.

— Espera um pouco, por favor.

Ela se vira com uma expressão determinada, mas, ao me ver, sua fisionomia muda.

— Você está sangrando — diz, sobressaltada.

Baixo os olhos. O sangue brota, vermelho e brilhante, de um corte em minha mão.

— Está tudo bem — respondo rapidamente. — Não estou sentindo nada.

Elise recua um passo.

— Eu... tenho que ir embora.

— Espera. — Eu a sigo até os degraus da varanda. — Deixe pelo menos eu te levar em casa. Você não pode andar sozinha nesse estado.

Estendo a mão para tocá-la, mas Elise se encolhe.

— Elise? — Minha voz falha.

— A gente... se vê amanhã — responde ela, os olhos ainda pregados na minha mão cortada. Dizendo isso, parte. Escuto seus passos serem engolidos pelo breu da noite, lembrando o olhar cortante de momentos antes, duro e magoado.

Sinto um calafrio de medo. Não posso perdê-la, nem mesmo um pouquinho. Tate me atraiu e me envolveu num tipo diferente de amor, mas eu sou dela também — sempre serei. Se tiver que escolher...

— Elise? — grito. — Mais que o infinito! Está me ouvindo? — Minha voz ecoa na escuridão. — Eu te amo mais que o infinito!

O silêncio, porém, é minha única resposta. Fico esperando nos degraus da varanda até começar a congelar, mas ela não volta. Algo se quebrou, percebo, sentindo meu coração partir. Esta noite, parte da nossa amizade foi destruída e jogada no lixo, e não temos como voltar atrás.

Ela se foi.

Por fim, eu me viro e volto lentamente para o aconchego e a segurança de minha própria casa.

Três semanas depois, minha mãe morre.

PROVA MATERIAL Nº 102
TRABALHO DE ANNA CHEVALIER
LITERATURA INGLESA

Minhas palavras são como uma arma,

Elas podem cortá-lo feito vidro.

Ou podem aplainar e fechar fendas e rachaduras,

como gotas de mel.

Doces e seguras.

Elas podem arrancar seu coração.

Gravar meu nome em sua pele alva,

Escrever versos em seu sangue.

Cuidado com o que diz, meu amigo.

Minhas palavras são a minha maior arma.

O JULGAMENTO

— A RÉ ESCREVEU ESSE POEMA?

Silêncio.

Dekker olha fixamente para a minha amiga.

— Srta. Day, por favor. A senhorita está sob juramento.

Chelsea me observa do banco das testemunhas. Não a vejo desde que fui presa; seu cabelo está mais curto, as ondas alouradas, agora de um castanho uniforme, arrumadas num penteado formal. Ela costumava ser espontânea e falante, sempre sorrindo, mas sua expressão no momento é apologética, cheia de remorso.

— Sim — responde ela baixinho. — Para um trabalho de literatura inglesa, no começo do último ano.

— E essa não foi a única coisa de caráter violento que ela escreveu, foi?

Sinto Gates inspirar fundo ao meu lado.

Chelsea se cala mais uma vez. De olhos baixos, começa a brincar com as pulseiras de macramê que ainda lhe envolvem os pulsos, as que ela, Elise e eu compramos juntas numa loja em Boston e amarramos de modo que uma se sobrepusesse à outra.

A juíza Von Koppel se debruça sobre a mesa.

— Por favor, responda à pergunta.

Chelsea ergue os olhos com relutância.

— Não. Ela também escreveu outras coisas, para trabalhos de classe. Nós todos escrevemos.

— Como isso aqui. — Dekker ergue um papel envolvido em plástico entre o polegar e o indicador. — Prova material nº 217, um conto escrito pela ré, descrevendo o assassinato de uma adolescente.

— Foi um trabalho de escola — retruca Chelsea rapidamente. — Uma aluna universitária levou um tiro no nosso bairro. Saiu em todos os noticiários, todo mundo estava falando sobre isso, então nossa professora nos pediu para escrever histórias sobre esse assassinato. Eu escrevi; a Elise também. Todo mundo.

— Mas você podia escolher entre escrever pela perspectiva da vítima ou do assassino, certo? — Dekker inclina a cabeça ligeiramente de lado, esperando.

Chelsea solta um suspiro.

— Sim.

— E a srta. Chevalier foi a única garota que escreveu pela perspectiva do assassino.

— Os garotos também fizeram isso — rebate minha miga. — Metade da turma.

— A ré lhe contou por que preferiu assumir o papel do assassino?

Chelsea morde o lábio e olha para mim novamente.

— Ela disse... — Sua voz se transforma num sussurro.

— Mais alto, por favor.

Ela solta outro suspiro relutante.

— A Anna disse que gostava da ideia de se colocar no lugar dele. Imaginar como seria a sensação de ter esse tipo de poder sobre alguém, o de terminar uma vida. Mas isso não era sério — protesta. — Era só um texto. Nossa professora sempre falou pra gente dar asas à imaginação, tentar se ver no lugar do outro!

— Mas a ré nutria um fascínio por descrições violentas mesmo fora de classe. — Dekker abre uma foto no telão: a capa do meu caderno do laboratório de ciências. — Ela copiou a letra de diversas músicas, alguns diriam até repetindo algumas delas de maneira obsessiva. Deixe-me ler para você: "I took a knife and cut out her eye".★ — A voz dramática ecoa pela sala silenciosa. — "I'll cut your little heart out because you made me cry".★★ Esse é o trecho de uma música de uma das bandas prediletas da ré: Florence and the Machine.

Fui instruída a não demonstrar nenhum tipo de reação às perguntas dele, mas não consigo evitar sacudir a cabeça em incredulidade. As fotos já eram ruins o bastante, retiradas aleatoriamente de nossos perfis nas redes sociais, destituídas de contexto ou significado, mas isso? Sempre achei que julgamentos

---

★ "Com uma faca, arranquei o olho dela." (N.T.)

★★ "Irei arrancar seu coraçãozinho por me fazer chorar." (N.T.)

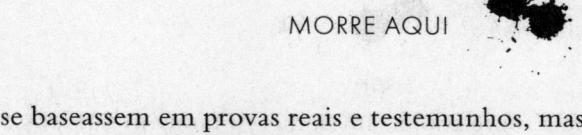

se baseassem em provas reais e testemunhos, mas essas são as palavras de outra pessoa que rabisquei em meu caderno durante uma aula entediante, e agora ele as exibe como comprovação de minhas "tendências violentas". Por que Dekker não se adianta e mostra minha coleção de DVDs, com todos os filmes de terror que eu gostava de assistir, enroscada com Tate no sofá da sala? Por que não vasculha minha estante em busca de todos os romances policiais que ele possa encontrar?

Será que se alguém vasculhasse a fundo, todos nós não pareceríamos culpados?

— Relaxa.

Sinto um toque no braço. É Gates, inclinado ligeiramente em minha direção.

— Você está franzindo a testa — murmura ele, baixo o suficiente para que ninguém mais escute. — Ele está desesperado. Se tivesse alguma prova concreta, já a teria apresentado, só que não tem. Respire fundo, lembra?

Claro que lembro. Eles vêm me dizendo isso diariamente por semanas. Gates, porém, está me observando atentamente, de modo que inspiro fundo algumas vezes e tento forçar meu rosto a assumir uma expressão relaxada, pelo menos assim espero. Não posso deixar a juíza perceber que estou p da vida; que as mentiras do Dekker me afetam.

— E quanto a essas contribuições para a revista literária da escola? — Dekker continua lendo em voz alta trechos retirados das capas dos meus cadernos e dos trabalhos de literatura inglesa.

— Objeção! — Gates se levanta. — O promotor tem mais alguma pergunta para a testemunha ou quer apenas nos agraciar com uma sessão de leitura poética?

— Sim, por favor, atenha-se às perguntas — concorda a juíza com um sorriso gelado. — Acho que já escutamos citações o suficiente.

Dekker nos olha com irritação, e então se volta de novo para Chelsea.

— Nos dias que precederam o assassinato, você notou qualquer atrito entre a srta. Warren e a ré?

— Não — responde Chelsea. — Elas estavam ótimas. Felizes.

— Tem certeza? Nenhuma briga ou discussão?

— Já falei, não. — Ela o fuzila com os olhos. — Não sei por que o senhor está fazendo isso. A Anna amava a Elise, nós todos amávamos ela. A Anna jamais faria nada para machucar a nossa amiga.

Chelsea se volta para mim novamente. Nossos olhares se cruzam, e eu lhe ofereço um leve menear de cabeça em sinal de compreensão. Está tudo bem. Sei que ela não deseja estar aqui, que Dekker a forçou, numa tentativa desesperada de me difamar. Ela não pode fazer nada sobre isso, assim como eu também não posso fazer nada em relação às coisas que ele diz a meu respeito.

— Então você nunca percebeu qualquer ciúme por parte da ré?

— Não.

— Nunca a viu agir de forma violenta ou incontrolável?

— Não, nun... — Chelsea se interrompe rapidamente e olha mais uma vez para mim, em pânico. Dekker capta o olhar e se anima.

— Viu?

— Eu... — Ela parece dividida.

Gates dá um puxão em minha manga.

— O que está acontecendo? — murmura ele.

Dou de ombros.

— Não sei.

Dekker pigarreia.

— Srta. Day? Alguma vez viu a ré numa explosão de raiva ou violência?

Chelsea hesita de novo e, em seguida, faz que sim.

— O que aconteceu? — Dekker assume uma postura de alerta, o rosto em expectativa.

— Eu... — Chelsea engole em seco, aparentemente nervosa. — Foi durante a aula de artes, no colégio. Fui pegar uma coisa no meu armário, e vi as duas no corredor...

— Juntas? — pergunta Dekker num tom de voz tão animado que faz meu estômago revirar.

Ela faz que sim novamente.

— A Anna estava... gritando. Ela estava aos berros. E a Elise ali, tentando acalmar, mas a Anna... Ela arrancou da parede o quadro de avisos... acho que era algo sobre a Semana do Meio Ambiente... e quebrou ele todo.

Solto o ar com força. Agora que sei do que se trata, rabisco um bilhete para Gates, enquanto Dekker continua com suas triunfantes perguntas.

— Você escutou o que elas estavam falando, por que estavam discutindo?

— Não. Achei melhor não me aproximar — responde Chelsea, meio sem graça. — Sei lá, a Anna estava ensandecida.

— Numa explosão de fúria. — Dekker pronuncia as palavras de forma arrastada, satisfeito.

— Eu... Isso.

— E o que aconteceu depois?

Chelsea dá de ombros.

— A Elise continuou tentando acalmar ela, mas a Anna empur...

— A ré atacou a vítima fisicamente? — interrompe.

— Não. — Chelsea faz uma pausa. — Quero dizer, não foi desse jeito. Ela apenas tirou a Elise do caminho e saiu fora.

Dekker abre um sorriso radiante.

— Sem mais perguntas — diz e volta para sua mesa, e eu entrego o bilhete a Gates. Meu advogado olha de relance para o que está escrito e assente com um menear de cabeça. Em seguida, levanta-se e vai até o banco das testemunhas com um andar confiante.

— Srta. Day, pode me dizer quando ocorreu essa discussão?

Chelsea para por um momento, pensando.

— Hum... uma ou duas semanas antes do feriado de Natal, por aí.

— Teria sido no dia 10 de dezembro? — sugere ele.

— Talvez. Quero dizer, acho que sim.

— Você sabia sobre a situação da mãe da Anna? — pergunta.

— Sobre ela estar doente? — Chelsea faz que sim. — Ela não gostava de falar sobre esse assunto, mas sim, eu sabia. A Elise contou, para que a gente não cometesse nenhum tipo de gafe.

— Objeção. Qual a relevância disso?! — exclama Dekker.

Gates se vira para a juíza.

— A mãe da ré havia tido câncer de mama — explica. — E o tumor retornou no outono do ano passado.

Ela assente.

— Continue.

Gates se vira de novo para Chelsea.

— Então você não estava ciente da gravidade da doença nem de como Anna estava lidando com isso.

— Não. Na verdade, não. — Chelsea olha para mim. — Ela era muito fechada em relação a esse assunto. Não gostava de botar a gente pra baixo.

Gates concorda com um menear de cabeça.

— Portanto, você não tinha como saber que no dia 10 de dezembro, o dia em que testemunhou o colapso emocional da srta. Chevalier, ela havia acabado de ser informada que a mãe tinha se recusado a continuar com o tratamento e que, na verdade, estava se preparando para morrer?

Chelsea arregala os olhos, e eu escuto um suspiro coletivo por toda a sala.

— Não. Eu não tinha ideia.

Gates se volta novamente para a juíza Von Koppel, a testa franzida.

— Longe de ser uma discussão violenta entre a srta. Chevalier e a vítima, como o detetive Dekker quer fazê-los acreditar, o que a srta. Day testemunhou foi uma reação perfeitamente normal de uma garota sendo obrigada a encarar a perda devastadora de um dos pais. Qualquer explosão que tenha ocorrido foi resultante da dor, e não de uma fúria violenta.

A juíza assente.

— Registrado.

Sinto os olhos dela, e de todos os demais, em mim. Observando, julgando, especulando. Imaginando o que eu senti e como recebi a notícia. A verdade é que não consigo me lembrar, não com clareza — a lembrança está borrada pela dor, pela raiva e por uma decepção profunda, como se eu estivesse olhando para uma fotografia desfocada tirada numa tarde cinzenta e chuvosa. Tudo o que eu tenho agora são vislumbres: o modo como minha mãe sequer teve coragem de me contar; meu pai desviando os olhos para a parede às minhas costas quando me deu a notícia.

Ela havia desistido. De si mesma... e de mim.

Seria diferente se ela estivesse em estágio terminal, ou num dos últimos estágios, mas os médicos tinham dito que havia quarenta por cento de chance de a quimioterapia funcionar. Quarenta por cento. Quase a metade. Quase meia chance de vencer a doença novamente, de retomar a vida. Comigo. Mas, em vez disso, ela desistiu. Disse que não era natural, que não queria mais químicas em seu corpo. Que talvez o tratamento funcionasse dessa vez, mas que a doença certamente voltaria. Disse que tinha chegado a hora dela, e que desejava partir em paz, graciosamente, com dignidade e amor.

Exceto que não houve nada de gracioso no modo como ela definhou. Um corpo esquelético desaparecendo entre edredons, travesseiros e camisolas, sentado de maneira tão delicada e frágil na cama. Nada de digno nos cateteres e bolsas de urina, na pele amarelada e na dor excruciante.

Nada de amoroso em escolher me deixar.

Permaneço sentada, em silêncio, enquanto eles discutem minha falecida mãe, meu sofrimento, meu desespero, minha guerra particular. Enterro os dedos nas palmas, e me pergunto quando tudo isso irá terminar.

DEPOIS DA BRIGA

ELES ME BOTAM DE NOVO EM ISOLAMENTO, DIZENDO QUE É PARA A minha própria segurança, para o meu bem, mas eu sei — é para o bem deles. Ninguém dá a mínima para eu ter saído machucada, apenas para o fato de que isso lhes gera uma má impressão, faz com que eu desperte mais simpatia do mundo lá fora. Assim sendo, eles me tiram o pouco de liberdade que eu podia fingir ainda ter, e me condenam a um profundo silêncio, noites escuras e horas sem nada para fazer a não ser pensar. Pouco a pouco, minhas forças vão se esvaindo, e minha determinação prévia começa a ceder sob o peso brutal de dia após dia de solidão. Os pensamentos sombrios que eu havia bloqueado retornam sorrateiramente, murmurando à noite, envolvendo meu corpo com seus braços frios e fechando os dedos em minha garganta, até que sou tomada por um pânico tão feroz que me dobro ao meio, sem conseguir respirar.

Jamais havia imaginado que fosse tamanho privilégio levantar de manhã e poder sair da cela. Agora, eles me trazem todas as refeições, entregues em bandejas de plástico duro, e me levam para usar o chuveiro no fim da manhã, depois que todas as demais detentas já tomaram seus respectivos banhos. Ainda tenho umas poucas horas no pátio de exercícios — Gates e meu pai se certificaram disso —, mas agora sou escoltada por dois guardas até uma estreita faixa de terra na área mais distante da prisão, separada das outras por barricadas e cercas de arame farpado, sem poder sequer assistir às partidas de basquete ou escutar as conversas deprimentes entre os diferentes grupos de prisioneiras.

O rapaz da embaixada americana, Lee, é o meu único amigo. Ele vem me visitar quase todos os dias, sempre me trazendo alguma coisa: revistas e livros para preencher as horas de ócio; um novo travesseiro numa tentativa de me animar, e um velho iPod com músicas que imaginou que eu gostaria de ouvir, no intuito de aplacar o silêncio opressivo e os gritos provocados por meus pesadelos. Lee me mantém informada sobre o que está acontecendo lá fora, as novas ideias de Gates para a estratégia a ser empregada no julgamento, e passa horas revendo minhas declarações, comparando-as com as transcrições oficiais da polícia que conseguiu obter com seu novo contato na delegacia. Ele me escuta pacientemente, fazendo anotações, franzindo a testa de maneira pensativa enquanto procura por um novo ponto de vista ou possibilidade de provar minha inocência.

Poderia Tate ter saído do quarto enquanto eu estava tomando banho? Eu por acaso falei com mais alguém sobre o fato de Juan ter nos seguido até em casa? E quanto a Niklas — ele fez algum comentário ameaçador, ou soltou piadas que poderiam ser interpretadas como ameaçadoras e agressivas?

— Às vezes, não se trata de provar que você não cometeu o crime — diz ele quando me vê largar as folhas sobre a mesa, frustrada após passar a semana inteira analisando as transcrições dos depoimentos de Chelsea, Max e AK. — Às vezes, tudo de que precisamos é criar uma dúvida razoável. Mostrar que eles não têm provas concretas — lembra. — Que eles só têm provas circunstanciais, e as teorias insanas do Dekker. Algo *além* de qualquer dúvida razoável, é o que eles precisam provar. Mas nós não permitiremos que façam isso.

Recosto na cadeira, exausta. Estou dormindo menos ainda, acordo com qualquer clique ou tilintar ecoando por toda a ala de isolamento.

— Como você pode ter tanta certeza?

Lee me oferece um pequeno sorriso, os olhos castanhos, suaves porém determinados.

— Simplesmente tenho.

Não posso aceitar isso, não quando sinto como se todo mundo em minha vida tivesse um segundo objetivo, um motivo escondido para me obrigar a dizer ou fazer o que eles querem.

— Tô falando sério — retruco. — Por que você está aqui? Você mesmo disse que a embaixada não quer nenhum envolvimento comigo. Não está arriscando demais, indo contra as ordens deles?

Lee baixa os olhos.

— Acho que só quero ajudar. Você está presa aqui sozinha, e as coisas que estão dizendo a seu respeito...

— E por que não acredita nelas? — insisto. — Todo mundo acredita, até mesmo as pessoas que eu pensava serem minhas amigas. Você sequer me conhece, e está dizendo que acredita em mim cegamente.

Lee faz uma pausa. Ele está ponderando algo, posso ver, e, quando levanta os olhos, há um ar de cansaço em sua expressão.

— Minha irmã, aconteceu a mesma coisa com ela. Não assassinato — acrescenta rapidamente. — Drogas.

Eu espero e, após um momento, ele explica:

— Minha irmã resolveu viajar de mochilão pela América do Sul depois da faculdade. Isso foi há oito anos. Ela queria ver as praias, a selva amazônica, as ruínas incas... — Ele sorri de leve, e percebo o quanto são próximos, aquela afeição fraternal nascida de quartos compartilhados, brigas durante a infância e todos aqueles pequenos momentos que se somam para gerar algo sólido e inquebrável. — Ela ficava em albergues, conhecia todo tipo de gente. Eles viajavam juntos — continua. — Ao que parece, alguém escondeu alguma coisa na mochila dela, porque, ao passar pela alfândega no Brasil, encontraram cerca de 250 gramas de cocaína pura enrolada em uma de suas camisetas. Minha irmã nunca transou drogas — declara, enfático, me fitando no fundo dos olhos. — Mal tomava uma cerveja de vez em quando. Eu até costumava implicar com ela por ser tão certinha — conclui, com uma sombra pairando sobre o rosto.

— E o que aconteceu? — pergunto, já sabendo que não pode ser boa coisa. Ele baixa os olhos para o chão.

— Eles a indiciaram e a jogaram num buraco infernal. Ela não falava português, e meus pais... eles levaram semanas até conseguirem permissão para vê-la. A gente contratou um advogado, mas o julgamento foi uma farsa, e uma quantidade de cocaína dessas... Ela foi condenada por tráfico de drogas — diz baixinho. — Pegou dez anos.

Sinto o peito apertar.

— Ela ficou presa por três anos até que conseguimos tirá-la de lá com uma apelação. — Lee me fita com um olhar sofrido. — Três anos naquele lugar. — Balança a cabeça, frustrado. — Ela está em casa agora... casou, teve um filho. Mas isso a mudou. Minha irmã jamais irá recuperar esses anos, e tudo porque eles simplesmente lavaram as mãos. Como se ela não significasse nada. Ninguém lutou por ela. — Ele para e desvia o olhar, constrangido. — Acho... imagino que se eu puder impedir que a mesma coisa aconteça com você...

Engulo em seco, gelada por dentro.

— Obrigada — digo, num fio de voz. — Por tentar, por acreditar em mim...

Lee força um sorriso e estende a mão para pegar os documentos novamente.

— De volta ao trabalho — fala, parecendo envergonhado pela confissão. — Estive pensando, a gente devia fazer alguma coisa para rebater essas visões tendenciosas dos noticiários. Sei que seu antigo advogado lhe instruiu a não dar nenhuma declaração, mas, no momento, você está sendo atacada por todos os lados, e não gosto da impressão que isso pode causar na juíza. Talvez a gente devesse dar uma entrevista — sugere — aqui na prisão. Escolher uma emissora americana e deixá-la apresentar o seu lado da história.

Escuto as palavras, mas mal consigo registrá-las. Continuo imersa no horror da história da irmã dele. Uma garota como eu, um caso semelhante ao meu — longe de casa, à mercê de um sistema legal estrangeiro —, e ela foi condenada. Abandonada. Largada num canto sujo qualquer para apodrecer.

Dez anos.

Seis meses neste inferno já tem sido insuportável, mas ano após ano... a perder de vista...?

Pela primeira vez, imagino se foi assim que a minha mãe se sentiu. Se ela considerava o câncer uma prisão; os tratamentos de quimioterapia, uma tortura.

Agora eu entendo.

Eu preferiria morrer.

A ENTREVISTA

— LEVANTE A CABEÇA SÓ MAIS UM POUQUINHO... ISSO, PERFEITO.

Um flash espoca diante do meu rosto, me ofuscando, e uma mulher segurando um aparelhinho ao meu lado faz outra leitura do resultado.

— Menos azul — grita para o cara ajustando as luzes do outro lado da sala. — Vamos tentar de novo.

Outro espocar. Dessa vez, fico com bolas escuras pairando diante dos olhos. Pisco, desorientada. A mulher verifica o aparelho de novo e assente com um brusco menear de cabeça.

— Certo, conseguimos! Não se mova. — Essa última instrução é dirigida a mim. Em seguida, ela se afasta rapidamente.

Corro os olhos em torno. Para onde eu iria? Estou sentada no refeitório da prisão, exceto que as cadeiras de plástico e a confusão do horário das refeições foram substituídas por uma espécie diferente de caos. Holofotes, cabos de som, microfones e câmeras: o salão está um caos barulhento de atividades ininterruptas, e tudo o que posso fazer após tantos dias de silêncio tedioso é observar, absorvendo tudo. Uma pequena multidão, gente normal, conversando alegremente, segurando pranchetas, andando de um lado para o outro com papéis, copos de café e rolos de cabos. Sinto como se minha mente tivesse tomado um choque, acordado no susto após passar semanas à deriva, embotada.

— Posso dar uma ajeitadinha em você? — A maquiadora se materializa do nada, segurando uma bandeja cheia de potinhos e pincéis. Ela já passou trinta minutos me preparando com base e rímel, e agora chega com um pincel de blush e polvilha mais outro pó diferente no meu rosto. — Sei que parece muita coisa. — Ela puxa conversa, sorridente e amigável. — Mas essas luzes esquentam que é um inferno; não queremos que sua pele fique brilhosa demais.

Sorrio de volta de maneira hesitante. Apesar de toda a confusão de gente, as pessoas se mantêm o mais longe possível de mim: orbitando a uma distância segura, como se eu estivesse cercada por um campo de força invisível. Creio que um par de algemas e um macacão laranja provocam esse tipo de reação. Achei que fosse ganhar roupas normais, como as que uso para ir à corte, mas o programa insistiu que eu permanecesse com o uniforme da prisão — insistiu também em gravar aqui dentro, de onde desse para ver as cercas de arame farpado através das janelas e as barras de ferro em vez de paredes. Eles querem mostrar a realidade do meu dia a dia, foi o que disseram a Gates e a meu pai, mas se isso fosse verdade, estariam filmando em minha cela na área de isolamento: apertados no diminuto aposento e com o cinegrafista se equilibrando sobre o vaso sanitário de metal.

— Tá nervosa? — pergunta, ainda polvilhando maquiagem no meu rosto. Faço que sim, constrangida. — Não fique — diz, tentando me tranquilizar. — Você vai se sair muito bem. Apenas olhe para a entrevistadora e ignore as câmeras.

— Não cubra os hematomas! — Uma voz com um forte sotaque sulista ressoa acima da barulheira e, de repente, lá está ela, vindo em nossa direção em escarpins azuis de salto fino, um babador de papel em volta do pescoço e o cabelo louro ainda enrolado com bobes.

Clara Rose.

Na TV, ela parece um colosso, divina, mas em carne e osso é uma mulher atarracada, usando um terninho Chanel rosa-choque e sombra azul nos olhos.

— Eu te falei, quero o rosto dela bem natural. — Clara repreende a maquiadora, arrancando-lhe o pincel da mão. — Ela esteve apodrecendo na cadeia pelos últimos três meses, e não numa competição de Miss América Teen.

A maquiadora se encolhe e rapidamente começa a limpar meu rosto. Clara olha para mim e abre um largo e doce sorriso.

— Anna, estou tão feliz em finalmente conhecê-la — diz numa voz melosa. — Obrigada por concordar em participar do programa. Você é muito corajosa; já estava na hora dos Estados Unidos escutarem o seu lado da história.

Ela estende a mão e eu a cumprimento, ainda que com relutância.

— Obrigada por me receber — retruco de maneira educada.

— Peço mil desculpas por não termos tido a chance de conversar antes — roga, me oferecendo outro sorriso de dentes ofuscantemente brancos. — Mas tenho certeza... Kenny, não! — grita subitamente, virando-se para o cara que está arrumando as luzes. — O que foi que eu disse sobre usar essa luz amarela? — Parte em direção a ele, os saltos ecoando sobre o piso de linóleo.

Solto o ar devagarinho, observando-a se afastar. Não foi escolha minha dar essa entrevista ou permitir que ela fosse veiculada como uma edição exclusiva do *Clara Rose Show*. Após as coisas que Clara disse a meu respeito, imaginei que seria a última pessoa a quem recorreríamos, mas Lee argumentou que era por isso mesmo que precisávamos dela. Todas as emissoras do país estão falando mal de mim, mas Clara é a pior, martelando suas teorias de assassinato a sangue-frio quase todas as noites, corroboradas por supostos especialistas e a presença ocasional de Akshay como convidado de honra. Se conseguirmos fazê-la apresentar a possiblidade de que talvez eu seja inocente, então, quem sabe, as pessoas acordem e comecem a prestar mais atenção: isso poderia gerar uma petição ao governo americano para que ele se envolva ou uma pressão sobre o governo holandês para abandonar o caso.

É um tiro no escuro, eu sei, mas eles acham que pode fazer toda a diferença. Dekker vem manipulando a imprensa como um profissional — "vazando" fotos minhas em festas, soltando informações sobre o corpo de Elise, a casa de praia e o caso entre ela e Tate. Ele tem sido o centro das atenções, falando sobre justiça e moralidade, e como não irá permitir que gente de fora arruíne a tranquilidade de sua terra natal, enquanto eu permaneço sentada aqui na cadeia, em silêncio, há tempo demais. Está na hora de contar a minha versão.

— Pronta? — Lee se aproxima com Gates, que parece perdido em meio a todo o burburinho.

Inspiro fundo.

— Acho que sim.

— Lembre-se do que a gente conversou — acrescenta Gates, sério. — Não se apresse, fale devagar e peça um intervalo caso se sinta pressionada demais. O programa será editado, portanto não há problema em parar e recomeçar se você se sentir sufocada.

— E não tenha medo de expor seus sentimentos — interrompe Lee. — Ela vem tentando te pintar como um robô sociopata, e nós sabemos que isso não é verdade. Se sentir vontade de chorar, chore.

— Mas não demonstre raiva — Gates se apressa a alertar. — Não levante a voz ou faça perguntas a respeito da forma como ela vem cobrindo o caso. Você precisa manter a entrevista focada nos fatos. O que aconteceu com Elise, o que Dekker está fazendo com você agora...

Faço que sim, já exausta.

— Vai se sair bem. — Lee tenta me tranquilizar, apertando meu braço num gesto de solidariedade. — A gente acredita em você.

Sorrio, feliz por ele estar aqui. Com papai ainda em Boston, Lee e Gates são meu único elo com o mundo lá fora, os únicos do meu lado.

— Certo. — O produtor se aproxima. — Estamos prontos para começar. Sr. Gates, o senhor e seu amigo podem assistir pelos monitores ali do corredor.

Lee olha para mim. Faço que sim novamente.

— Sem problema. Vou ficar bem.

— Como eu te disse... — Ele me dá um tapinha de incentivo no ombro. — Apenas conte a verdade.

Eles vão atrás do produtor e, em pouco tempo, a confusão de cabos e tripés está toda concentrada nos fundos do salão, permitindo uma visão limpa da mesa onde estou sentada, das barras de metal às minhas costas e do saguão da prisão. Alguém prende um diminuto microfone na gola do meu macacão e posiciona outro maior, para capturar o som ambiente, acima da minha cabeça. Em seguida, Clara se senta ao meu lado, com um batom brilhante e o cabelo agora perfeitamente arrumado. Ela verifica suas fichas, os lábios se mexendo enquanto murmura algo por entre os dentes.

— O som está bom? — pergunta num tom de voz normal.

— Perfeito! — responde alguém. Eu pisco, mas as luzes são tão ofuscantes e tão quentes quanto a maquiadora disse que seriam.

— Ignore as câmeras — Clara me instrui naquele mesmo tom meloso. Ela sorri, porém o sorriso não chega aos olhos: eles me observam com um brilho astuto e penetrante. — E tente não sussurrar. Fale claramente, ou teremos que refazer a cena.

Sinto os nervos retesarem e um revirar no estômago.

— Vocês estão prontas? — pergunta a voz novamente. — Certo. Gravando em três, dois, um...

A expressão da apresentadora se atenua. Clara olha para a câmera de maneira séria e cuidadosa.

— Esta noite, levaremos vocês aos bastidores do famoso Instituto Correcional de Aruba para uma entrevista exclusiva com Anna Chevalier. Presa, longe de casa, acusada pelo assassinato de sua melhor amiga. Iremos dar uma olhada no que pensa a jovem e fazer as perguntas que precisam de respostas, bem aqui, no *Clara Rose Show*.

★ ★ ★

No início, as perguntas são simples. Repassamos as mesmas coisas que eu contei a Dekker no interrogatório. O que nos levou a viajar, os primeiros dias na ilha, e quando finalmente percebemos que havia algo errado e encontramos o corpo naquela noite. Escolho as palavras com cuidado, a princípio hesitante, sempre me lembrando de que a simpatia calorosa da Clara é uma encenação para as câmeras, e não uma preocupação real.

— E quanto à sua vida aqui na prisão? — pergunta ela, franzindo a testa. — Posso ver que tem tido problemas.

Levo a mão ao rosto de maneira automática.

— Eu fui agredida — respondo baixinho. — É... duro. Meu pai faz o que pode para vir me visitar, mas, estar sozinha todo esse tempo... Só quero ir para casa.

Clara assente com um menear de cabeça.

— Agora, pode nos falar sobre Elise? Sei que tem havido muitos rumores sobre a amizade de vocês, que as duas viviam brigando, que tinham uma relação destrutiva...

— Não é verdade. Éramos... as melhores amigas uma da outra — respondo. — Fazíamos tudo juntas, e... sim, a gente discutia às vezes, mas só sobre pequenas coisas.

— Tipo o quê?

— Só... coisas de garotas, você sabe. — Dou de ombros. — A Elise vivia pegando minhas roupas emprestadas e esquecia de devolver, o que me deixava louca. E ela detestava quando eu pegava sua maquiagem sem pedir.

— Mas, e quanto à relação dela com Tate Dempsey? — pergunta Clara, se debruçando ligeiramente sobre a mesa. — Ela estava tendo um caso com o seu namorado pelas suas costas.

— Eu não fazia ideia — respondo com firmeza.

— E se fizesse?

— Jamais desconfiei.

— Mas agora que sabe... — Clara muda de tática. — Como se sente? O que você diria para ela?

Pisco algumas vezes, perdida.

— Eu... eu não sei. Não sei mesmo.

— Não pensou sobre isso? — pressiona ela. — Faz meses que você está trancafiada aqui. O que diria para Tate se tivesse a chance? Ele ainda não veio visitá-la, veio? Por que não?

— Eu...

— Corta! — A voz soa por trás da fileira de luzes ofuscantes.

Clara vira a cabeça na direção do som.

— Qual é o problema?

O produtor se aproxima correndo.

— Não fale nada sobre o garoto, os advogados dele deixaram isso claro.

— Como é que é?! — exclama Clara.

Ele dá de ombros, impotente.

— Você lembra o que a gente passou com aquele processo de difamação. Não quero arriscar; eles nos farão encarar a corte novamente.

Ela revira os olhos e ajeita o cabelo.

— Certo. Preciso de mais um pouco de pó? Debbie!

A maquiadora volta com seus pincéis, mas continuo concentrada na breve conversa que acabei de escutar. Processo por difamação? Encarar a corte novamente? É por isso que eles mal mencionam Tate no programa? Sempre achei estranho. Afinal, ele admitiu ter mentido, admitiu que esteve na casa com Elise naquela tarde, e, ainda assim, a imprensa nunca falou mal dele. Esse deve ser o motivo. O dinheiro dos Dempsey comprou sua privacidade. Ellingham deve estar trabalhando dobrado para proteger o bom nome da família.

Mas não o meu.

— Já tá bom. — Clara faz sinal com a mão para a equipe se afastar e se vira de volta para mim. — Vamos retomar.

O cinegrafista faz a contagem regressiva em silêncio e, no mesmo instante, a expressão da apresentadora se acende.

— A gente viu muitas... bem, preciso ser honesta com você... fotos bastante perturbadoras durante as últimas semanas. Vocês, garotas, festejando, bebendo... O que você tem a dizer em relação a essas alegações, de que levou Elise para o mau caminho, que a incentivou a agir de forma irresponsável, até perigosa?

Inspiro fundo.

— Não é verdade. A gente... gostava de sair junto, ir a festas, como a maioria dos outros adolescentes da escola...

— Mas não estamos falando de uma diversão boa e honesta, como dormir na casa uma da outra — interrompe Clara. — Estamos falando de álcool, rapazes mais velhos...

— A gente saía — admito. — E talvez tenhamos nos aventurado por caminhos não muito certinhos, mas a Elise era a responsável por isso. Ela... adorava se divertir. Era a mais baladeira, entende? Estava sempre atrás de uma aventura, de viver fortes emoções...

— Então foi ela quem incentivou a bebida, o uso de drogas...

— Não. Não foi isso o que eu quis dizer. — Tropeço em minhas próprias palavras. — Eu só... Não era uma via de mão única, como as pessoas estão dizendo. Ela também fazia coisas erradas, nem tudo era ideia minha.

— Então, o que você diria para os pais dela se tivesse a chance? — Clara se debruça sobre a mesa novamente. — O que você diria para essas pessoas de bem, que perderam a filha de uma forma tão trágica e violenta?

Eu pisco.

— Não... não sei.

— Por que não tenta? — sugere ela delicadamente.

Eu me viro devagar e olho para a câmera, para as lentes escuras e o distante reflexo de mim mesma. Abro a boca, hesitante.

— Eu... sinto muito por ela ter morrido. Não tem um dia sequer sem que eu... sem que eu pense nela. — Sinto minha voz engasgar, o calor das luzes contra o meu rosto, a expressão da Clara, tão concentrada e faminta. Mas tudo em que consigo pensar *de fato* é na Elise dançando pela cozinha da casa de praia, livre, leve e solta. — Desculpa. — Solto um soluço, as lágrimas escorrendo. — Desculpa por não ter cuidado melhor dela, por não ter conseguido impedir isso. Eu também sinto demais a falta dela — acrescento, suplicante. — Ela... Ela era como uma irmã pra mim, e agora... jamais terei minha melhor amiga de volta!

Minha visão embaça devido às lágrimas. Fico esperando que o produtor interrompa a filmagem, que os mande pararem de gravar, mas nada acontece. Eles continuam filmando, me vendo chorar, contando os longos segundos enquanto meu corpo treme com os soluços de pesar.

Era isso o que eles queriam, percebo, embora tarde demais. Eles não dão a mínima para a minha história, ou para apresentar uma nova versão dos fatos. Só querem me ver chorar e suplicar, desesperada. Eles querem um espetáculo.

ANTES

— ESMAGADA POR UM ELEFANTE OU PISOTEADA POR UMA MANADA
de búfalos?

— Hum, pisoteada. Seria mais rápido. Todos os pelos do seu corpo arrancados de uma só vez ou um por um?

— Merda. Ahn... de uma só vez. Eu tomaria um punhado de comprimidos pra dor e acabaria logo com isso. E você?

— Deus do céu, não! Dá pra imaginar uma depilação de virilha completa no corpo inteiro?

— Você é tão covarde, não aguenta nem uma dorzinha. Lembra daquela vez que você começou a chorar quando a Elena fez a sua sobrancelha?

— Não chorei, não! É que eu tenho uma pele muito sensível! Oww!

— Me passa isso aí.

— Afogamento ou tiro?

— Depende... Tiro aonde?

— Na barriga. É lento e doloroso, e você sangra até morrer.

— Afogamento, então. Só leva alguns minutos, certo?

— Verdade, mas você sufoca. E seus globos oculares explodem.

— Mentira.

— Não, é sério. Vi num programa do Discovery Channel. A pressão vai aumentando até que seus órgãos explodem.

— Você é tão idiota. Isso só acontece se estiver muito fundo... mergulhando ou algo assim. Ou no espaço.

— Será que a gente sangra até a morte no espaço?

— O quê? Você tá muito doida.

— Ah, cala a boca. Tô falando sério. Lá não tem gravidade, certo? Então como seu sangue iria vazar?

— Tá vendo?

— Por que estamos conversando sobre isso? É tão mórbido!

— Vai me dizer que nunca pensou nisso? Vamos lá, como você faria?

— Comprimidos, eu acho. Sobrou um monte depois que... a mamãe... acho que assim eu não sentiria nada.

— Covarde. Você tem que sentir, até o último segundo. Não pode ser um passe livre para sair da prisão, entende? Você tem que fazer por merecer.

— Então, como?

— Faca, eu acho. Eu cortaria os pulsos e ficaria sangrando sobre o novo carpete creme. Assim daria à minha mãe um motivo real pra reclamar.

— Elise!

— Que foi? Esse é o ponto. Um último "vá se foder".

— Você não faria isso.

— Não faria, mesmo. Só estou brincando. Além do mais, quem seguraria a sua mão enquanto a Elena trabalha se eu me for?

196º DIA

A MÃE DA ELISE, JUDY, VEM ME VISITAR NA PRISÃO UMA SEMANA ANTES do julgamento começar.

Já tomei os comprimidos para dormir, de modo que me arrasto, desorientada, enquanto o guarda me conduz pelo corredor, passando pelas salas reservadas e continuando até uma parte da prisão onde nunca estive antes.

— Para onde estamos indo? — pergunto, confusa, mas ele não responde, não diz uma única palavra, simplesmente continua me conduzindo por um lance de escadas. Não há grades aqui, reparo, olhando em volta. As paredes são pintadas num tom suave de pêssego, e o piso de madeira é novo e encerado. Se eu não soubesse, diria que se trata de uma escola ou um prédio comercial; um lugar produtivo, onde coisas legais são feitas e mentes são moldadas para o bem de todos, e não o contrário, um lugar que rouba seu tempo, dia após dia.

Ele bate uma vez à porta situada no fim do corredor. Ela se abre, e sou incitada a entrar. É um escritório. Depois de tanto tempo cercada por mobílias simples de plástico e instalações de metal aparafusadas no chão, é um choque ver a decoração desse lugar: um tapete felpudo, estantes de livros e quadros emoldurados. O diretor Eckhart, sentado atrás de uma mesa grande de madeira, faz sinal para que eu me aproxime. Meu coração dá um salto em expectativa ao mesmo tempo que escuto um arquejo atrás de mim. Eu me viro. Judy está sentada num sofá estreito, as mãos cruzadas sobre o colo. Ela se levanta e me olha com uma expressão horrorizada.

— Anna... — A voz dela falha.

— Judy? — falo num tom mais alto, com uma ponta de esperança. — O que está acontecendo? Eles retiraram as acusações? — Corro os olhos em volta, mas não há sinal de Gates ou do meu pai. Eles teriam sido chamados se eu estivesse sendo liberada, não? — Onde está meu pai? — pergunto. — Aconteceu alguma coisa? Ele está bem?

— Dentro do possível... — Judy pisca. Sua expressão é de puro desânimo. — Sinto muito. Não achei...

— É apenas uma visitinha rápida — interrompe o diretor. Ele olha para a gente. — Vou lhes dar um pouco de privacidade.

Ele sai, juntamente com o guarda, nos deixando sozinhas. Não me mexo. Esfrego os pulsos de maneira mecânica, e me dou conta de que não fui algemada. Esse é o máximo de liberdade que tenho em semanas.

— Ah, Anna, querida... — Judy despenca no sofá novamente. — Olha só para você.

Não sei o que dizer, de modo que simplesmente sigo devagar até a poltrona diante dela e me sento. É a primeira vez que Judy fala comigo desde que fui presa. Ela nunca me visitou ou escreveu, sequer olhou em minha direção durante a audiência de fiança ou o prejulgamento. Já a vi algumas vezes na corte, de cabeça baixa, segurando a mão do Charles como se ele pudesse impedi-la de se afogar. Sei como ela se sente, mas não tive esse luxo — alguém a quem me segurar para não afundar.

— Não entendo — digo baixinho, percorrendo com a ponta dos dedos o contorno da almofada de brocado. — Por que...? Por que você veio?

Ela baixa os olhos.

— Acho que... eu precisava te ver antes do início do julgamento.

O julgamento. A nua e crua realidade da situação paira entre nós na pequena sala, repleta de palavras não ditas como "morte", "assassinato", "esfaqueamento", "acusada". Assim como ela, não consigo verbalizá-las no momento, portanto não digo nada, apenas a observo, sentindo-me estranhamente alheia, como se houvesse bem mais do que alguns poucos centímetros de distância entre nós. Um abismo, um oceano. Mesmo com toda a maquiagem, seu rosto parece pálido e abatido, e ela está usando um de seus costumeiros terninhos, num tom azul-marinho, mas ele pende largo e amarrotado em torno do corpo excessivamente magro. Tenho que lutar contra a vontade de ir me sentar ao lado dela e abraçá-la da maneira causal como eu costumava fazer.

Ela me abandonou também.

— Eu não devia estar aqui — diz Judy finalmente, com um sorriso nervoso. — Charles falou que eu não devia vir. Os advogados também.

Não respondo. Houve um tempo em que eu a considerava como uma mãe, mais do que a minha própria, alguém que me perguntava como tinha sido meu dia no colégio ou como estavam as coisas com Tate. Durante a última primavera e verão, eu dormia na casa da Elise quase todas as sextas — fazia sentido, uma vez que ficávamos na rua até quase amanhecer, mas a verdade era que não havia lugar melhor no mundo do que as manhãs de sábado na casa dela. Judy preparava rabanadas com canela e confiscava o celular da filha, e acabávamos todas sentadas em volta da mesa no solário, tomando chá inglês e folheando as novas revistas de moda que eram entregues juntamente com o jornal. Elise sempre engolia a comida o mais rápido possível e pedia licença para se levantar, como se fosse um tremendo fardo ser obrigada a participar de um momento de convivência familiar tão tranquilo, porém essas breves reuniões matutinas continham uma doçura que ainda posso sentir, mesmo trancada em minha diminuta cela, com os sábados me trazendo nada além de uma maçã extra e um suco de toranja em vez de laranja no café da manhã.

Espero Judy explicar o motivo de ter vindo, mas ela simplesmente continua sentada, olhando para todos os lados, menos para mim. De repente, parece se lembrar de algo e enfia a mão em sua cara bolsa de couro.

— Está com fome?

— É tarde — retruco, ainda meio confusa. — Eles servem o jantar às seis.

— Eu trouxe... — Ela me oferece uma barra de chocolate, embrulhada num familiar papel azul. — É aquele suíço; lembro que era o seu favorito.

Faço uma pequena pausa e, então, estendo a mão para pegar o chocolate.

— Obrigada — respondo, educadamente.

— Lembro de quando voltei daquela conferência em Zurique... — Ela sorri de leve. — E trouxe uma montanha de doces. Vocês duas comeram praticamente tudo de uma só vez e quase passaram mal.

Meneio a cabeça em concordância. Não sei o que fazer com o chocolate, mas duvido que eles me permitam levá-lo comigo para minha cela, de modo que o desembrulho lentamente, enfiando o dedo por baixo da embalagem e usando a unha para rasgá-la. A barra se quebra com um estalo. O chocolate derrete em minha boca, mais doce e cremoso do que as marcas americanas que Lee costumava me trazer.

Ofereço a ela um pedaço. Judy aceita.

— Eles fizeram uma cerimônia na escola — diz Judy de maneira hesitante.

— Teve outra logo depois do feriado, mas essa foi a de inauguração do memorial. Eles construíram uma fonte linda no pátio lateral. Disseram que era lá que vocês gostavam de sentar para almoçar. Sob a sombra. — Olha para o pedaço de chocolate, ainda em sua mão. — Charles acha que eu devo criar um fundo de bolsas de estudos em nome dela. Patrocinar a educação de alguém. Ou, então, um fundo de caridade. Para homenageá-la.

— Elise adoraria — murmuro, sarcástica, mas logo paro, horrorizada comigo mesma. — Eu... sinto muito. Não tive a intenção...

— É... você tem razão. — Judy olha para mim e, para minha surpresa, começa a rir: um ligeiro repuxar dos lábios que vai ganhando força até ela ficar ofegante, o som rouco ecoando por todo o pequeno aposento. — Isso não tem nada a ver com ela. Fiquei pensando durante a cerimônia que Elise teria odiado aquilo. — Ela balança a cabeça. — Sabia que eles fizeram a garota do coral cantar aquela música horrenda sobre estar nos braços dos anjos...?

— Sarah McLachlan? — pergunto.

Ela assente com um menear de cabeça, tentando se controlar.

— Estavam todos tão tristes... E eu só pensava na Elise fazendo aquela cara dela, você sabe, aquela que ela te olhava e revirava os olhos.

— Como se você estivesse além de qualquer possibilidade de salvação — concluo. — E ela merecesse uma medalha por ter que te aturar.

— Essa mesma. — Judy sorri, e balança a cabeça novamente. — Elise usou essa expressão comigo todos os dias de sua vida, juro. — Ela pega um lenço na bolsa e seca os olhos, conseguindo controlar o riso. — Ninguém a conhecia como a gente — murmura, mas as palavras cravam fundo em mim. — As pessoas chegam dizendo que ela era um anjo, perfeita, preciosa. Mas elas não sabem de nada. Ninguém sabe, exceto você.

Ela me fita mais uma vez, com uma expressão perdida, de puro sofrimento. É por isso que está aqui, percebo subitamente. Essa é a única maneira de se sentir perto da Elise, de lembrá-la como ela realmente era. Não a garota que estampou a primeira página dos jornais, ou a descrita em seu obituário. Mas a filha que gritava furiosa porque a mãe tinha fuçado seu celular novamente; a amiga que se enroscava no sofá, espremida entre nós duas, quando voltava do hospital tarde da noite e nos encontrava, ainda acordadas, assistindo a algum tenebroso reality e comendo Doritos. "Vocês estão se envenenando", alertava ela, arrancando o controle remoto e o pacote de salgadinho de nossas mãos, embora acabasse inevitavelmente se sentando com a gente debaixo do edredom e perguntando volta e meia quem era quem ou por que a garota estava tão irritada com o cara.

Sou seu único elo com Elise agora. Somos cúmplices no crime de amar a filha dela.

— Ela me odiava. — A voz de Judy falha. — A gente teve uma discussão horrível na noite antes da viagem. Elise te contou?

Faço que não.

— Ela me ameaçou dizendo que desistiria da faculdade — revela Judy, apertando o lenço entre os dedos. — E iria para a Califórnia ou para a Europa, ou iria trabalhar como voluntária em alguma vila tribal perdida no tempo e no espaço. Não que ela fosse fazer qualquer dessas coisas — acrescenta. — Você sabe que Elise jamais abriria mão do conforto. Ainda assim, eu sempre acabava irritada. Ela sabia exatamente a coisa certa a dizer para me machucar... — Faz uma breve pausa, balançando a cabeça em negação. — A gente gritou a noite inteira uma com a outra. E depois eu saí para trabalhar de manhã cedo. Nem sequer me despedi. — Judy engole em seco para conter as lágrimas, mas as mãos tremem. — Essa foi a última vez que a vi, e nem sequer me despedi dela.

Ela me encara, suplicante, esperando algo. Absolvição.

É disso que se trata, percebo subitamente, soltando o ar com força. Pelo menos, é algo que posso lhe oferecer.

— Não tem importância — replico gentilmente. — Ela te amava. Sei que não gostava de demonstrar, mas nada disso, nenhuma dessas brigas tem importância. Você sabe disso, tem que saber.

Judy me encara novamente, dessa vez com esperança.

— Odeio pensar que ela... pudesse achar que eu não me importava.

— A Elise não achava, juro. Ela te amava, amava vocês dois. Nem sequer mencionou a briga. — Eu a tranquilizo. — Desencanou rapidinho. Ela estava se divertindo. Você sabe como ela é. — Faço uma pausa. — Era — corrijo baixinho.

Judy assente com um menear de cabeça, e parte da tensão em seu corpo se esvai. Inspira fundo, e sua expressão abranda, ganhando um ar de paz.

— Obrigada — sussurra, se levantando.

Eu pisco.

— Você... já vai?

— Preciso voltar. — Ela veste o paletó.

— Você não veio aqui para me ajudar? — Meu tom muda. — E se você falasse com o detetive Dekker, se explicasse a ele que me conhece e que eu nunca... Você poderia fazer alguma coisa!

— Está fora do meu alcance agora. — Judy desvia os olhos, e percebo pela primeira vez um lampejo de dúvida em sua expressão, uma sombra no fundo de seus olhos.

Dúvida.

A percepção é como um golpe inesperado, fazendo meus ouvidos retinirem. Meu estômago revira e meu sangue gela. Se Judy é capaz de duvidar de mim — se é capaz de achar que eu sou capaz de matar, mesmo depois de todo o tempo que

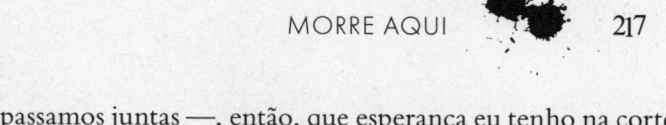

passamos juntas —, então, que esperança eu tenho na corte amanhã, com Dekker mordendo meus calcanhares e a juíza sentada de maneira tão fria e indiferente?

Engulo o medo, desesperada.

— Você não me perguntou — digo. Ela ergue os olhos, surpresa. — Você não me perguntou se fui eu que matei ela.

Achei que era porque ela acreditava em mim incondicionalmente, sem questionar. Caso contrário, não estaria aqui, estaria? Sozinha, trazendo chocolate e boas lembranças?

Ela tem que acreditar em mim.

Judy se retrai, olhando para todos os lados, menos para mim.

— Anna. Não vamos...

— Vamos, sim. Me pergunta — exijo. — Faça isso.

Ela faz uma ligeira pausa, como que reunindo coragem. Inspira fundo e me encara, assustada.

— Você... a matou?

— Não! — Minha voz falha. Estendo a mão para ela, suplicante. — Não, juro. Eu jamais... Você sabe que eu amava ela. É tudo mentira.

— Então tudo vai ficar bem. — Com as palmas das mãos, ela envolve meu rosto por um momento e, em seguida, se afasta. — Apenas conte a verdade e seja você mesma. Vai dar tudo certo.

Meu queixo cai, e observo, impotente, Judy dar três batidinhas à porta. O guarda entra. Dessa vez, ele trouxe as algemas.

— Judy, por favor. — Minha voz falha de novo. Ela exala um perfume de baunilha, de vida familiar e fins de semana dedicados à preguiça, enrolados em robes felpudos e pantufas emprestadas. Seu perfume me remete ao lar.

— Cuide-se, querida — diz, sem olhar para mim, e, então, se vai.

AGORA

ELA ESTAVA ERRADA, TODOS ESTAVAM. CONTAR A VERDADE NÃO FAZ a menor diferença, nem ser você mesmo. Se fizesse, agora eu não estaria aqui, esperando pelo veredito que irá decidir os próximos 20 anos da minha vida.

Os próximos 20 aniversários, e Natais, os próximos 20 primeiros dias de verão, e últimas noites de outono. Mil e quarenta segundas-feiras. Sete mil e trezentos dias acordando aqui, presa sob uma imensidão de céu azul.

Exceto pelo fato de que não terei como. Não vou aguentar.

Olhando em retrospectiva, eu percebo quão ingênuos todos nós fomos. Entrei naquela sala acreditando que teria um julgamento justo — uma chance de apresentar minha versão e ser escutada, tal como deveria ser. Mas a verdade é que tudo não passa de uma encenação. De certa forma, o julgamento é igual ao *Clara Rose Show*, só que em vez de um estúdio de filmagem com câmeras e luzes, temos um tribunal como palco. Os advogados e as testemunhas são todos atores; a juíza é a nossa plateia, e quem quer que consiga vender melhor sua versão do script — fazer você acreditar, quer seja ficção ou fato — é quem ganha. Simples assim. As provas são apenas acessórios, você pode ignorá-las e olhar para o outro lado, e mesmo o script não faz tanta diferença quando um dos atores coadjuvantes consegue improvisar e roubar todas as atenções para si.

Se eu soubesse disso antes, talvez pudesse ter representado melhor o meu papel, quem sabe até impedido as coisas de chegarem tão longe. Agora, porém, é tarde demais, penso eu.

Dekker sabia, desde o começo. Não foi isso o que ele fez, vazando relatórios policiais e fotos da cena do crime semanas antes de ser definida uma data para o julgamento? Ele estava preparando o palco para sua história, como o trailer de um filme editado com as cenas mais suculentas, no intuito de criar a expectativa pelo espetáculo, a tensão pela reviravolta final. Observá-lo na corte era como assistir a um maestro regendo uma orquestra, tal como na vez em que os pais da Elise nos arrastaram para um concerto. Lá estava ele, um sujeito baixinho posicionado no centro do palco, de frente para a orquestra, brandindo sua batuta e desenhando uma paisagem inteira no ar com cada respiração, fazendo o tom subir e descer, nos conduzindo sem esforço pela música.

Dekker não tinha a metade da elegância daquele senhor de fraque, mas seu poder era tão forte quanto. Ele atuou com cuidado, apresentando cada nova sessão do coro com um floreio oportuno: uma foto escandalosa; palavras enraivecidas; testemunhos de meu comportamento agressivo e degenerado... Ele conduziu a plateia com habilidade pelo script, escolhendo o caminho de modo que as pessoas terminassem o espetáculo com apenas uma conclusão óbvia em suas mentes. Minha culpa.

A cortina acaba de se fechar, mas eu não irei esquecer tão facilmente: a performance nunca termina.

TRANSCRIÇÃO DO *CLARA ROSE SHOW*

CLARA: ... e, algumas vezes, mentindo descaradamente ou, no mínimo, contradizendo vários dos testemunhos e declarações que escutamos sobre o caso.

<VIDEOCLIPE>

ANNA: A gente saía. E talvez tenhamos nos aventurado por caminhos não muito certinhos, mas a Elise era a responsável por isso. Ela... adorava se divertir. Era a mais baladeira, entende? Estava sempre atrás de uma aventura, de viver fortes emoções...

<FIM DO VIDEOCLIPE>

CLARA: Então, Martin, tivemos tempo suficiente para rever a filmagem — a propósito, cenas exclusivas para o *Clara Rose Show*. Qual a sua opinião a respeito dessas imagens? Anna está dizendo a verdade ou seria essa a última numa longa sequência de mentiras ditas pela acusada?

MARTIN: Analisando essas imagens que acabamos de ver, preciso dizer, o que mais me surpreende é a total falta de responsabilidade. Ela culpa repetidas vezes outras pessoas pela situação em que se encontra: os amigos queriam viajar; o namorado a mandou mentir a respeito do álibi deles; o promotor está engajado em alguma espécie de vendeta pessoal...

CLARA: Ela chega até a culpar a vítima!

MARTIN: Exatamente. Vendo isso, é impossível a gente não se perguntar, será que ela está apenas tentando se eximir de qualquer responsabilidade ou será que é algo mais profundo, uma espécie de dissociação patológica da realidade?

CLARA: **Agora, estou com uma especialista em linguagem corporal na linha, Heidi Attenberg, autora de vários livros sobre o assunto. O que essas imagens lhe dizem, Heidi?**

HEIDI: **Obrigada por me ouvir, Clara. Em primeiro lugar, se você observar a postura dela durante as respostas, poderá ver que é bastante estudada, controlada demais. As mãos estão entrelaçadas, ela não se ajeita na cadeira em momento algum; isso nos diz que se trata de uma garota muito segura de si, alguém que gosta de estar no controle.**

CLARA: **Ou controlada demais, talvez? Quero dizer, estamos falando de uma garota que está trancafiada numa cadeia há meses. Preciso admitir, esperava que ela se mostrasse... mais desesperada, mais emotiva... Mesmo antes de começarmos a gravar, ela estava sentada, quieta, praticamente sem falar nada, como se estivesse analisando a cena.**

HEIDI: **Exato. E quando ela finalmente demonstra alguma emoção... Aqui, quando ela está falando para os pais da vítima e começa a chorar; é quase exagerado demais, após tamanha calma.**

CLARA: **Então você acha que ela estava fingindo?**

HEIDI: **É bem possível. Quando as pessoas choram de verdade, é uma reação involuntária, elas não conseguem evitar. Mas aqui, se você olhar para as mãos da Anna...**

CLARA: **Vamos aumentar a imagem na tela...**

HEIDI: **Elas permanecem entrelaçadas. Mais uma vez, muito controlada. A gente esperaria vê-la levar a mão ao rosto. Tentar secar os olhos.**

CLARA: **Isso é fascinante. Agora, podemos voltar um pouquinho e mostrar a você uma imagem de antes da entrevista? Essa é a cena em que ela conversa com seus representantes legais, entre eles, seu advogado. Observem aqui Anna num momento deveras amigável com um jovem que identificamos como Lee Evans, 23 anos; ele trabalha como terceiro**

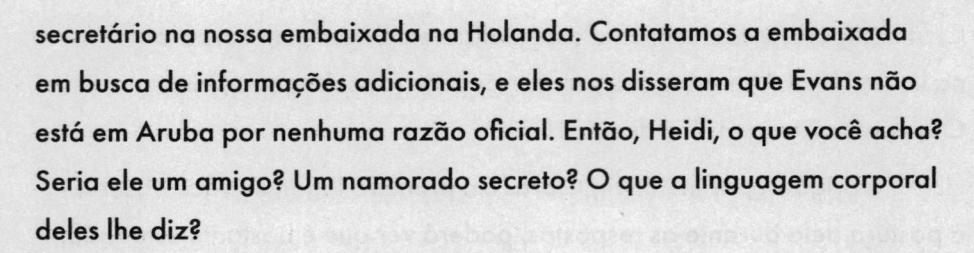

secretário na nossa embaixada na Holanda. Contatamos a embaixada em busca de informações adicionais, e eles nos disseram que Evans não está em Aruba por nenhuma razão oficial. Então, Heidi, o que você acha? Seria ele um amigo? Um namorado secreto? O que a linguagem corporal deles lhe diz?

HEIDI: Quem quer que seja o rapaz, eles têm um relacionamento bastante próximo. Dá para perceber a afeição quando ele toca nela, o modo como ela sorri para ele.

CLARA: Eu diria que ele parece fascinado por ela.

HEIDI: Definitivamente não se trata de uma simples relação platônica.

CLARA: Bom, então, preciso perguntar: o que isso nos diz a respeito de Anna Chevalier? Não sei quanto a vocês, mas se eu estivesse na prisão aguardando julgamento, garotos seriam a última coisa em minha mente. Mas aqui está ela, aparentemente flertando com um jovem rapaz, à vista de todos.

MARTIN: E, se me permite acrescentar, sabemos que houve uma confusão entre ela e o namorado, Tate Dempsey, e o álibi deles, que foi posterior-mente desmentido. Anna sempre alegou que foi ele quem a induziu a mentir, mas olhando para essa imagem agora, precisamos levar em conta uma coisa: estamos diante de uma garota com um considerável sex appeal. Mesmo atrás das grades, ela conseguiu enfeitiçar o rapaz. Fazer com que um namorado fiel mentisse por ela seria fácil.

CLARA: Retomaremos esse assunto mais tarde. Mas, antes do intervalo, vamos falar rapidamente sobre os hematomas, Martin. Muitas pessoas ficaram chocadas ao vê-los.

MARTIN: Verdade. Sei que essa briga, que aconteceu lá dentro, despertou a simpatia de diversos grupos...

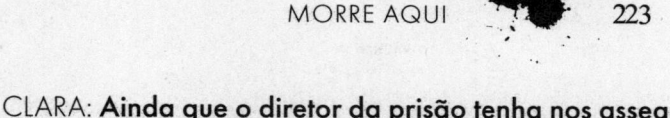

CLARA: **Ainda que o diretor da prisão tenha nos assegurado de que ela está sendo mantida em isolamento agora, afastada das outras detentas.**

MARTIN: **Acho que vê-la de perto pela primeira vez desse jeito fez com que as pessoas se dessem conta da realidade da situação. Quero dizer, quer ela esteja sendo falsamente acusada ou não, trata-se de uma garota, uma adolescente presa num país estrangeiro com outras mulheres — toda espécie de criminosas, a maioria mais velha do que ela.**

CLARA: **Agora, ela alega que foi atacada, mas a outra envolvida no incidente, uma tal de Johanna Pearson, diz que foi Anna quem começou. Que Anna se lançou sobre ela num ataque de fúria, o que nos soa familiar, não? Na verdade, temos algumas fotos recém-liberadas que mostram Johanna após a briga. Por elas, podemos dizer sem sombra de dúvida que Anna definitivamente levou a melhor.**

MARTIN: **Uau! Quero dizer, são ferimentos bem feios. Hematomas pelo rosto, um nariz quebrado...**

CLARA: **E, segundo os relatórios médicos, a coitada ainda teve mais duas costelas fraturadas.**

MARTIN: **Preciso dizer, isso é... Isso muda muito para mim. Se Anna é capaz de fazer uma coisa dessas com as próprias mãos, então aposto que não sou o único a imaginar o que ela não seria capaz de fazer com uma faca.**

CLARA: **Voltamos já, não saiam daí.**

ESPERA

NOS DIAS QUE PRECEDEM O INÍCIO DO JULGAMENTO, DEITO TODAS as tardes no pátio da prisão. É a única vantagem do isolamento, o fato de estar sozinha em minha pequena faixa de terra cercada, longe das demais detentas. Não preciso vigiar minha retaguarda por conta de violência ou fofocas, posso simplesmente deitar de costas na grama amarelada e observar o céu.

Se eu virar a cabeça no ângulo certo, não vejo a cerca de arame farpado nem o topo da torre de vigilância, apenas uma imensidão azul. A cada dez minutos, mais ou menos, um avião decola do aeroporto e sobrevoa a ilha num largo semicírculo antes de seguir para onde quer que seja — Estados Unidos, Europa ou qualquer outro lugar que não aqui. Seria de se esperar que a dor diminuísse após observar tantas partidas. Já devo ter visto centenas de aviões decolando a essa altura, dia após dia; mas cada vez sinto uma nova e pungente pontada no peito, desejando estar num desses voos, apertada ao lado de algum outro falante passageiro nas estreitas fileiras de assentos, comendo amendoim e assistindo a filmes chatos numa tela de oito polegadas.

Indo para casa.

Um fiu-fiu alto me arranca de meus devaneios. Eu me sento e me viro para ver alguém apoiado na cerca de arame farpado. Aperto os olhos, confusa, até que a figura que acabou de assoviar sai do sol e reconheço o familiar cabelo louro com olhos azuis gélidos.

Niklas.

Congelo.

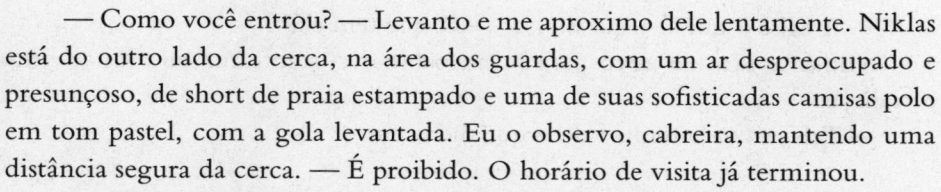

— Como você entrou? — Levanto e me aproximo dele lentamente. Niklas está do outro lado da cerca, na área dos guardas, com um ar despreocupado e presunçoso, de short de praia estampado e uma de suas sofisticadas camisas polo em tom pastel, com a gola levantada. Eu o observo, cabreira, mantendo uma distância segura da cerca. — É proibido. O horário de visita já terminou.

— Mexi alguns pauzinhos. — Ele me olha de cima a baixo, com meu macacão laranja largo agora sujo de terra.

— Por quê? — Cruzo os braços diante do peito, lembrando subitamente o quanto seu olhar sempre me deixou incomodada, como se ele estivesse me imaginando nua. De todos os caras no bar naquela primeira noite, Elise tinha que escolher logo o mais assustador?

— Te vi na TV. — Ele sorri, as mãos enfiadas nos bolsos de maneira casual. — Belo show. Gostei da parte que você chora, muito comovente — comenta num tom jocoso, quase irônico.

Sinto um calafrio.

— O que você quer?

— Não posso te fazer uma visitinha? Demonstrar algum apoio moral? — pergunta. — Deve estar complicado pra você aí dentro, tão sozinha... Seus amigos já voltaram pra casa, não é? Acho que não quiseram ser associados a uma assassina.

— Eu não matei ela — respondo baixinho, antes de conseguir me impedir de abrir a boca.

Niklas inclina a cabeça ligeiramente de lado.

— Talvez não. — Sorri novamente. — Mas isso não faz diferença, faz?

Recuo um passo, observando-o rir consigo mesmo.

— Já fez uma amiguinha aí dentro? Alguém pra trocar uns amassos no chuveiro? — Ele sobe e desce as sobrancelhas de modo sugestivo. — Sempre me perguntei se você e a Elise... sugeri que você se juntasse a nós, mas ela disse que não era o seu estilo. E que não gostava de dividir você com ninguém.

Eu o fuzilo com o olhar.

— Para com isso.

— Engraçado, não? — Niklas corre os olhos em volta. — Vocês gostavam de dizer que eu não queria nada da vida, nunca *seria alguém*, e aqui está você. — O sorriso desaparece, e os olhos tornam-se duros e cortantes. — Vocês duas achavam que eram muito melhores do que eu. Bom, veja onde você está agora. — Ele faz um gesto amplo com a mão, mostrando as grades e cercas. — E a Elise...

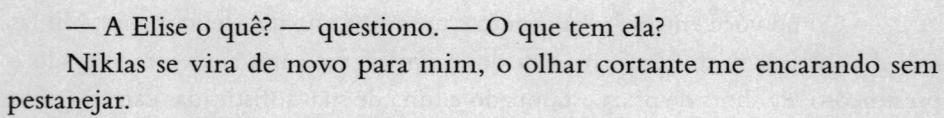
— A Elise o quê? — questiono. — O que tem ela?

Niklas se vira de novo para mim, o olhar cortante me encarando sem pestanejar.

— Talvez a vaca tenha tido o que mereceu.

FÉRIAS

VIRO UM SHOT DE TEQUILA E, EM SEGUIDA, OUTRO. A TEQUILA QUEIMA
minha garganta como lava.

— Olha só! — Elise solta um assovio. — Minha gata mandando ver!

Eu a ignoro e peço outro shot, dessa vez de um líquido azul fluorescente, com um gosto adocicado de hortelã. Estamos de volta no barzinho da primeira noite na ilha: a música continua alta; o chão, grudento; as pessoas, ainda amontoadas, suando seminuas nessa choupana em forma de bar. Mal posso acreditar que faz apenas três dias que estivemos aqui, festejando, ingenuamente felizes.

Viro o copo, me retraindo ao sentir o gosto.

— Qual é o problema? — Elise passa o braço em volta da minha cintura e me puxa mais para perto. — Não que eu não seja fã desse seu novo eu baladeiro, mas achei que você tinha dito que ia pegar leve.

— Não posso mudar de ideia? — Eu me desvencilho dela e cruzo o bar até o lugar onde está Lamar, recostado na parede observando Chelsea e Mel enquanto elas dançam e giram pelo salão. — Vem, vamos lá. — Pego a mão dele e começo a puxá-lo em direção à pista de dança. — O Tate não quer dançar. Estou sozinha.

— As meninas estão dançando.

— Tem razão, mas preciso de um cara grande e forte para me proteger — brinco. — Não tem graça sem você.

— Só uma música. — Lamar ri e me deixa arrastá-lo para a multidão. A música tem um ritmo acelerado, com uma batida pulsante. Sinto o álcool começar a fazer efeito: o corpo ficando leve, o cérebro ligeiramente entorpecido.

É disso que eu preciso, algo para escapar das dúvidas que sorrateiramente se insinuam em minha mente e do peso das perguntas que se formam ao olhar para o colar em torno do pescoço da Elise.

Deixo a música me levar, me remexendo com o corpo quase colado em Lamar, os braços envolvendo-lhe frouxamente o pescoço. Ele é mais robusto do que Tate — os músculos condizentes com um jogador de futebol americano, firmes sob as pontas dos meus dedos enquanto as deslizo por seus ombros. Lamar se afasta um pouquinho.

— Você tá bem?

— Por que não estaria? — Dou um giro para longe dele, mas volto em seguida, chegando perto o bastante para sentir o calor que emana de sua pele por baixo da camiseta larga. Ele continua com a testa franzida, mas seu corpo começa a acompanhar o meu, movendo-se ao sabor da música, relaxando pouco a pouco.

Lamar sempre gostou de mim. Sei disso, não por causa de algo que ele tenha dito ou feito, apenas sei. Talvez pelo modo como ele me olha às vezes, quando estou nos braços do Tate, ou quando estamos todas vestidas para sair à noite — de saia, salto alto e cabelos soltos. Sinto seus olhos em mim, e algo neles que vai além de uma simples amizade. Nunca pensei em fazer nada a respeito disso, é claro, mas é bom saber. Bom para o ego. Além do mais, existe Chelsea e Tate, sempre ele, preenchendo minha mente até não haver lugar para mais nada. Mas agora, levada pelo efeito da tequila e das luzes negras e pulsantes, me pergunto como teria sido se eu houvesse escolhido Lamar ao invés do Tate. Fácil e doce. Divertido. Não esse desejo enlouquecedor que eu sinto pelo meu namorado, as fisgadas de insegurança que me cortam por dentro. Ele seria como um satélite, e não minha gravidade, me puxando para baixo com tanta força a ponto de me assustar às vezes.

Eu me aproximo ainda mais e deslizo as mãos pelas costas dele. Lamar hesita por um momento e, então, se deixa levar. Por um tempo, entramos em sincronia, mais próximos um do outro do que deveríamos estar, até que ele se afasta de novo, constrangido.

— Eu preciso ir encontrar a Chel...

Sinto um toque no ombro, e os olhos de Lamar se fixam em alguém às minhas costas.

— E aí, brother — diz ele rapidamente. — A gente estava indo te procurar. Ela é toda sua. — Ele me entrega para Tate e, em seguida, desaparece no meio da multidão.

Eu me esfrego nele, sem parar de me mover nem por um segundo. Tate fecha as mãos em minha cintura e me oferece um sorriso meio de lado.

— Eu deveria me preocupar? — brinca.

— Talvez. — Sorrio de volta, ainda me sentindo meio balançada. — Talvez eu esteja tendo um tórrido caso com o Lamar pelas suas costas. Já pensou nisso?

Tate ri e me puxa mais para perto.

— Nunca — responde, afagando meu cabelo de maneira possessiva. — Você não ousaria. É a *minha* garota.

Aconchego-me nos braços dele, soltando parte do peso. E ficamos assim, mal nos movendo pela pista, apenas abraçados um ao outro.

Dele.

É estranho, e talvez errado, mas desde o Halloween — quando minha fantasia caiu no chão, e uma luxúria até então desconhecida surgiu nos olhos do Tate — eu me sinto do mesmo jeito, como se pertencesse a ele. Marcada por seus beijos e carícias, por todos aqueles preciosos momentos no quarto dele, agarrados um ao outro sob o macio edredom após o cair da noite. Sou tanto dele quanto de Elise agora, porém o único pensamento que jamais se insinuou, jamais cruzou a minha mente, é que eles podiam ser um do outro também.

Sem que eu estivesse junto.

— Preciso me sentar — aviso, subitamente tonta. Eu o afasto com um empurrão e saio da pista. Seguro o encosto de um dos reservados para me equilibrar, a cabeça girando. *Isso é loucura*, digo para mim mesma, lutando para respirar. *Não tenho certeza de nada. Não devia estar nem pensando...*

— O que que tá rolando? — Elise desaba ao meu lado. Eu pisco.

— Eu... — Olho para ela, para a sombra escura em suas pálpebras, os lábios rosados e ligeiramente inchados. — Eu não...

Ela franze a testa.

— Você não me parece muito bem. Vem cá — diz, me pegando pela mão.

Não saio do lugar.

— Anna? Vamos lá, você só precisa de um pouco de ar fresco. Vai se sentir melhor. — Ela sorri, tentando me tranquilizar. — Foi o quinto shot, não foi? O que que eu sempre te falo? Você precisa aprender a dosar a quantidade.

Faço que sim, e a sigo em direção à saída. Elise pega uma garrafa de água ao passarmos pelo bar e, de repente, sinto o ar fresco da noite em meu rosto. Eu paro, desorientada, enquanto a explosão de música e vozes diminui por trás das portas fechadas, substituída agora pelo zum-zum-zum dos outros bares na rua principal, o ir e vir de carros e pessoas e o distante quebrar das ondas.

— Ei, calma — murmura Elise, me conduzindo com cuidado pela calçada até a areia. — Só me avisa se você for vomitar, valeu?

Elise se agacha e desamarra as tiras da minha sandália plataforma, descalçando-as gentilmente enquanto eu me apoio nela para não perder o equilíbrio. Em seguida, ela se levanta.

— Regra número um: veludo e vômito não combinam. — Dá uma risadinha, e eu pisco, ainda tonta. Aqui na escuridão, seus olhos parecem quase violeta, grandes e brilhantes.

Elise os revira de maneira bem-humorada.

— Garota... tu realmente pegou pesado hoje. — Tira os próprios sapatos, pega os dois pares com uma das mãos e, com a outra, me segura pelo braço. — Consegue andar?

Faço que sim novamente. Atravessamos devagarinho a faixa de areia em direção às aguas escuras do mar.

— Nik me mandou outra mensagem — comenta Elise, balançando nossas sandálias. — Acho que foi a décima hoje, juro. Ele queria saber onde a gente estaria, que horas chegaríamos... É um tanto pegajoso. Quero dizer, ele parecia um cara tão legal no começo, com aquele ar de "lorde e mestre de tudo e de todos", mas, sei lá, agora tá começando a me assustar. — Faz uma pausa. — Ele fez uma coisa superestranha quando a gente estava transando. Entrou num lance de dominação, me segurando com força, tentando me fazer implorar. Não me entenda mal, eu gosto de homem com pegada, mas isso foi diferente. Sei lá...

Paramos ao chegar juntinho da orla, onde a areia macia se torna dura e úmida pelo suave lamber das ondas. Elise se senta com as pernas cruzadas. Sento também, abraçando os joelhos junto ao peito.

— Tá melhor? — pergunta ela, preocupada. — Aqui. — Desatarraxa a tampa da garrafinha de água e me oferece. Tomo um gole. A água está meio morna, mas a sensação ao descer pela garganta é boa mesmo assim. — Então... — Faz uma pausa, pegando um punhado de areia e deixando-a escorrer por entre os dedos. — Vai me dizer qual é o problema?

— Ahn? — Eu me retraio. — Nada. Não tem problema nenhum.

Ela me olha fixamente.

— Qual é, Anna. Pra cima de mim, não. Você ficou estranha o dia todo. Mal falou uma palavra na praia e depois dormiu a tarde inteira...

— Eu estava com dor de cabeça — protesto, mas sem muita convicção.

— E agora tá bebendo como se não houvesse amanhã — observa Elise. — Eu te conheço, lembra? Melhor do que ninguém. Você não é assim.

Contemplo o ir e vir das ondas escuras, sem dizer nada por um minuto. As palavras estão ali, martelando em minha mente, mas não consigo me forçar a dizê-las em voz alta. A acusá-la... Com base em quê? Num *feeling* ruim em minhas entranhas? Um colar trocado? Um calafrio? É loucura. Eles não fariam isso comigo. *Ela* não faria isso comigo.

— Acho que só tô estressada — digo por fim, baixando os olhos. Começo a desenhar círculos na areia, traçando espirais com a ponta do indicador. — Com a faculdade, o fim das aulas... O que vai acontecer depois, entende?

— Ainda falta muito.

— Falta, nada. — Eu faço que não. — A graduação é daqui a dois meses, e depois todos seguiremos por caminhos diferentes. Essa talvez seja a última vez que a gente se reúne desse jeito, todos nós.

Elise estende o baço e aperta minha mão.

— Isso não é problema. Certas coisas não são feitas pra durar.

Acho que arregalo os olhos, horrorizada, porque ela ri e completa.

— Não a gente. Seremos sempre uma dupla, lembra? Você e eu, perambulando por uma casa velha num lugar qualquer quando estivermos com 90 anos. *Gray Gardens – Do Luxo à Decadência.*

— Com lenços na cabeça e cheias de bijuterias — concordo baixinho.

Ela ri.

— E 15 gatos. E um piscineiro sarado.

Rio também. De alguma forma, isso é libertador. Faz com que eu sinta um tremendo alívio. Percebo que a pior parte de minhas suspeitas idiotas não dizem respeito a Tate e sua terrível traição, mas à ideia de perder Elise. De ela sair da minha vida e nunca mais voltar.

Elise aperta minha mão novamente.

— Vai ficar tudo bem, prometo — declara. — Somos eu e você. Não sei quanto aos outros. Talvez a Mel, o Lamar, o AK e a galera retornem nas férias e feriados, e a gente saia e visite uns aos outros e nada mude. Ou talvez a gente se separe e fique sem se falar até a reunião de dez anos de formatura. Coisas da vida, entende? Você não tem como controlar. Mas a gente? Somos uma dupla para todo o sempre.

Entrelaço os dedos nos dela em resposta.

— Sei que é estupidez — digo, me sentindo tola tanto pelas coisas que eu não falei como pelas que fiz. — É a escola. A gente mal podia esperar que ela acabasse. Mas agora, com todo mundo tão próximo... eu gosto de como as coisas são. Não quero que nada mude.

— Mas elas irão mudar — retruca Elise baixinho. — Tudo muda. Mas pode ser para melhor. Pense nisso. Se a gente conseguir entrar na USC... você e eu, na Califórnia... Poderemos ir à praia quando bem quisermos, sem risco de morrermos de hipotermia.

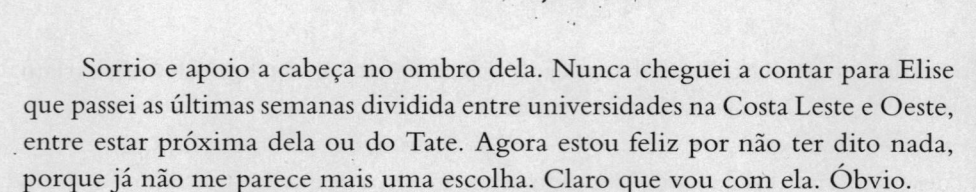

Sorrio e apoio a cabeça no ombro dela. Nunca cheguei a contar para Elise que passei as últimas semanas dividida entre universidades na Costa Leste e Oeste, entre estar próxima dela ou do Tate. Agora estou feliz por não ter dito nada, porque já não me parece mais uma escolha. Claro que vou com ela. Óbvio.

— Você me ama? — pergunto, lembrando nossa antiga conversa.

— Você sabe que sim.

— Quanto?

— Mais que o infinito.

Ficamos sentadas na praia até o mundo parar de girar no próprio eixo e, então, voltamos pela areia para o bar. Quase não fico surpresa ao encontrarmos Melanie esperando do lado de fora, próxima à saída dos fundos, andando de um lado para o outro com o celular na mão.

Ela nos vê e vem correndo ao nosso encontro.

— Onde vocês estavam? — pergunta. — Eu liguei e mandei um monte de mensagens. Por que não me disseram que iam dar uma volta? — acrescenta, com um tom de reclamação. — Achei que tivesse acontecido alguma coisa.

— Jesus! A gente só se afastou por uns 10 minutinhos — responde Elise com um suspiro. — Será que eu preciso usar um chip localizador?

Mel pisca.

— Fiquei preocupada, só isso.

— Não fique. — Elise passa por ela e entra no bar, sendo novamente engolida pela explosão de música. Faço menção de segui-la, mas Mel se posta na minha frente.

— Por que você sempre faz isso? — Ela me fuzila com os olhos.

Recuo um passo.

— Isso o quê?

— Arrasta ela para algum lugar, se mete entre a gente. — Mel arregala os olhos, que parecem marejados sob a luz fraca, e despeja as palavras numa enxurrada furiosa. — Eu sei que você me odeia, mas a Elise é minha amiga também, e você não deixa ela passar nenhum tempo comigo.

— *Eu* não deixo? — questiono lentamente, pega de surpresa. Não tenho a mínima paciência para as loucas inseguranças da Mel, não após dias com ela nos seguindo para todos os lugares, choramingando e reclamando sem parar. — Pelo amor de Deus, desde quando a Elise faz algo que ela não queira fazer? — pergunto. — Se ela não sai mais com você é porque não quer. Não tem nada a ver comigo.

Mel me fita de queixo caído.

— Ela nunca... — diz, começando a chorar. — A gente era amiga antes! Até você roubar ela de mim. Estava tudo perfeito até você aparecer e...

— O que nós somos, criancinhas do maternal? — interrompo, deixando a raiva aflorar. Se dela ou de mim, não sei. Só sei que a Mel está aqui, parada na minha frente, despejando todos os seus medos e inseguranças, enquanto eu me esforcei tanto para conter os meus. *Podia ser eu*, percebo com um súbito pavor. *Esse poderia ser o meu futuro*. Sem Elise, sozinha e abandonada. — Vê se cresce. Não é um caso de *achei é meu*, entende? — digo, elevando a voz. — Talvez se você não fosse tão pegajosa e chorona, ela passasse mais tempo contigo.

Mel se encolhe como se eu a tivesse agredido fisicamente.

— Vaca! — chora.

— Ei, quem costuma falar assim de você é a Elise, não eu. Você acha que ela é sua BFF? — acrescento. — Devia ouvir o que ela diz quando você não está por perto. "A Mel é tão criança!" — Imito. — "Ela é obcecada por mim."

— Para! — grita Mel, o rímel escorrendo em duas linhas patéticas por suas bochechas. Mas não consigo sentir pena, não com a raiva que corre quente em minhas veias.

— A Elise sacaneia você, esse seu jeito grudento — continuo, implacável. — Ela não entende por que você não se toca e nos deixa em paz de uma vez por todas.

— Você está mentindo — soluça Mel.

— Não estou, não. A Elise nem queria que você viesse com a gente pra Aruba — revelo. — Fui eu quem pedi pra ela te convidar. Imaginei que daria pra te aguentar mais uns dois meses, até a formatura, mas, pai do céu... Você não dá uma folga!

Mel soluça de novo. Em seguida, gira nos calcanhares e foge. Observo-a descer correndo a rua, oscilando nos saltos altos, e sinto uma súbita pontada de vergonha. Eu não devia ter feito isso, percebo de cara. Não devia ter sido tão cruel, mas ela me provocou — agindo como se tudo fosse culpa minha. E o desespero em seus olhos...

Estremeço, mas viro as costas e entro no bar. Está escuro e a música continua alta. Abro caminho através da multidão, procurando pelo restante do nosso grupo. Vejo um vestido vermelho e cabelos louros; é Elise, parada ao lado do bar. Sigo em sua direção, passando por um grupo de universitários bêbados acompanhando a música aos gritos.

Ela está de costas para mim.

— Eu te falei que era só uma noite — diz Elise, mudando de posição, e vejo o cara ao seu lado. Niklas.

— Tá tudo bem? — pergunto, me metendo entre eles.

— Tudo ótimo — responde ela, assentindo com um menear de cabeça, mas percebo o sorriso de alívio.

— A adorável Anna — ironiza Niklas de maneira arrastada. Em seguida, pega minha mão e a beija antes que eu consiga puxá-la. — Deixem-me pagar uma bebida para as senhoritas.

— Já bebi o suficiente por hoje, obrigada — retruco, mas Elise abre um sorriso radiante.

— Uma margarita pra mim.

Enquanto Niklas se vira para fazer o pedido ao barman de dreads, cochicho no ouvido de Elise.

— Achei que você tinha dito que ele te assustava.

Ela ri.

— Não significa que eu não possa aceitar um drinque. A propósito, o que a Mel queria? Não me diga que ela estava prestes a chamar a polícia porque a gente desapareceu, tipo, uns cinco minutos.

Solto um suspiro.

— Ela deu uma surtada, mas por um monte de coisas. Eu te conto depois. — Corro os olhos em volta. — Viu o Tate em algum lugar?

— Vi, sim. Se não me engano, ele estava trepando com uma gringa ao lado do banheiro.

— Elise!

— Que foi? — Ela ri. — Brincadeirinha. Tenho certeza de que ele está sentado quietinho num canto, olhando fotos de vocês dois no celular.

Dou-lhe um empurrão de leve.

— Não fala assim, valeu?

— Por que não? Tem medo de que seu Príncipe Encantado te traia com alguém? — O tom dela é de brincadeira, mas juro que percebo um lampejo de algo em sua expressão. Talvez seja apenas o efeito dos cinco shots em meu organismo, aliado às batidas da música eletrônica. Sacudo a cabeça para afastar minhas suspeitas.

— Não. Claro que não. Eu confio nele — respondo de modo forçado, mas não consigo evitar acrescentar: — Ele sabe que isso partiria meu coração.

Elise simplesmente me puxa para um abraço.

— E aí eu teria que partir o crânio dele. — Ela ri.

Apoio o rosto em seu cabelo por um momento, mais calma. Por trás dela, Niklas pega a margarita com o barman, uma mistura feita com raspas de gelo, uma fatia de limão e um diminuto guarda-chuva decorando a borda da taça. Sorrio comigo mesma por um momento — apesar de sua postura de garota da pesada, Elise sempre prefere drinques frutados, tipicamente femininos, a doses de uísque cowboy. De repente, percebo algo pelo canto dos meus olhos cansados. A mão do Niklas passando por cima da taça. Um rápido vislumbre de algo brilhando, como vidro, ou algum tipo de frasco. E, então, o que quer que fosse desaparece, de volta no bolso dele. Niklas se vira e entrega o drinque a Elise com um suave sorriso.

— Pronta para começar a festa de verdade? — pergunta ele.

Elise pega a bebida e a leva aos lábios.

O JULGAMENTO

— ENTÃO ESTEVE COM A VÍTIMA NO BAR, NA NOITE ANTERIOR AO assassinato, não é verdade, sr. Van Oaten? Antes do grupo ir embora, por volta das duas da manhã?

— Isso mesmo.

— Como foi a natureza da interação entre vocês?

— Não entendi.

— O que houve? — Gates simplifica a pergunta, andando de um lado para o outro na frente do banco das testemunhas. — Vocês brigaram, não é mesmo?

— Não. — Niklas se recosta no assento e cruza os braços. Ele parece totalmente à vontade, como se estivesse relaxando diante da TV, e não no meio de um julgamento tenso num tribunal lotado.

— Não? — repete Gates. — Mas temos vários depoimentos de pessoas no bar que o viram brigando com a srta. Warren. Na verdade, ela jogou uma bebida em cima do senhor.

Niklas dá uma risadinha presunçosa.

— Não foi nada. Apenas um entrevero entre pombinhos.

Ele olha para mim com aquele mesmo sorrisinho presunçoso e enregelante com o qual me fitou através da cerca de arame farpado da prisão.

Sinto um calafrio.

O julgamento está chegando ao fim. A apresentação da promotoria levou semanas, mas agora que é a vez da defesa expor seus argumentos, a lista de pessoas dispostas a falar em meu benefício é dolorosamente curta. Gates fez o que pôde:

atacando as falhas na versão de Dekker de todas as formas possíveis. Ele chamou para depor uma série de especialistas em medicina legal, a fim de contestar todos os argumentos da promotoria, desde a enorme janela de tempo para a hora da morte até o fato de que a cena do crime tinha sido contaminada e de que os respingos de sangue indicavam que alguém mais alto e atlético havia desferido os ferimentos fatais.

Ainda assim, Niklas sempre fora nossa maior esperança. Com Juan ainda sumido do mapa, Nik era o único suspeito que podíamos colocar no banco das testemunhas no intuito de mostrar que fazia muito mais sentido que ele fosse o assassino: tinha motivo e teve a oportunidade, além de prática em escalar a varanda de Elise. Durante todo o julgamento, eu me agarrei a esse fio de esperança, rezando para que assim que a juíza o visse — com seu ar presunçoso e debochado, totalmente indiferente ao brutal assassinato da minha amiga —, ela não tivesse opção a não ser pensar duas vezes a respeito de minha culpa.

Eu me aprumo na cadeira, esperando que a máscara caia, que alguma palavra incriminadora escape de sua boca.

— Então, na noite anterior ao assassinato você brigou... desculpe, você teve um ligeiro *entrevero* com a vítima — diz Gates com sarcasmo. — Por quê?

Niklas dá de ombros, indiferente.

— Ela estava com ciúmes de toda a... a atenção que eu atraio. Você sabe como são as garotas. — Ele lança um olhar conspiratório para a juíza, que o fita de volta, impassível.

— Ela não ficou zangada por você ter tentado pingar algumas gotas de ecstasy líquido na bebida dela? — rebate Gates. Niklas se vira de modo brusco para ele novamente.

— O quê?! Não! — Sua expressão torna-se sombria. — Quem disse isso?

— Mais uma vez, temos o depoimento de várias testemunhas no bar...

— Objeção! — Dekker se levanta. — As testemunhas disseram que a srta. Chevalier acusou o sr. Van Oaten de pingar algo na bebida da vítima. Não temos provas de que nenhuma droga tenha realmente sido...

— Retiro o que eu disse. — Gates suspira.

Eu sabia que isso iria acontecer, mas mesmo assim enterro as unhas na palma, frustrada. Eles tinham me avisado que sem testes laboratoriais e amostras do drinque, seria apenas a minha palavra contra a dele.

Como que lendo a minha mente, Niklas olha para mim de novo, com uma expressão fechada, transbordando desprezo.

— Então, sr. Van Oaten — continua Gates. — Você não tentou drogar a vítima naquela noite?

— Não. — Niklas mantém os olhos fixos em mim, furioso.

— Alguma vez ingeriu ecstasy líquido? — pressiona meu advogado.

— Não.

— Nunca? Interessante. E por acaso sabia que esta é uma droga usada por estupradores...

— Objeção! — Dekker se levanta num pulo.

A juíza assente.

— Mantida.

Gates anda de volta até a nossa mesa e folheia alguns papéis.

— Ele está mentindo — murmuro, em pânico, mas ele simplesmente balança a cabeça e faz sinal para que eu fique quieta.

— A vítima rejeitou suas investidas naquela noite, não foi mesmo? — Gates retorna para junto do banco. — Ela o insultou publicamente e o ridicularizou, certo?

Niklas dá de ombros de novo.

— Não foi nada de mais.

— Você não ficou nem um pouco magoado ou zangado? — pergunta meu advogado. — Uma bela garota ridicularizando você na frente dos seus amigos...

— Eu não dei a mínima para a opinião dela. — Niklas está novamente relaxado, a máscara de volta ao lugar.

— Não deu mesmo?

— Você se importaria com o que uma vira-lata pensa? Ou uma barata? — Niklas dá uma risadinha debochada. — Ela era apenas uma piranha americana.

A corte inteira emite um sonoro arquejo, e até mesmo a juíza deixa o queixo cair ligeiramente. Posso imaginar Judy e Charles atrás de mim escutando isso, mas por mais que meu coração doa por eles, sinto uma nova fisgada de esperança. Era disso que a gente precisava.

— Você não deu a mínima para a opinião dela... — pondera Gates. — E quanto ao consentimento?

— Objeção! — Dekker se levanta antes que Niklas possa responder. — Não há provas de que o sr. Van Oaten tenha feito qualquer tentativa de estuprar a vítima. Na verdade, ouvimos depoimentos de que os encontros deles foram totalmente consensuais.

Gates se manifesta também.

— A srta. Chevalier declarou que a vítima estava ficando cada vez mais incomodada com os esdrúxulos fetiches sexuais do sr. Van Oaten... Não é verdade?

— Claro que ela diria isso — interrompe Dekker, bufando. — Peço a Vossa Excelência, meritíssima, que não permita que a defesa continue tentando sujar o bom nome do sr. Van Oaten. Essas alegações não podem ser tratadas de forma tão leviana.

— Sim, sim. — A juíza Von Koppel o interrompe e, em seguida, faz uma longa pausa. Eu espero, apertando a mesa à minha frente, implorando em silêncio para que ela permita que Gates prossiga. Tudo o que Elise me contou a respeito de Niklas na cama: seu jeito dominador, as tentativas de fazê-la implorar, combinam com o perfil de um assassino. Só precisamos pressioná-lo o suficiente.

Após pensar, a juíza solta um suspiro.

— Sinto ter que concordar com o promotor. É especulação. Não temos nada exceto o testemunho da ré a respeito das percepções da srta. Warren. Por favor, passe para o próximo ponto.

Meu coração despenca. *Parem!*, sinto vontade de gritar. *Ele precisa responder essa pergunta. Vocês precisam ver quem é ele!* Mas Gates simplesmente checa suas anotações mais uma vez, calculando seu próximo passo.

— Onde você estava na tarde do assassinato? — pergunta ele, mas sei que acabou. Não conseguiremos arrancar mais nada de Niklas, não com ele mentindo tão descaradamente.

— Em casa — responde de maneira arrastada. — Com o meu pai.

— A tarde inteira?

— Sim.

— Fazendo o quê?

Niklas dá de ombros.

— Não lembro.

— Mas lembra que estava em casa? A tarde inteira?

— Claro.

— Há algo que corrobore sua história? — pressiona Gates. — Câmeras de segurança? Você mora numa propriedade grande... imagino que ela seja equipada com câmeras de segurança e alarmes.

Niklas se inclina na direção do microfone como se isso lhe exigisse um tremendo esforço.

— O sistema estava fora do ar.

— Fora do ar? — repete meu advogado. — Por quanto tempo?

Niklas dá de ombros.

— Não sei.

— Então você não tem como provar...

— Objeção! — Dessa vez, Dekker apenas revira os olhos. — A testemunha já comprovou seu paradeiro na tarde em questão. Temos depoimentos tanto dele quanto do pai.

A juíza observa Gates por cima dos óculos.

— Concordo, por favor, prossiga para o próximo ponto. O senhor tem mais alguma pergunta?

Gates faz uma pequena pausa, mas não há como adiar o inevitável.

— Não. Sem mais perguntas.

A juíza bate o martelo e declara um pequeno recesso. Sinto uma profunda decepção. Após tudo o que passei, achava que Niklas seria a chave — que assim que ele estivesse no banco, tudo seria esclarecido. As drogas, a varanda, a briga. Eles seriam obrigados a ver o quanto ele é louco. O quanto é perigoso.

Fui ingênua em acreditar que isso faria qualquer diferença.

Os presentes se dispersam rapidamente numa onda de conversas e bate-papos. Gates se senta ao meu lado e olha para suas anotações, o rosto sem expressão.

— É isso?! — exclamo, lutando para manter a voz baixa. — As câmeras de segurança deles estavam convenientemente fora do ar na tarde em que Elise foi morta, e nem assim ele é suspeito? Ele pode ser o assassino! — Minha voz falha de tanta frustração.

— O pai proporcionou a ele um álibi. — Gates dá de ombros, impotente.

— Ele pode estar mentindo para proteger o filho!

— Mesmo que esteja, não há nada que possamos fazer. O pai do Niklas é um homem respeitado e influente, que possui ações em empresas de transporte naval, hotéis e...

— É dono de metade da ilha — completo, despencando na cadeira. — Eu sei.

Olho na direção de Niklas, que está se levantando do banco das testemunhas. Ele acena para mim ao passar pela gente e, então, segue ao encontro do pai, um homem grande e louro num terno de grife, acompanhado por vários advogados. Eles sorriem e meneiam a cabeça, visivelmente satisfeitos com o testemunho de Niklas.

Com suas mentiras.

— É assim que a coisa funciona, não é? — murmuro baixinho, vendo tudo com perfeita clareza agora. Por semanas, eu fui perdendo gradativamente a fé na Justiça com cada meia-verdade e insinuação maliciosa de Klaus Dekker, mas agora, o pouco que restava se desfaz por completo. Tudo não passa de uma farsa. — O Niklas e o Tate... os dois são ricos, e podem se safar do que quer que seja. — Dou-me conta. — Eles dizem o que bem entendem para se proteger. E aqui estou eu... — Deixo a frase no ar, pensando em meu solitário advogado lutando contra dúzias de outros; na empresa do meu pai, afundando sob o peso das custas do meu processo; na nova hipoteca que ele foi obrigado a fazer e em todas as novas rugas de preocupação em seu rosto. — Não é uma disputa justa, é?

Gates não responde, apenas tira os óculos e os limpa na gravata, soltando o ar lentamente.

É quando me dou conta... está tudo acabado.

Engulo uma súbita leva de lágrimas. Não é culpa dele. Ele fez o que pôde, mas às vezes, Davi não consegue derrotar Golias — não quando os gigantes têm um exército à sua disposição.

Um barulho nos fundos da sala chama nossa atenção. Nós dois nos viramos.

É Lee, abrindo caminho em meio à multidão, o rosto corado, e com uma expressão determinada. Sua camisa está amassada, e ele dá a impressão de que não dorme há pelo menos uma semana. Não o vejo há alguns dias, mas imaginei que era porque estar aqui na corte lhe traria lembranças dolorosas demais do julgamento da irmã.

— Consegui! — exclama, aproximando-se da nossa mesa.

— Conseguiu o quê? — pergunto, confusa, mas Lee não responde, simplesmente entrega um pen drive a Gates com todo o cuidado, como se fosse um tesouro.

— Está tudo aí, tal como Carlsson falou. — Ele faz uma pausa para recuperar o fôlego, e corre uma das mãos pelos cabelos. — Apenas abra os arquivos. O primeiro é o oficial, com cortes, e o outro, completo.

Gates pega o pen drive e dá um tapinha nas costas de Lee.

— Você conseguiu. — Ele sorri como se não pudesse acreditar.

Lee assente com um menear de cabeça.

— Hora de encostar o filho da mãe na parede.

— Alguém pode me dizer o que está acontecendo? — pergunto de novo. Meu coração bate acelerado, contagiado pela energia deles, mesmo que eu não faça ideia do que causou tamanha mudança. — É alguma prova nova? O que aconteceu? Você conseguiu o quê?

Lee se vira para mim e me oferece um sorriso de felicidade ao mesmo tempo que a juíza retorna para a sala e as pessoas começam a se sentar novamente.

— É uma coisa boa — promete. A juíza Von Koppel bate o martelo para que todos se calem. — É a reviravolta que estávamos procurando.

Não quero me entregar a novas esperanças, mas me sinto empertigada na beirinha da cadeira, esperando pela revelação deles. Após a palhaçada que foi o testemunho de Niklas, precisamos de algo novo — qualquer coisa que vire esse julgamento a meu favor.

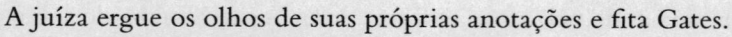

A juíza ergue os olhos de suas próprias anotações e fita Gates.

— Mais alguma testemunha? — pergunta.

— Sim, meritíssima. Como minha última testemunha, gostaria de chamar Klaus Dekker para o banco.

Dekker parece surpreso, mas faz uma cara como quem diz: *Claro, por que não?* Ele segue até o banco das testemunhas e se senta, com uma expressão zombeteira.

Gates espeta o pen drive e abre o vídeo no telão acima.

— O senhor foi o responsável pela investigação desde o começo, não é verdade?

— Sim — responde Dekker, sem rodeios.

— Todas as provas e demais materiais referentes ao caso passaram pelo senhor?

— Tudo. — O promotor assente. — Temos uma cadeia de comando, e eu estou no topo.

— Isso significa que foi o senhor quem decidiu quais pistas averiguar e, na verdade, quais provas apresentar aqui na corte hoje?

— Eu apresentei todas as provas relevantes ao caso, sim. — Dekker franze a testa, como que tentando adivinhar aonde Gates quer chegar com isso.

Ele não é o único. Eu espero, prendendo a respiração e rezando para que esta grande reviravolta seja alguma coisa real e substancial, e não algo que vá ser descartado, como Niklas, Juan e todos os outros argumentos que apresentamos nas últimas semanas.

— Pode me explicar o que é isso? — pede Gates. Em seguida, aperta o controle e um vídeo começa a passar no telão.

Solto o ar, desapontada. Já vimos essas imagens: são da câmera de segurança do mercadinho no final da rua. A data e a hora no canto da tela mostram que se trata da tarde do assassinato. Elise aparece nitidamente, vasculhando como quem não quer nada o corredor de petiscos.

Sentado atrás de mim, Lee se inclina e apoia a mão em meu ombro.

— Espere um pouco — sussurra ele, com uma risadinha.

Gates pausa o vídeo, ainda esperando por uma resposta.

Dekker responde com cuidado.

— É o vídeo do mercado, mostrando a última vez que a vítima foi vista com vida.

— O senhor já nos mostrou essas imagens, eu sei. — Gates sorri. Toda a sua anterior postura de derrota desapareceu. Ele agora parece um tubarão circulando a presa. — Na verdade, o senhor usou este vídeo para estabelecer a hora da morte e provar que Tate Dempsey não poderia ter sido o assassino.

— Isso mesmo. — Dekker agora parece preocupado. Seus olhos se voltam para os fundos da sala, como se estivesse procurando alguém. — A hora da morte dá a ele um álibi, mas não a ela.

— Ao dizer *ela*, o senhor está se referindo à ré, certo?

— Sim, claro — confirma Dekker. Posso perceber que ele está irritado, observando todos cuidadosamente. Sabe do que se trata, do que está por vir. Lee aperta, ansioso, ainda mais meu ombro.

— Como o senhor conseguiu este vídeo?

— Com uma fonte — responde ele. — Um investigador contratado pela família Dempsey.

— Mas este não é o vídeo completo, sem cortes, é?

Segue-se uma pausa. Silêncio. Dekker abre a boca, mas não diz nada.

A juíza se debruça sobre a mesa.

— Detetive?

— Eu... não sei do que o senhor está falando. — Ele está suando, a fronte vermelha e brilhante. Parece culpado, embora por qual crime a gente ainda não saiba. A corte está totalmente quieta, todos esperando por suas próximas palavras.

— Deixe-me lhe mostrar, então — diz Gates, radiante. — Este é o vídeo que o senhor apresentou como prova. — Ele o coloca para rodar novamente. As imagens granuladas, em preto e branco, mostram Elise entrando no mercado e percorrendo os corredores. Ela pega um pacote de batatas fritas e um refrigerante; em seguida, paga e sai. O vídeo termina. — Mas não foi o único que o senhor recebeu, foi? — pergunta meu advogado, em alto e bom som. Dekker permanece em silêncio. — Há também imagens de uma segunda câmera, posicionada do lado de fora do mercado.

Isso é novidade para mim... e todos os demais. Um fervoroso burburinho ecoa pela sala.

Gates aperta o controle e o segundo vídeo começa. A câmera posicionada junto da porta mostra imagens da rua movimentada. Vemos Elise se aproximando e entrando no mercado, mas há também outra pessoa, alguns passos atrás.

Juan.

Inspiro fundo. Mesmo com as imagens granuladas, dá para ver que é ele, com sua camisa de linho e seu cabelo rastafári. Juan vem seguindo Elise, mas quando ela entra no mercado, ele para e fica esperando do outro lado da rua.

Gates pausa o vídeo em Juan observando a loja.

— É este o homem conhecido como Juan? — pergunta.

— Sim — responde Dekker baixinho.

— O homem mencionado como suspeito pela defesa, que a ré contou ter discutido com a vítima e a seguido até a casa no primeiro dia?

Dekker se cala por um momento e, então, responde de forma mal-humorada.

— Sim.

— Neste vídeo, ele parece estar seguindo-a novamente?

Dekker não diz nada.

— Vamos concluir por nós mesmos. — Gates aperta o play.

O vídeo continua. Juan espera na calçada oposta. Elise sai do mercado, apenas uma cabeça loura no quadro. Assim que ela vira para a direita e desaparece da cena, Juan atravessa a rua, aproximando-se da câmera, de nós — e de Elise. Gates congela a imagem antes de ele desaparecer também: uma figura corpulenta seguindo Elise com determinação.

Segue-se um longo silêncio.

Não posso acreditar que durante todo esse tempo eles sabiam do vídeo. Dekker viu essas imagens e tentou escondê-las. Eu sabia que ele me odiava, mas não imaginava que fosse capaz de manipular provas só para me incriminar.

Lee deixa a mão escorregar do meu ombro, mas eu estendo a minha para pegá-la, e a aperto com força. Trocamos um sorriso ofegante e cheio de esperança enquanto Gates se prepara para o ataque.

— *Quando* o senhor decidiu editar este vídeo? — questiona ele.

— Eu... Não foi uma decisão, como está insinuando — gagueja Dekker. — Havia muitas pistas...

— Mas isso prova que Juan foi a última pessoa a ver a vítima com vida.

— Não sabemos...

Gates o interrompe.

— O senhor não apenas optou por ignorar um suspeito crucial como deliberadamente ocultou uma prova que poderia inocentar a minha cliente!

— Eu...

— Por que ignorou esta prova? — pressiona Gates. — Por que insistiu numa acusação injustificada e repleta de buracos contra minha cliente quando sabia muito bem que havia um suspeito muito mais provável de ter cometido o crime?

— Tentamos localizar Juan — argumenta Dekker, sem muita convicção. — Mas não conseguimos encontrá-lo.

— E como o senhor precisava de um suspeito... — alfineta meu advogado. — Alguém para levar a julgamento, para mostrar ao mundo que não era um detetive atrapalhado e incompetente... Assim sendo, escolheu minha cliente, uma jovem sem antecedentes criminais, sem motivo ou histórico de violência...

— Ela a matou... ela poderia...

— O senhor a escolheu para servir de bode expiatório nesta farsa! — conclui Gates com um rugido.

Silêncio. Dekker está encolhido no banco, suando, arrasado. Ele sabe que meteu os pés pelas mãos, e agora todos sabemos também.

— Sem mais perguntas — declara Gates. — A defesa encerra por aqui.

O JULGAMENTO

APÓS DEKKER SER HUMILHADO NO BANCO DAS TESTEMUNHAS, MEU PAI pressiona Gates para que ele entre com um pedido de anulação do julgamento.

— Podemos alegar incompetência e ocultação de provas — argumenta, mas Gates se mantém firme.

— Uma anulação não resolveria o problema — explica ele. — Algum outro promotor poderia montar um novo caso e a gente acabaria de volta no tribunal em um ou dois anos. Eles poderiam, inclusive, impedi-la de voltar para casa até o novo julgamento.

— Ir até o fim com isso é nossa única saída — concorda Lee. — Um veredito de "inocente" conclui a situação de uma vez por todas.

Mas, e se eu não for considerada inocente?, tenho vontade de perguntar. Eles, porém, estão tão confiantes e otimistas que não consigo me forçar a expressar minha dúvida.

— O vídeo muda tudo — repetem eles, com tamanho entusiasmo que me dou conta de quão sinistra era minha situação antes. — Agora temos prova de que Juan estava seguindo a vítima e da perseguição pessoal de Dekker contra você — continuam. — A juíza será obrigada a questionar tudo e ver quão corrupto Dekker realmente é.

Tento permanecer calma, mas o entusiasmo deles é contagioso, como um raio de sol me aquecendo em minha cela escura. Pela primeira vez em cinco meses consigo dormir a noite inteira. E, quando na manhã seguinte sou conduzida até

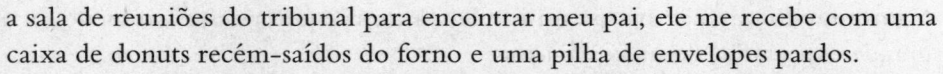

a sala de reuniões do tribunal para encontrar meu pai, ele me recebe com uma caixa de donuts recém-saídos do forno e uma pilha de envelopes pardos.

— O que é isso? — pergunto, dando uma dentada num dos deliciosos donuts açucarados.

— Cartas de resposta de universidades — responde ele com um sorriso. — Chegaram há alguns meses, mas eu não quis te dar esperanças antes que...

Minha mão congela no ar.

— Isso não pode dar azar? — murmuro. Acho cedo demais para pensar no futuro. O julgamento ainda não terminou, e não temos como saber se as coisas darão certo de verdade.

— Gates irá concluir a defesa ainda hoje — diz papai. — Ele acha que nós devemos parar na história do vídeo e não arriscar distrair a juíza com qualquer outra argumentação. Assim sendo, com as alegações finais e algumas últimas moções, o caso provavelmente se encerrará amanhã. — Ele sorri com confiança mais uma vez. — A juíza deverá ter um veredito antes do fim da semana.

Eu despenco na cadeira.

— Assim tão rápido? — Sinto um calafrio.

— Eu liguei e falei com os responsáveis pelas matrículas. Todos concordaram em segurar a sua vaga até o ano que vem se você quiser. E você terá opções. O fundo que criei para seus estudos está seguro — acrescenta ele, um tanto sem graça. — Nunca toquei no dinheiro que sua mãe deixou... — Empurra os envelopes em minha direção mais uma vez e, apesar de todas as minhas células gritarem que isso é uma péssima ideia, que de alguma forma estarei desafiando o destino se olhar, estendo o braço para pegá-los.

Universidade de Chicago. Bryn Mawr. Georgetwon. Smith. USC.

Abro um envelope de cada vez, o papel já rasgado e esperando apenas que eu puxe as folhas lá de dentro.

Parabéns!

Admissões, uma pilha grossa delas. Arrumo-as lado a lado sobre a mesa, ainda me sentindo estranhamente desconfortável. Quando me imaginei recebendo essas cartas, jamais pensei que seria assim. Eu estaria esperando o carteiro na porta de casa, arrancaria a pilha da mão dele e entraria correndo para abri-las, já com o telefone na mão para ligar para Elise.

— Desculpe por tê-los aberto — pede meu pai, me observando com atenção. Posso sentir a felicidade irradiando dele. — Não queria que você se deparasse com nenhuma rejeição.

— Eu entrei — digo baixinho, olhando para os livretos de apresentação, as fotos brilhantes de alunos andando por lindos *campi* universitários gramados.

É um mundo que não me permiti imaginar, ou sequer pensar a respeito, essa grande expectativa do que virá *depois*.

Papai abre um sorriso radiante.

— Sei que você quer experimentar uma das universidades na Costa Oeste — declara, contudo, faço que não.

— A gente pretendia ir junto — digo, alisando a capa do livreto da USC. — Mas não seria correto andar por lá sem ela. — Inspiro fundo. — Além disso, eu quero ficar perto de casa... de você. Prefiro uma na Costa Leste.

O sorriso dele se amplia ainda mais.

— Isso... seria ótimo, querida. Eu adoraria poder estar pertinho.

Faço que sim. Ainda estou olhando para os livretos quando o guarda vem nos chamar. Meu futuro está ali sobre a mesa: um caminho, várias possibilidades, mas somente se eu conseguir sair desse inferno primeiro.

Estou perto. Muito perto.

O JULGAMENTO

ENTRO NO TRIBUNAL NA MANHÃ SEGUINTE SABENDO QUE ESSA SERÁ uma das últimas vezes. Restam agora apenas moções legais e alegações finais para que o julgamento termine e, então, meu destino estará nas mãos da juíza Von Koppel e de suas deliberações frias e louras.

Esperava sentir algum tipo de alívio, mas, em vez disso, quase desejo que ele não termine. O julgamento tem sido a única constante em minha vida nos últimos meses. A princípio, era a luz no fim do túnel que me forçava a aguentar as noites intermináveis na prisão. Agora, sinto certo conforto na rotina diária: me vestir com roupas normais; arrumar o cabelo da melhor forma que consigo com um espelho emprestado; absorver a vista através das janelas escuras da van do presídio enquanto atravessamos a ilha em direção ao tribunal.

Não sou só eu — todos nós recaímos numa espécie de rotina. Papai compra café para a gente no caminho; os pais da Elise se sentam sempre no mesmo lugar, nos fundos, à esquerda, observando fixamente cada testemunha e cada prova apresentada. Até mesmo Dekker tem seus pequenos hábitos e rituais, como o modo como arruma os papéis sobre a mesa num ângulo perfeito antes que a juíza dê início à sessão, e desabotoa o paletó antes de se levantar para interrogar uma testemunha. Sei que parece loucura dizer que algo tão dramático quanto um julgamento por assassinato possa se tornar uma coisa rotineira e trivial, mas é como me sinto agora. E, em pouco tempo, tudo irá mudar novamente.

— Pronta? — Lee me oferece um sorriso encorajador enquanto a juíza assume seu lugar na frente da sala e todos nos sentamos. — Está quase acabando.

Ele não é o único a sorrir. O ar na sala está nitidamente mais leve — todos sabem que estamos prestes a encerrar o caso também, e acho que os repórteres e as famílias estão aliviados por poderem ir logo para casa. Tate, Lamar e todos os outros tiveram que permanecer na ilha durante o julgamento, para o caso de terem que testemunhar. Apenas AK comparece sempre, provavelmente colhendo informações para sua participação especial no *Clara Rose Show*, que todas as noites faz um resumo de como o caso está progredindo. Os demais, porém, se mantêm afastados, e, embora passar um mês confinado em Aruba não seja uma sina tão terrível, sei que devem estar prontos para partir assim que a juíza os liberar.

Sou a única aqui com medo de que tudo termine.

— Senhores advogados? — A juíza bate o martelo pedindo silêncio. Gates se levanta, mas a mesa de Dekker está vazia. Ele não está em nenhum lugar à vista.

Von Koppel franze o cenho.

— Alguém viu o promotor?

Silêncio. Corro os olhos em volta, confusa. Dekker é sempre pontual — durante todo o mês, ele nunca se atrasou, nem mesmo uma vez.

— Vamos tentar encontrá-lo. — Ela não parece impressionada. Faz sinal para que Gates e mais duas outras pessoas se aproximem de sua mesa, e os quatro começam a confabular baixinho.

Eu me recosto na cadeira, nervosa.

— Onde você acha que ele deve estar? — pergunto a Lee e começo a bater com um lápis na mesa, os nervos à flor da pele.

— Vai saber... Talvez ele tenha tido uma crise de consciência e esteja confessando seus pecados — brinca ele, mas faço que não.

— Não brinque. Não é hora.

— Desculpe. — Lee pigarreia. — Já pensou no que pretende fazer? — Inclina-se ligeiramente em minha direção. O cabelo castanho está um pouco mais comprido do que quando o conheci há alguns meses, roçando o colarinho da camisa. — Quando sair daqui, quero dizer. Qual é a primeira coisa na sua lista?

Sinto uma nova fisgada de pânico, como se ele estivesse cutucando o destino com vara curta, mas sei que está apenas buscando me animar. Paro para pensar a respeito.

— Um bom banho — digo por fim. — Quero passar o dia numa banheira. Vou trancar a porta, usar um frasco inteiro de espuma de banho e ficar deitada por horas.

Ele dá uma risadinha.

— Boa ideia.

— E você?

Lee dá de ombros.

— Não sei. Acho que vou voltar para casa e visitar os meus pais.

— Você não vai retornar para a embaixada?

Ele me olha de um jeito estranho.

— Acho que não. Tecnicamente para eles eu estou de folga, mas não acho que serei bem-vindo de volta ao corpo diplomático; pelo menos, não por um tempo.

— Sinto muito — digo baixinho. Lee nunca falou nada, mas sei que tomar parte na minha defesa lhe causou toda espécie de problemas no trabalho, o que só piorou depois que Clara Rose começou a especular sobre o nosso relacionamento.

Ele faz que não.

— Não é culpa sua. De qualquer forma, andei pensando em estudar direito, me tornar um advogado de verdade.

— Você quer dizer resgatar donzelas em perigo de prisões estrangeiras? — Agora sou eu que brinco. — Não é má ideia, você seria ótimo nisso. Mas antes... — preparo um conselho — posso recomendar um corte de cabelo?

Ele ri.

— Olha quem fala.

— Nem me lembre — choramingo, tocando minhas próprias pontas duplas e queimadas de sol. Parece tolice me importar com a aparência quando o resto da minha vida está em jogo, mas descobri rapidamente na prisão que a vaidade é quase uma forma de esperança. Você tenta se agarrar à pessoa que costumava ser, com todas aquelas preocupações fúteis e bobas, porque abrir mão delas seria uma espécie de rendição. — Vou colocar isso na minha lista. Primeiro, o banho. Depois, oito horas num salão de beleza top.

— Acho que você está linda — diz ele, de modo quase tímido. Ficamos nos entreolhando por cerca de um minuto, até que um som alto de passos atrai a nossa atenção. É Dekker, entrando com o braço carregado de papéis e um assistente nos calcanhares.

— Aqui está ele — observa a juíza com frieza. — Acredito que temos algumas moções pré-fechamento para discutir. Vamos nos reunir em minha sala?

— Só um momento, meritíssima. — Dekker larga os papéis sobre a mesa e faz uma pausa para recuperar o fôlego. Em seguida, se vira e me olha com uma expressão tão vitoriosa que o sangue em minhas veias congela. — Gostaria de chamar uma testemunha para o banco.

— O que está acontecendo? — murmuro, ansiosa, mas Gates já está a caminho da mesa da juíza, seguido de perto por Dekker. Eles discutem lá por

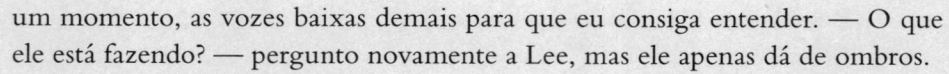

um momento, as vozes baixas demais para que eu consiga entender. — O que ele está fazendo? — pergunto novamente a Lee, mas ele apenas dá de ombros.

— Não sei.

— Ele não pode fazer isso, pode? — insisto. — A promotoria já encerrou; é contra as regras.

— Às vezes, o juiz permite. — Lee mantém os olhos fixos à frente. — Se for importante o bastante...

Deve ser a nova testemunha de Dekker, afinal, após mais alguns minutos de confabulação, Gates retorna para a nossa mesa com uma expressão desanimada.

— Ela irá permitir — avisa. Todos nos entreolhamos, sem saber ao certo o que isso significa. — Tem alguma coisa que eu precise saber? — Gates se inclina ligeiramente em minha direção com uma expressão dura. — Se tem, preciso que me diga agora.

— Eu... Não! — Balanço a cabeça, impotente. — Eu te contei tudo.

Dekker pigarreia.

— Gostaria de chamar Melanie Chang para o banco.

Mel?

Eu me viro e a observo entrar na sala. Ela está usando uma blusa branca com uma saia xadrez, o cabelo preso sob uma faixa azul larga. Mel se senta no banco das testemunhas e ergue a mão para fazer o juramento.

— Anna? — insiste Gates, falando por entre os dentes. — O que ela sabe?

— Nada — repito, mas ele não parece convencido. Vasculho o cérebro, mas nada me vem à mente, nada que garantiria aquele ar confiante a Dekker, como se o julgamento já estivesse ganho. — Ela estava com a galera, mergulhando. Não chegou nem perto da casa naquele dia!

Gates assente com um rápido menear de cabeça e rabisca alguma coisa.

— Vamos ver do que isso se trata — diz ele, voltando novamente a atenção para a frente.

Segue-se um momento de silêncio e, então, Dekker começa.

— Você já testemunhou aqui antes, não é mesmo, srta. Chang?

— Sim.

— Mas entrou em contato com o meu escritório ontem para corrigir tal testemunho.

— Eu... sim. — Mel me fita por um segundo e, então, desvia os olhos.

— Quer dizer que o que nos contou aqui semanas atrás não era verdade?

— Era. Eu só... não contei tudo.

Gates se levanta num pulo.

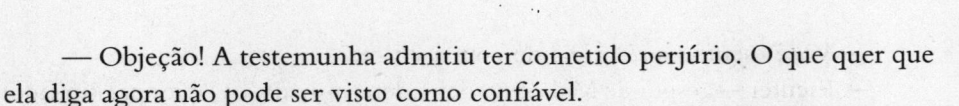

— Objeção! A testemunha admitiu ter cometido perjúrio. O que quer que ela diga agora não pode ser visto como confiável.

— Estou inclinada a concordar. — A juíza Von Koppel olha para Dekker com uma das sobrancelhas levantadas.

— Compreendo. No entanto, dada a gravidade da situação e o fato de que ela renunciou às próprias declarações por livre e espontânea vontade, mesmo sabendo as consequências que terá de encarar, acredito que a srta. Chang deva ser ouvida.

Prendo a respiração até a juíza assentir.

— Por ora, pode prosseguir.

Meu coração despenca. Olho desesperadamente para Mel, mas ela mantém os olhos fixos nas mãos, entrelaçadas sobre o colo.

— Srta. Chang. — Dekker se aproxima gentilmente, falando num tom baixo e encorajador. — O que foi que me disse quando entrou em contato comigo?

Mel ergue os olhos.

— A Anna sabia. Ela sabia que a Elise e o Tate estavam tendo um caso.

Eu congelo.

— Ela diz que não, mas está mentindo — continua Mel, a voz ecoando pela sala. — Ela sabia, e odiava a Elise por isso. A Anna era muito ciumenta, jamais aceitaria uma coisa dessas.

Agarro o braço de Gates.

— Não é verdade — murmuro. — Isso é tudo invenção!

Ele se desvencilha de mim e continua a olhar fixamente para Mel.

— E como você sabe? — instiga Dekker.

— Eu escutei elas discutindo, antes da Elise morrer.

— Mas você estava mergulhando com os outros, do outro lado da ilha.

Mel faz que não.

— Foi no dia anterior, à tarde. Estávamos todos na praia, mas eu voltei em casa e ouvi a discussão. A Anna gritava, enlouquecida. Ela estava aos berros. Eu fiquei por cerca de um minuto, mas não sabia o que fazer, então fui embora.

Faço que não, o coração martelando. É tudo mentira, tudo. Não houve briga nenhuma. Eu e Elise estávamos na casa, verdade, conversando e preparando drinques, rindo por causa de algum vídeo idiota que tínhamos visto na internet. Foi no mesmo dia que voltamos ao bar, a noite em que Elise e eu nos sentamos na areia, e que eu acabei discutindo com a Mel.

De repente, me dou conta. É disso que se trata? Das coisas que falei para ela, sobre ela ser chata e pegajosa? Poderia Mel ser tão maquiavélica a ponto de mentir no banco das testemunhas só para se vingar?

Dekker se vira para a corte.

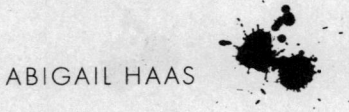

— Você escutou a ré brigando com a vítima?

— Escutei — responde Mel de maneira determinada, os lábios pressionados numa linha fina. — A Anna dizia: "Como pôde fazer isso comigo? Nunca irei te perdoar. Eu vou matar você!"... Coisas desse tipo.

— Eu vou matar você — Dekker faz uma pausa dramática. — Você a ouviu dizer isso? Ameaçar a vítima?

— Ouvi — diz Mel com firmeza. — Foi o que ela disse.

Não posso suportar mais. É difícil respirar, como se alguma coisa estivesse pressionando meu peito. Estendo a mão para Gates mais uma vez, mas ele continua com os olhos pregados à frente.

A juíza interrompe, debruçando-se sobre a mesa.

— Você compreende as consequências de mentir sob juramento, srta. Chang? Ela meneia a cabeça em assentimento.

— Sinto muito. Eu sei que não devia ter mentido antes, eu não queria que as pessoas tivessem uma impressão ruim dela. — Seus lábios tremem, mas há algo de desafiador em sua expressão. — Sinto muito, Anna. — Ela se vira para mim, os olhos marejados. — Eu não queria acreditar que você fosse capaz de fazer uma coisa dessas. Mas preciso contar a verdade.

— Ela está mentindo! — Não consigo me conter. Eu grito, me levantando num pulo. — Não conseguem ver? Ela está mentindo! — Sinto mãos se fecharem em volta de mim, Gates ou Lee, não sei, e luto para me desvencilhar delas. — Por que você está fazendo isso comigo?! — grito para Mel enquanto sou arrastada para fora da sala. — Por que não conta a verdade pra eles?

O FUNERAL

MINHA MÃE MORREU NUMA QUARTA-FEIRA, NA SEMANA ANTERIOR ao Natal.

Em um ano normal, haveria festas e jantares, cartões e luzinhas piscantes, e pequenas coroas penduradas na moldura da lareira. A gente prepararia cookies açucarados e decoraria a árvore escutando canções natalinas e Frank Sinatra. Em vez disso, fiquei sentada ao lado dela na cama, observando-a morrer.

Não foi como nos filmes. Ela não pediu para eu me aproximar e sussurrou palavras inspiradoras — sobre como eu era forte e corajosa, e que estaria sempre comigo — antes de fechar os olhos delicadamente e dar o último suspiro. Não, minha mãe teve uma morte lenta. Zangada. Ela foi se apagando, para em seguida retornar com um arquejo e um gemido, agarrando-se ao mundo material com unhas quebradiças e a respiração chiada. Mamãe cuspia e balbuciava, furiosa por não estar deslizando pacificamente rumo ao esquecimento como lhe haviam prometido. A decisão foi dela, mas, ainda assim, seu corpo lutou contra a morte — traindo-a mais uma vez enquanto ela implorava pelo fim, sem que ele lhe desse ouvidos.

Ela levou o dia inteiro para morrer. Fiquei sentada lá, segurando sua mão fria, observando cada minuto do processo.

— Anna? — A voz soa em meio à escuridão, hesitante. Ergo os olhos, atordoada, e vejo Elise, a silhueta destacada contra a luz que vem do corredor. — Anna, querida, você precisa se aprontar.

Não respondo. Estou sentada de pernas cruzadas no chão ao pé da minha cama, com uma garrafa de vodca pela metade ao meu lado. Não lembro como vim parar aqui, nem quanto tempo permaneci encolhida sob o edredom. Faz alguns dias que mamãe deu seu último suspiro desesperado e deixou este mundo; os dias se passaram num borrão escuro de palavras de empatia, vozes abafadas e estranhos entrando e saindo de nossa casa. Lembro apenas do olhar vidrado de meu pai, do aconchego do meu próprio quarto e da queimação do álcool em minhas veias.

— Vou escolher alguma coisa para você vestir. — Elise arranca a garrafa de minha flácida mão e cruza o quarto para abrir as cortinas. Eu me encolho ao sentir a luz de fora inundar o aposento: um céu de inverno repleto de nuvens cinzentas. — Você comeu alguma coisa? — Ela se agacha ao meu lado. — Anna? Consegue se lembrar quando foi a última vez que comeu?

Olho para ela, sem expressão.

— Certo. Não tem problema. Vou preparar algo. — Elise acaricia meu cabelo delicadamente. — Tem um monte de coisas que as visitas trouxeram. Vai tomando um banho. — Ela me segura pelas axilas e me ajuda a levantar.

Despenco de encontro a ela, apoiando a cabeça em seu ombro. Estou vazia, atordoada demais para tentar qualquer coisa. Elise se mantém firme.

— Vamos lá, Anna. Você precisa fazer isso.

Balanço a cabeça.

— Não consigo.

— Eu sei, mas é só hoje. Você precisa encarar o dia de hoje.

Continuo ali, agarrada a Elise como se ela fosse a única coisa me impedindo de desabar. Talvez seja. A briga que tivemos antes do feriado não tem mais a menor importância — foi imediatamente esquecida assim que descobri que minha mãe planejava abandonar o tratamento. Liguei para Elise no mesmo instante, chorando e hiperventilando, e, em menos de uma hora, ela já estava na minha casa. Dirigimos a noite inteira, dando voltas pela cidade, as luzes de neon desfocadas pelas lágrimas enquanto eu permanecia toda encolhida no assento do carona, tentando entender. Mas não consegui — nem na hora, e nem mesmo agora.

Por fim, Elise se afasta e envolve meu rosto entre as mãos.

— Sei que você não quer fazer isso, mas eu estou aqui, ok? Vou ficar ao seu lado o tempo todo. Não vou a lugar nenhum.

Meneio a cabeça em assentimento.

— Vamos acabar logo com isso, então.

Deixo que ela me conduza até o banheiro e, em seguida, para o chuveiro. Mal percebo Elise tirar a minha roupa, apenas fico ali, atordoada, sob os jatos de água quente, enquanto ela me manuseia como uma boneca, abaixando minha cabeça para passar xampu e depois enxaguar. De volta ao quarto, Elise me obriga a comer um pouco de lasanha direto do Tupperware e, então, me veste — roupa de baixo limpa, uma meia-calça grossa e um vestido preto que ou ela ou meu pai comprou, já que ele estava embrulhado em papel e dentro de uma sacola ao lado da porta. Ela penteia meu cabelo e o prende numa trança úmida de encontro ao meu pescoço, e, em seguida, me maquia com um pouco de base e blush.

Sentir suas mãos suaves contra minha pele é, de certa forma, reconfortante. Como se ela estivesse me reconstruindo, juntando os pedaços quebrados. Pouco a pouco, o torpor causado pela dor e pelo álcool começa a ceder. Eu acordo.

— Pronto — murmura ela, recuando um passo para avaliar seu trabalho.

Olho para o meu reflexo, o rosto pálido, quase tão branco quanto o da minha mãe.

— Estou com cara de quem perdeu alguém.

Elise arregala os olhos e, em seguida, um ligeiro sorriso repuxa os cantos de sua boca.

— Tem razão — concorda ela. — Qualquer um pensaria que estamos indo a um enterro.

Sinto uma risada amarga borbulhar dentro de mim. Estendo a mão para pegar o batom vermelho na beirada da penteadeira e, com movimentos lentos, passo-o nos lábios até eles se tornarem de um vermelho escarlate em contraste com meu rosto branco. Inclino a cabeça ligeiramente de lado, avaliando.

— Melhor assim.

Elise o tira de minha mão e aplica em sua boca também. Para combinar. Em seguida, pressiona os lábios e me fita através do espelho.

— Estou bem aqui — repete mais uma vez, baixinho, pegando minha mão. — Eu não vou te soltar.

E não me solta mesmo. Nem durante a cerimônia, sentadas no banco duro de uma igreja fria. Tampouco durante os pêsames, enquanto os amigos de minha mãe e os membros do grupo de apoio aos sobreviventes me envolvem num cortejo interminável de abraços e palavras de condolências. E nem quando entramos no banco traseiro do carro e seguimos lentamente pelo cemitério em direção a uma cova recém-aberta no topo da colina.

Assim que saltamos do carro, somos recebidas por uma lufada de vento gelado. Vejo meus amigos se reunindo em volta do túmulo: Chelsea, Max, AK, Lamar e Mel, todos com casacos pretos e expressões de simpatia. Mas está faltando um rosto.

— Você falou com o Tate? — pergunto, mal conseguindo me equilibrar nos saltos dos sapatos pretos que ela escolheu.

— Ele ainda está em Aspen. — A expressão de Elise endurece. — Disse que só volta no domingo.

— Não é culpa dele — digo em sua defesa, ainda que sem muita convicção. — É difícil trocar voo nessa época de Festas.

Ela não responde, apenas aperta o cachecol em volta do meu pescoço e afasta uma mecha de cabelo que se soltou da trança e balança diante do meu rosto.

— Está quase terminando — murmura, me guiando até a primeira fileira ao lado do túmulo.

Tem início a segunda parte da cerimônia: *da terra à terra, das cinzas às cinzas, do pó ao pó...* Eu mal ouço as palavras do padre. Em vez disso, penso em Tate. Na verdade, estou feliz por ele não estar aqui para me ver desse jeito. Totalmente arrasada. Uma ferida em carne viva, como se as piores e mais sombrias partes de mim estivessem espalhadas pelo chão congelado ao lado do túmulo de minha mãe, expostas ao mundo. Tate me conhece rindo e feliz, calma e centrada, não essa garota confusa e destruída. Pode parecer besteira, mas quero que continue assim: um ser brilhante e alegre para ele, e não um buraco negro e profundo de pesar.

"Não chore à beira do meu túmulo. Eu não estou lá, eu não dormi."

Ergo os olhos. É meu pai quem está lendo "Immortality", poema de Mary Elizabeth Frye, com uma solitária rosa vermelha na mão. Eles estão baixando o corpo agora, uma descida lenta em direção ao fundo. As palavras me banham como ácido. Solto uma risada penetrante e distorcida.

— Claro que ela tá aí — murmuro, subitamente zangada. — Onde mais ela estaria?

Elise aperta a minha mão ainda mais forte.

"Eu sou o sol nos grãos maduros. Eu sou a suave chuva de outono."

De repente, eu sinto como se não conseguisse respirar. Após passar tanto tempo sentada, dormente, escutando poemas piegas e frases clichês de condolências, não consigo aguentar mais. Estão todos fingindo que isso é uma grande tragédia, um acidente. Como se não tivesse sido a escolha dela. Palhaçada. "Cruelmente arrancada de sua família", dizem eles, mas a verdade é que ela se matou. *Ela* escolheu isso. Mamãe podia ter lutado, ficado comigo mais tempo, mas ela não me amava o bastante.

Nunca amou.

A dor emerge numa avalanche e, com ela, uma raiva que me consome com tanta ferocidade que sinto como se fosse desmaiar.

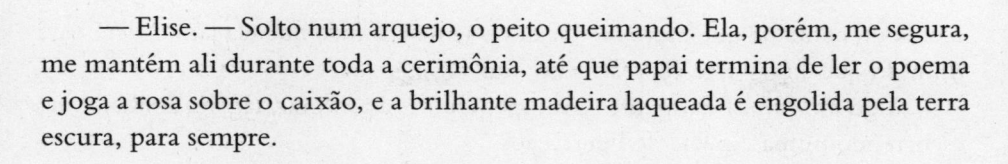

— Elise. — Solto num arquejo, o peito queimando. Ela, porém, me segura, me mantém ali durante toda a cerimônia, até que papai termina de ler o poema e joga a rosa sobre o caixão, e a brilhante madeira laqueada é engolida pela terra escura, para sempre.

Voltamos para casa em silêncio, sentadas no banco traseiro do carro. Papai convidou mais gente para ir conosco, a fim de "celebrar a vida dela", diz ele, mas eu já fiz a minha parte. Chega. Subo correndo para o quarto e vou direto pegar o frasco de remédios vendidos com receita que escondi na gaveta. Eu os roubei do quarto de minha mãe antes de os médicos fazerem uma limpa. Despejo um e, em seguida, outro na palma da mão. Eles são pequenos e brancos, e doces em contato com a língua.

Escuto um barulho. Ergo os olhos rapidamente, mas é só Elise. Ela está segurando uma garrafa de uísque.

— Você não me esperou para começar — reclama, chutando os sapatos de lado. Em seguida, estende a mão e eu lhe entrego o frasco de remédios. Ela lê o rótulo. — Frontal. Boa escolha. — Mete um na boca e solta um suspiro. — Quando eu morrer, quero uma festa de verdade. Nada dessa baboseira de poesias e choramingos. — Senta na cama e se recosta nos travesseiros. Apago a luz do teto e me acomodo ao lado dela, de modo que ficamos ali, juntas, iluminadas apenas pelo brilho suave do abajur.

Afundo nos travesseiros e solto o ar com força.

— Não fale assim.

— Sobre o quê? Morte? — Elise se apoia num dos cotovelos e me fita de cima para baixo. — Muito cedo?

— Demais.

— Cedo demais. É... isso não faz o menor sentido.

— E alguma coisa faz? — Sinto o remédio começar a fazer efeito, o suave formigamento se espalhando por minhas veias. Elise estende a mão e acaricia meu rosto, traçando os dedos pela minha bochecha. Meu nariz. A linha do maxilar. Sorrio, aliviada por tudo isso ter acabado; por ela estar aqui, tal como prometeu. — Diga que eu vou ficar bem — peço, sentindo-me cada vez mais aérea. — Diga que essa tristeza vai passar.

— E vai. — Elise se enrosca ao meu lado, a cabeça apoiada no travesseiro a poucos centímetros do meu rosto. Olho no fundo dos olhos dela, para a promessa que vejo ali. — Você vai ficar bem.

Sei que ela tem razão, mas, de alguma forma, isso me deixa ainda mais triste. Eu passei anos perdendo minha mãe aos poucos, desde o primeiro diagnóstico, e me dou conta de que parte da dor deve-se mais à mãe que ela jamais será para mim do que a mãe que ela realmente foi.

Algo em mim finalmente se rompe. Começo a chorar, lágrimas silenciosas escorrendo numa espécie de libertação.

— Eu não vou conseguir — murmuro, agarrando Elise. — Não. Não vou. Ela me deixou. Ela podia ter ficado e lutado, mas, em vez disso, desistiu. Talvez se eu tivesse sido uma filha melhor...

— Não. — Elise me interrompe com um beijo nos lábios, doce e suave. Em seguida, envolve meu rosto e me encara sem piscar. — A culpa não é sua. É dela. Toda dela.

Inspiro o ar com dificuldade.

— Você não vai me deixar, vai? — pergunto, com um quê de desespero na voz.

— Nunca. — Elise seca as lágrimas do meu rosto e me dá um selinho novamente. — Eu sou sua e você é minha. Para sempre.

— Para sempre — repito, me aconchegando a ela enquanto sinto o doce chamado do sono. Está escuro e estou segura em seus braços. Beijo-a de volta, esperando que a dor, enfim, desapareça.

RECESSO

ELES ME LEVAM DE VOLTA PARA A TAL SALA DE REUNIÕES APÓS O testemunho da Mel, e ameaçam me algemar de novo se eu não me acalmar.

— Ela vai ficar bem. — Escuto Gates tranquilizar o guarda, mas não consigo me concentrar; não consigo parar de tremer. Eu me afasto deles e começo a andar de um lado para o outro no pequeno aposento. Estava tão perto de acabar, quase lá, e agora está tudo arruinado.

Lee se aproxima e faz menção de me entregar uma garrafa de água, mas eu a afasto com um safanão.

— É mentira — repito mais uma vez, a voz chorosa e arranhada. — A Mel nunca aceitou que a Elise preferisse estar comigo. Ela odiava o fato de sermos tão amigas, de não precisarmos dela. — Olho para Gates e para meu pai, mas eles estão congelados, olhando para outra direção. — Aposto que estava tramando isso o tempo todo. — Minha voz se eleva em desespero. — Para se vingar por todas as coisas que eu disse. Não é verdade. Vocês precisam acreditar em mim! — grito. — Nada disso é verdade!

Não acredito que Mel esteja fazendo isso comigo. Não se trata de uma simples briguinha de escola, uma disputa pela melhor amiga ou por convites para festas. Esse é um caso de vida ou morte, meu futuro inteiro está em jogo, e é a palavra dela contra a minha.

— A empregada. — Lembro-me de supetão, parando de andar. Eu me viro para eles e fecho as mãos nas costas de uma das cadeiras. — Ela estava lá, na casa, comigo e com a Elise. Ela pode testemunhar, dizer que não houve briga nenhuma.

Gates troca um olhar com o meu pai.

— Que foi? — pergunto. — É verdade. Ela aparecia todos os dias. Qual era mesmo o nome dela? Marta? Maria? Onde ela está? Precisamos fazer ela testemunhar. Ela pode confirmar o que eu estou dizendo!

— Marta e a família se mudaram da ilha — explica Gates lentamente.

— E daí?! — grito de novo. — A juíza pode obrigar a vir, não pode? Forçar ela a testemunhar.

Gates e papai trocam outro olhar e, então, meu advogado suspira.

— Eles se mudaram para os Estados Unidos, para trabalhar para os Dempsey.

Eu paro.

— Como assim?!

— Foi um suborno — explica ele. — Aconteceu antes do Tate fechar o acordo. Lembre-se, ele era suspeito também. Ela deve tê-lo visto com Elise, algo que eles queriam esconder a todo custo. Eles ofereceram a ela um trabalho. Provavelmente um visto de permanência e uma casa também.

— Mas... isso não significa que ela não possa testemunhar — retruco, desesperada. — Ela estava lá. Pode dizer a eles que a Mel está mentindo.

Gates faz que não.

— Mesmo que a juíza a force a voltar, a palavra dela não terá valor. Dekker irá alegar que parte do suborno foi para ela mentir a respeito do que viu.

— Mas *nós* não subornamos ela! — berro. — Os Dempsey fizeram isso!

— Não fará a menor diferença.

Agarro a cadeira e a jogo nos fundos da sala. Ela bate contra a parede com um guinchar de metal.

— Mas não é verdade! — Solto num arquejo, sentindo uma nova pressão no peito. — Nada disso é verdade!

Despenco no chão, chorando incontrolavelmente. Como Mel pôde fazer uma coisa dessas — se sentar lá e mentir desse jeito? Ela sabia o que isso significaria para mim, que eu passaria o resto da vida na cadeia por conta de uma mentira inventada por despeito. Sugo o ar com força, tremendo. Em algum recanto da mente, percebo uma batida à porta. Gates vai atender, mas meu pai não se mexe, continua parado no lugar, do outro lado da sala.

Não sei quanto tempo fico ali encolhida, chorando, até que por fim os soluços cedem, me deixando com nada além de uma torturante dor de cabeça e a garganta seca e dolorida. Lee se agacha ao meu lado e me oferece a garrafa de água de novo. Dessa vez, eu aceito.

A porta se abre. Gates retorna.

— Vamos pedir um recesso até amanhã? — sugere Lee, mas Gates faz que não. Meu advogado pega a cadeira que eu joguei longe e a coloca de volta no lugar. Em seguida, se senta.

— Anna...

Ergo os olhos, mas não me levanto do chão.

— Acabei de falar com Dekker — diz de maneira pausada. — Ele está disposto a fazer um acordo.

Congelo.

— Que tipo de acordo? — pergunta meu pai.

— Homicídio culposo — responde meu advogado, soltando o ar lentamente. — Dez anos, mas você conseguiria sair em condicional em oito.

Silêncio.

Corro os olhos pela sala. Gates parece aliviado. Meu pai continua olhando para o chão. Lee está pensativo

— Por que ele faria isso? — pergunto por fim. — Depois do que a Mel disse, por que ele me ofereceria um acordo?

— Por vários motivos. — Gates não consegue evitar sorrir, como se isso fosse uma coisa boa, como se estivesse aliviado. — Mel mentiu no primeiro testemunho. Talvez ele não queira arriscar a possibilidade de a juíza ignorar este segundo. Além disso, tem o vídeo do Juan. Dekker estava tentando condená-la por assassinato em primeiro grau, e para isso precisa provar que você teve intenção de matar, que planejou tudo.

— Mas eu não matei ela!

— É um bom acordo — retruca. — Melhor do que eu achei que a gente conseguiria.

Tento pensar, deixar o desespero de lado e ver a situação com clareza. Homicídio culposo. Uma alegação de culpa.

— Para isso eu teria que confessar que matei a Elise — digo, dando-me conta do que isso significa. — Eu teria que assumir a autoria do crime.

— Homicídio culposo é quando não há intenção de matar — rebate Gates rapidamente. — Você não planejou o crime. Vocês brigaram, e você perdeu o controle. Um crime passional.

— Mas eu não fiz isso. — Olho para eles, suplicante. — Eu não matei ela.

— Sei que é muita coisa para digerir. — O tom de Gates é gentil. — Mas é uma oferta por tempo limitado. Dekker quer resolver esse assunto antes que a juíza nos convoque para as alegações finais.

— Preciso decidir agora?

— Sinto muito. — Ele me fita como que se desculpando. — Sei que é pouco tempo para pensar, mas é um bom acordo.

— Como pode dizer uma coisa dessas?! — grito. — Isso significa prisão! Eu seria condenada, e voltaria pra lá por anos!

Minhas palavras reverberam pela sala. Gates desvia os olhos.

— Você acha que eu deveria aceitar? — Meu peito aperta.

Ele suspira.

— Acho. Muitas das provas são circunstanciais, mas a situação não é boa. O caso entre Tate e Elise, o testemunho da Mel...

— Ela está mentindo! — repito.

— Ainda assim, você quer arriscar? — Ele se debruça sobre a mesa, solene. — Se a juíza a condenar por assassinato em primeiro grau, você vai pegar no mínimo 20 anos. Vinte anos. Pelo menos... dessa forma você sairia antes. Teria uma chance de reconstruir sua vida depois.

Depois.

Engulo outro soluço.

— Pai? — Minha voz treme. — Não sei... não consigo pensar direito. O que você acha que eu devo fazer? Me fala.

Meu pai engole em seco e, por fim, olha para mim.

— Gates está certo, querida — diz ele, baixinho. — Você deveria aceitar o acordo.

As palavras são ditas de modo suave, mas me rasgam por dentro como facas. Olho para ele, atônita, e então percebo um rápido lampejo em seus olhos. Ele tenta esconder, porém tarde demais. Eu vi.

Papai não acredita na minha inocência.

Meu coração se parte em mil pedaços.

— Oito anos não é tanto tempo. — Ele se aproxima de mim, tentando encobrir sua traição. — Você sairia com 25 anos. Ainda seria jovem. Poderia reconstruir sua vida, fazer o que bem quisesse.

— Mas eu não matei ela. — Minha voz soa fraca e cansada. Não consigo me mover, nem sequer um dedo. Ele se senta ao meu lado no chão. — Eu não...

— Sinto muito, querida. — É tudo o que ele consegue dizer. Papai me abraça e, por um momento, volto a ser uma criança aconchegada em seu colo. Tal como era antes de tudo mudar, antes das longas noites no escritório ou em quartos de hospital. Antes de eu me ver aqui, olhando para o abismo negro de anos na cadeia, perdendo minha juventude, trancafiada naquele lugar terrível.

— Sinto muito, muito mesmo.

OITO ANOS

EU IRIA PARA UMA FACULDADE, EM ALGUM LUGAR ENSOLARADO E distante.

Eu iria cursar cinema, estudos de gênero, literatura e filosofia antiga.

Eu iria fazer um intercâmbio em Praga, e perambular por suas pontes douradas. Tomar café em pequenas cafeterias e flertar com garçons gatinhos.

Eu iria aprender a surfar, a digitar sem precisar olhar e a trocar um pneu furado.

Eu iria experimentar um corte com franjinha, delineador escuro, e usar batom vermelho com ponchos xadrez.

Eu iria me apaixonar novamente.

Eu iria viajar pelo meu país, me hospedar em pousadas baratas e colecionar cartões-postais de cada estado.

Eu iria ver o mundo.

Eu iria me mudar para o meu próprio apartamento e decorá-lo com peças baratas encontradas em brechós. Tomaria chá à tarde num conjunto de porcelana chinesa com peças desiguais, em um espaço só meu.

Eu iria ficar sozinha numa cidade estranha onde ninguém soubesse meu nome.

Eu iria terminar de ler *Grandes esperanças*.

Eu iria marcar outra noite de macarronada com meu pai na cozinha da nossa casa.

Eu iria assistir *The Rocky Horror Picture Show* numa sessão à meia-noite com uma multidão vestida a caráter.

Eu iria adotar duas gatas e as chamaria de Eleanor e Marianne.

Eu iria trabalhar como voluntária no hospital do câncer, no setor de cuidados paliativos.

Eu iria lutar por uma causa.

Eu iria cultivar temperos em vasos de barro do lado de fora da janela da cozinha.

Eu iria escrever algo que as pessoas gostariam de ler. Talvez sobre o amor.

Eu iria beijar toneladas de garotos.

Eu iria ficar acordada a noite inteira conversando, sabendo que tudo era apenas o início.

Eu iria me casar com um vestido branco tomara que caia e o véu da minha mãe.

Eu iria me formar no colégio com direito a beca e chapéu.

Eu iria dançar em centenas de shows de rock, ensopada de suor.

Eu iria passar um verão viajando como mochileira pela Europa.

Eu iria cantar todos os dias, acompanhando o rádio.

Eu iria mandar consertar minhas botas antes do outono.

Eu iria comprar aquele cinto vermelho que vi na loja.

Eu iria assistir a todos os shows que deixei no meu aparelho de DVD.

Eu iria passar um Natal em Nova York vendo a neve cair.

Eu iria conseguir um A no meu trabalho de história.

Eu iria comprar um carro novo como presente de formatura.

Eu iria deixar meu pai orgulhoso.

Eu iria começar tudo de novo.

Eu iria ser corajosa, gente boa e ousada.

Eu iria amá-lo para sempre.

Eu iria segurar a mão dela até o último suspiro.

AGORA

DIGO A ELES QUE NÃO.

Oito anos é tempo demais. Um ano mais neste inferno já me destruiria, porém, mais do que isso, não posso alegar culpa. Não vou assinar um acordo e dizer que a matei, não quando passei tanto tempo lutando para limpar o meu nome. Vou arriscar a decisão da juíza, e confiar nas falhas do Dekker.

Prefiro me matar a voltar para a cadeia. Preciso tentar a liberdade.

É tudo ou nada.

ALEGAÇÕES FINAIS

PROMOTORIA:

— ELISE WARREN ERA A LUZ NA VIDA DOS PAIS. UMA GAROTA DOCE E divertida que adorava estar com os amigos, fazia trabalhos voluntários, participava de atividades extracurriculares e clubes escolares. Aluna nota A, ela poderia ter tido o futuro que quisesse. Elise, porém, jamais poderá viver esses sonhos, porque sua vida lhe foi arrancada brutalmente numa agressão furiosa. Na tarde do dia 20 de março, ela foi atacada em seu quarto enquanto se preparava para encontrar os amigos. Não foi um acidente ou uma morte rápida, não; vocês ouviram o testemunho dos especialistas sobre a maneira como Elise foi esfaqueada 13 vezes no peito e na barriga com uma faca de cozinha, e depois deixada para morrer numa poça de seu próprio sangue. Ela morreu lutando para respirar, sentindo a vida e seu brilhante futuro escorrerem por entre os dedos enquanto sangrava lentamente até a morte.

"A defesa tentou lançar a culpa pelo assassinato em qualquer um que não na mulher sendo julgada aqui hoje. Meu colega lhes disse que foi um arrombamento malsucedido, que alguém escalou a parede dos fundos da casa em plena luz do dia e, ao se deparar com Elise, em vez de se virar e fugir, ou simplesmente nocauteá-la, essa pessoa pegou uma faca e a matou. No entanto, um caso de homicídio não se baseia em teorias, e sim em provas. E as provas apontam para uma única pessoa: a ré, Anna Chevalier.

"Os especialistas testemunharam que os ferimentos fatais foram resultado de um ataque passional, feitos por alguém que provavelmente conhecia a vítima. As impressões digitais da ré foram encontradas na arma do crime. Havia amostras de DNA e cabelo dela próximo ao corpo. E, como vocês ouviram no decorrer das últimas semanas, a ré não só tinha motivo como um histórico de comportamento violento, o que faz com que a morte de Elise Warren soe como uma inevitabilidade trágica.

"Vocês ouviram que a vítima estava tendo um caso secreto com o namorado da srta. Chevalier, e que a ré entrou num surto de ciúmes ao descobrir a verdade, que brigou com ela e ameaçou matá-la. Agora, ameaças são uma coisa, mas descobrimos que a ré possui um longo histórico de explosões fisicamente violentas. Repetidas vezes ela se lançou sobre pessoas à sua volta, infligindo sérios danos físicos. Além disso, a ré não possui álibi para um determinado período da tarde do assassinato, e chegou a mentir para a polícia sobre seu paradeiro na tarde em questão. Essas mentiras solapam tudo o mais que ela lhes contou durante este julgamento. Como então acreditar em uma palavra sequer do que ela disse? A srta. Chevalier nega que tivesse conhecimento da traição, mas sua amiga testemunhou tê-la escutado brigando com a vítima por conta disso. Nega ter coagido o namorado a lhe proporcionar um álibi para a tarde do crime, e chegou até a tentar culpar a vítima por seu comportamento selvagem e temerário, quando os outros amigos testemunharam que a srta. Warren era uma cidadã e aluna exemplar antes de se tornar amiga da srta. Chevalier.

"Como vimos desde o assassinato e durante o julgamento, a ré demonstra uma carência preocupante de responsabilidade. Nos dias que se seguiram ao crime, ela foi vista rindo e brincando com o namorado e, na verdade, poucas horas após a descoberta do corpo, parecia mais preocupada em comprar um refrigerante do que com o fato de que sua melhor amiga estava morta. Essas são as características de um assassino frio, que agrediu a vítima num ataque premeditado instigado por ciúmes e ódio. Esta é uma mulher que merece pagar, tanto pela vida que roubou quanto pelas mentiras que contou.

"Uma jovem está morta. Nada pode trazê-la de volta, mas a justiça precisa ser feita. Assim sendo, peço que façam justiça, tanto para os pais e amigos de Elise, quanto para sua memória. Condenem a ré, e lhe concedam a pena máxima por seus crimes."

DEFESA:

— JUSTIÇA. O PROMOTOR GOSTA MUITO DE FALAR SOBRE ISSO, COMO se perseguir uma adolescente inocente por um crime que ela não cometeu pudesse ser justificável. O fato é que Klaus Dekker conduziu mal este caso desde o início. Ao atender o chamado de emergência, a polícia encontrou vidro quebrado dentro do quarto, indicando um arrombamento. Os amigos da vítima testemunharam que Elise foi assediada por dois homens nos dias que precederam o crime: Niklas van Oaten e o ambulante conhecido apenas como Juan, que tinha registros criminais por roubo e arrombamento. Em vez de investigar tais suspeitos, Dekker elaborou uma teoria fantasiosa sobre o crime, decidindo que a ré, uma jovem sem antecedentes criminais e sem um histórico real de violência associado a seu nome, tinha, de alguma forma, planejado matar sua melhor amiga, uma garota que considerava mais próxima do que uma irmã.

"Vocês viram até que ponto Dekker chegou para provar essa tão chamada teoria: manipulando provas para ocultar a espreita de Juan e colocando pessoas no banco das testemunhas para contradizerem seus depoimentos anteriores. Ele quer que vocês avaliem as provas deste caso. A verdade é que as provas contra minha cliente são puramente circunstanciais. Devido à falha da polícia em preservar o corpo, a hora exata da morte ainda é desconhecida. Nenhum sangue foi encontrado na ré ou em suas roupas. Várias outras impressões digitais foram encontradas na faca, inclusive a do namorado dela, Tate Dempsey, e de outros que estavam hospedados na casa. O quarto era facilmente acessível pela praia, e várias outras pessoas sabiam como entrar.

"Quanto ao comportamento da ré após o assassinato... Está claro que Anna Chevalier estava em choque. Vocês ouviram o testemunho de psicólogos especializados sobre os efeitos do estresse pós-traumático, e como a reação ao luto pode se manifestar de forma tardia dependendo da pessoa. Ver a melhor amiga deitada em meio a uma poça de sangue foi uma experiência profundamente traumática para a ré, apenas piorada pelos interrogatórios agressivos que sofreu nas mãos do promotor. Em seu testemunho aqui na corte, Anna mostrou que é uma jovem carinhosa e empática que permaneceu inacreditavelmente forte perante sua prisão. O promotor tentou pintá-la como uma assassina fria, de alguma forma sexualmente obcecada pela vítima. Ele lhes mostrou fotos e incidentes isolados para tentar montar seu caso, mas tudo não passa de calúnias sem base alguma. Qualquer um de nós poderia parecer um monstro com leituras seletivas de nossa história, mas para cada foto que ele lhes mostrou fora de contexto, posso mostrar outra que corrobora o que estou dizendo da ré: uma jovem carinhosa, inteligente e atenciosa que já havia encarado com bravura outra perda trágica em sua vida, a morte da mãe. Essa é a verdadeira Anna Chevalier, não a perigosa garota selvagem e rebelde que o promotor quer fazê-los acreditar.

"A lei diz que minha cliente só pode ser condenada se não houver nenhuma dúvida razoável. Mais uma vez, mostramos que essas dúvidas existem: tanto na falta de provas que comprovem o caso da promotoria quanto no suposto motivo da srta. Chevalier para cometer o crime. Condená-la agora seria uma tragédia tão grande quanto o assassinato de Elise Warren, pois tal como esta última perdeu sua vida, o mesmo aconteceria com a ré caso ela fosse mandada de volta para a prisão a fim de passar décadas pagando por um crime que não cometeu. A justiça exige que ela seja inocentada. As *provas* exigem que ela seja inocentada. Coloco a vida dela em suas mãos, e lhes imploro que façam a coisa certa. Obrigado."

ESPERA

A JUÍZA NÃO RETORNA COM UM VEREDITO NO MESMO DIA, NEM NO seguinte. Eu me levanto todas as manhãs e deixo a prisão rezando para que seja a última vez, e então passo o dia na sala de reuniões do tribunal andando de um lado para o outro, aguardando, nervosa, por notícias. Gates e Lee juram que isso é uma boa coisa, que significa que ela está analisando com cuidado cada pequeno detalhe do caso, mas não vou me deixar levar por falsas esperanças.

— Ela pode ter tomado a decisão já no primeiro dia — digo para eles. — E estar em sua sala agora colocando em dia os filmes que deixou de ver ou lendo revistas de fofocas.

Lee me olha de cara feia.

— Sei que é difícil esperar — observa ele. — Mas é um bom sinal que ela esteja levando tanto tempo. Nós sempre soubemos que o caso do Dekker era fraco, e agora ela pode constatar por si mesma.

Solto um suspiro.

— Eu sei, é só... E se...?

— Não faça isso — interrompe ele. — Você só precisa manter a fé.

Eu o encaro. Encaro olhos castanhos muito calmos e confiantes. Lee é a única pessoa que ficou do meu lado o tempo todo — apesar das mentiras e de todas as coisas terríveis que as pessoas disseram a meu respeito.

— Como você pode continuar acreditando em mim depois de tudo que ouviu? Nem eles... — digo baixinho. Gates e meu pai estão no celular, absortos em duas conversas diferentes sobre processos legais e nossa chance de mudar o

veredito caso seja necessário. Apesar de toda a demora, sei que eles ainda esperam que a juíza me condene. Talvez até pensem que eu mereça isso.

Lee se aproxima mais um pouco.

— Eu conheço você — rebate ele no mesmo tom. — Sei que é uma boa pessoa. E mesmo que alguma coisa dê errado, não será o fim. Podemos apelar — lembra. — Fazer com que as provas apresentadas por Dekker sejam recusadas. Estarei com você para o que der e vier.

Eu quero acreditar nele. Afinal, ele tem estado comigo o tempo todo, mas não sou a irmã dele — não posso voltar para a prisão e manter a esperança por anos a fio. Não sou tão forte.

As horas passam sem nenhuma notícia. Até que, pouco antes das quatro, escuto uma batida à porta. Todos nos levantamos num pulo. Um guarda pede a Gates que o acompanhe; ele sai, acenando com a cabeça para mim ao passar.

— Ai meu Deus! — Inspiro fundo. Meus nervos estão à flor da pele, meu estômago embrulhado. — Chegou a hora.

Lee pega minha mão e a aperta. Gates, porém, retorna logo em seguida, fazendo que não.

— Não era isso — diz. — Tem alguém aí fora que quer vê-la. — Faz uma pausa, incomodado. — Tate Dempsey quer falar com você.

Tate.

Eu pisco. Meses de silêncio. Tantas cartas e nenhuma resposta, e *agora* ele quer me ver?

— Você não precisa aceitar — explica Lee, mas descarto a sugestão com um balançar de cabeça.

— Eu... tudo bem — respondo, subitamente calma. — Pode deixar entrar.

Gates faz sinal para alguém no corredor. Meu pai se levanta e pigarreia.

— Bem... vamos te dar um pouco de privacidade.

Eles saem. Lee, porém, se demora mais um pouco.

— Tem certeza? — pergunta. — Posso ficar se você quiser...

Ele para de falar ao ver Tate entrar na sala.

Ergo os olhos, quase com medo de olhar para ele depois de todo esse tempo. Mas ali está Tate, com a mesma aparência de sempre: perfeitamente vestido numa camisa de botão e uma calça escura, o cabelo louro e bagunçado. Para ao lado da porta e se recosta na parede de maneira um tanto desajeitada, com as mãos nos bolsos. Por fim, deixo meus olhos focarem seu rosto.

Meu Deus, como eu amava esse rosto.

— Tá tudo bem — digo baixinho para Lee. — Juro.

Ele assente com um menear de cabeça.

— Qualquer coisa, estou aqui fora — avisa, passando por Tate e fechando a porta ao sair.

Silêncio.

Observo Tate esfregar os tênis impecavelmente limpos no chão, olhando para todos os lados, menos para mim. Por fim, solto um suspiro.

— O que você quer?

Ele se aproxima alguns passos e, então, para.

— Posso...?

— Sentar? — Chega a ser quase engraçado que ele se incomode em perguntar. — Claro. Faça como quiser.

Ele se senta lentamente numa das cadeiras dobráveis de metal e inspira fundo. Uma, duas vezes.

— Como você está? — pergunta.

Meu queixo cai. *Tá falando sério?*

— Ótima — respondo, sarcástica. — Exceto por esse lance de assassinato pairando sobre a minha cabeça.

Ele parece se encolher.

— Por Deus, Anna, sinto muito. — Estende a mão para pegar a minha, mas eu a puxo antes. — O acordo não foi ideia minha, juro. Mas meus pais disseram que eu tinha que aceitar. O Dekker estava de olho em mim, eles disseram, e eu com certeza acabaria indo a julgamento. — Tate me fita com um olhar suplicante naqueles olhos azuis que eu conhecia tão bem. — Não tive escolha.

— Claro que você tinha escolha! — revido. — Eu estou aqui por sua causa. Você me entregou pra se safar... você me traiu!

Ele deixa a cabeça pender.

Luto para manter a calma. Dou-me conta de que não há nada que eu possa dizer. Nada. Ele foi fraco e egoísta, e me decepcionou de todas as maneiras possíveis. Mas o que mais Tate poderia fazer? Ele sempre quis ser um exemplo: o filho perfeito, o melhor namorado. No fim, Elise estava certa. Toda aquela perfeição acabaria por desmoronar em algum momento.

Engulo em seco, reunindo forças.

— Quando foi que começou? — pergunto baixinho. — Você e a Elise. Por favor, me diga.

Ele levanta a cabeça de modo relutante.

— Anna...

— Você me deve isso.

Tate desvia os olhos novamente.

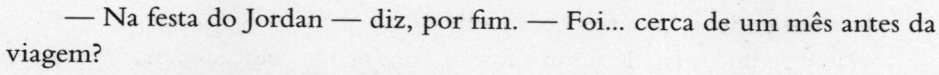

— Na festa do Jordan — diz, por fim. — Foi... cerca de um mês antes da viagem?

Faço que sim. Eu lembro.

— Meus pais estavam em cima de mim para que eu começasse um estágio ou trabalhasse como voluntário em alguma coisa, e... eu só queria esquecer tanta pressão. Você estava em casa, doente e... eu acabei no gazebo da casa do Jordan com a Elise e uma garrafa de tequila.

Mesmo depois de tanto tempo, escutar isso dói. Luto contra a imagem dos dois juntos, esparramados, rindo. A troca de olhares que acabou virando outra coisa.

— Mas, por quê? — pergunto. — Não entendo. Você disse que me amava.

— E amava mesmo. — Tate assume uma expressão de desamparo. — Simplesmente... aconteceu.

— E continuou acontecendo.

Pelo menos ele tem a decência de parecer envergonhado.

— Você conhecia a Elise, sabe como ela era. Ela fazia a pessoa viver... como se tudo fosse perigoso, arriscado. Como se você fosse o centro de tudo, entende?

Entendo.

Ele para e começa a brincar com um pedaço de cutícula solta.

— Ela disse que queria saber... como era pra você. Como era estar comigo.

Um barulho vindo da porta nos interrompe. Gates aparece.

— Está na hora — avisa ele. — Ela chegou a um veredito.

Deus do céu!

Eu me levanto, sentindo as pernas bambas.

— Anna... — Tate ergue os olhos para mim. — Sinto muito. Eu precisava te dizer isso. Nunca quis que nada disso...

— Eu preciso ir — interrompo. Atravesso o corredor com Gates e meu pai em direção à sala da corte. O guarda nos acompanha em cada passo do caminho.

— Está tudo bem, querida — diz meu pai, mas a voz soa fraca e hesitante. Ao alcançarmos a porta, dou-me conta subitamente do que está me aguardando, e minhas pernas falham.

Minha liberdade, ou o fim da minha vida.

A mão de alguém em minhas costas me incita gentilmente a entrar na sala. Caminho totalmente atordoada até a mesa e me sento uma última vez. Dekker já está em seu lugar, com uma expressão confiante e presunçosa.

— Pai? — murmuro, em pânico, mas ele não escuta. Papai está com os olhos fixos à frente, um dos pés batendo no chão num ritmo descompassado.

A juíza entra e assume seu lugar. Ela nos fita por cima dos óculos de aros finos e dourados.

— A ré pode se levantar, por favor?

Não sei como, mas, de alguma forma, consigo me colocar de pé. Meu corpo inteiro treme, e o sangue pulsa em meus ouvidos. Tento encontrar alguma pista em seu rosto, mas a expressão dela é absolutamente impassível. Não seria de se esperar que ela sorrisse para mim? Que me desse algum tipo de sinal se o veredito fosse bom?

— Analisei todas as provas apresentadas, e cheguei a um veredito em relação ao caso da promotoria versus Anna Chevalier.

A voz da juíza ecoa pela sala totalmente silenciosa.

— Com respeito à acusação de assassinato em primeiro grau...

Não me mexo. Não respiro. Meu coração dispara enquanto observo seus lábios formarem as palavras. Não consigo escutar nada, mas vejo agora, o resultado explícito em todos os rostos. Meu pai solta um soluço. Lee quase cai da cadeira. Gates deixa a cabeça pender, estupefato.

Minhas pernas cedem e eu mergulho rumo à escuridão.

Acabou.

A NOITE

O CORPO DELA ESTÁ NO CHÃO, NU, EXCETO PELA PARTE DE BAIXO do biquíni cor-de-rosa. A parte de cima encontra-se em tiras, o peito coberto por ferimentos de faca.

Tate é o primeiro a se aproximar. Ele a abraça e pressiona o rosto inerte contra sua camisa azul, os cabelos louros manchados de sangue.

— Elise? — choraminga Mel, parada ao lado dos destroços da porta, a voz soluçante e esganiçada. Chelsea cai de joelhos sobre o sangue e pega a mão sem vida de Elise. AK e Lamar permanecem ao meu lado, sem respirar.

— Ela tava assim. — A voz de Max falha, e lágrimas escorrem por seu rosto. Ele está encolhido ao lado da porta aberta da varanda, cercado por cacos de vidro. — A porta estava aberta e quebrada, e ela aí, no chão. Eu não toquei nela.

Há sangue por todos os lados. Escuro e grosso, formando uma poça em volta do cadáver, além de manchas espalhadas pelo piso de cerâmica. O corpo de Elise chega a estar grudento de tanto sangue e, por um terrível momento, ficamos todos ali, congelados, apenas observando.

Elise deve ter lutado. Tentado buscar ajuda... arquejante e semimorta.

E agora ela se foi.

— Por favor, alguém cobre ela, pelo amor de Deus! — Minha voz falha também, mas ninguém se mexe, de modo que tiro rapidamente minha jaqueta e a arrumo sobre seu torso. A impressão é de que Elise diminuiu de tamanho! As pernas despontam por baixo da jaqueta, pálidas em contraste com o sangue. Os braços pendem flacidamente em torno de Tate, que continua a abraçá-la.

Melanie soluça ainda mais alto.

— É melhor a gente sair daqui — diz Lamar de supetão, recuando alguns passos. — Isso é uma cena de crime, certo? A gente não devia estar aqui, contaminando tudo.

Chelsea se vira para ele.

— Isso não é um episódio de *CSI*! É a Elise quem está aí, é... — Seu corpo inteiro começa a tremer. Lamar corre para segurá-la.

Engulo em seco, correndo os olhos em volta pelo cômodo devastado.

— Vamos, ele está certo. Não podemos ficar aqui.

AK puxa Max, que continua sentado num canto, e Melanie sai cambaleando. Tate não se move.

— Tey? — Apoio a mão no ombro dele. — Tey, ela se foi. Não há nada que você possa fazer.

Tate estremece, e então a deita com cuidado de volta no chão, afastando carinhosamente o cabelo dela dos olhos. Eles estão virados para mim, azuis e sem vida. Sou acometida por um súbito enjoo, e me obrigo a desviar o rosto.

Ajudo Tate a se levantar e nós dois seguimos lentamente ao encontro dos outros, que já nos esperam do lado de fora da casa, sob o brilho da iluminação de segurança.

— Quem faria uma coisa dessas? — pergunta Melanie por fim, a voz rouca. — Quem faria algo assim com ela?

Fecho os olhos e me recosto contra o peito de Tate, que fecha os braços com força em volta de mim. A visão do corpo dela continua vívida em minha mente: tão machucado, ensanguentado e... vazio.

— A polícia vai encontrar o culpado — diz Lamar baixinho, enquanto Chelsea continua a chorar de encontro ao ombro dele. — E a gente vai fazer ele pagar.

Esperamos num profundo silêncio, cortado apenas pelos soluços. Faróis brilham ao passarem pela rua principal e uma suave música ecoa do hotel mais para o fim da praia. Às nossas costas, o mar é uma sombra escura por trás das luzes reluzentes dos bares da orla. E agora Elise se foi, para sempre.

TRÊS MESES DEPOIS

— BOM, ANNA, VAMOS AGORA À PERGUNTA QUE NÃO QUER CALAR: Como você se sentiu quando escutou o veredito?

Faço uma pausa, relembrando por um momento aquele dia no tribunal e os poucos segundos que mudaram tudo.

— Aliviada — respondo por fim, com um ligeiro sorriso. — Apenas aliviada. Fiquei chocada. Mal conseguia falar. Acabei apagando. Depois de tanto tempo esperando pelo pior, ser finalmente considerada inocente... E não foi só por minha causa — acrescento. — Fiquei aliviada pela Elise, também. O pior era saber que, se eu fosse considerada culpada, o verdadeiro assassino sairia livre. Pelo menos agora eles podem ir atrás de quem realmente matou ela.

Clara sorri de maneira solidária e afetuosa. Ela segue ao meu lado pelo cemitério, enquanto folhas de outono vermelhas e alaranjadas tombam no chão à nossa volta. O local da entrevista foi escolha deles, é claro: no intuito de coroar a história sobre a minha volta para casa com uma visita emocionada ao túmulo de Elise. Eu não queria — não queria nunca mais botar os olhos em Clara Rose —, mas o dinheiro que me ofereceram foi bom demais para recusar. Desde que a juíza me declarou inocente, recebemos propostas de várias emissoras e jornais para uma entrevista exclusiva. Cada recusa só fazia com que eles me abordassem com mais afinco, portanto, no fim, foi mais fácil escolher um deles e terminar logo com isso. Além do mais, depois de todo o dinheiro que meu pai gastou comigo, era o mínimo que eu podia fazer para tentar retribuir de alguma forma.

— Quais são os seus planos agora? — pergunta Clara, vestida numa jaqueta azul-bebê cinturada. Eu estou usando um casaco branco com luvas cor-de-rosa, resultado de um intenso debate com a equipe de figurino. Eles me queriam de vermelho, mas eu não ia cair nessa de novo. Insisti no casaco branco sobre uma saia na altura dos joelhos e um suéter creme clarinho. As cores da inocência.

— Por ora, estou dando um tempo para mim mesma — respondo. — Aproveitando a companhia do meu pai e dos meus amigos. É bom estar em casa de novo; senti tanta falta daqui. Depois, acho que vou cursar uma faculdade. Eu gostaria de estudar direito — acrescento. — Essa experiência me mostrou como é importante ter pessoas que acreditam na gente, e que queiram lutar pelo que é certo.

— Inspirador. — Clara assente com um menear de cabeça. — Absolutamente maravilhoso. Agora, sei que muitos dos nossos telespectadores estavam torcendo por você — bajula ela. — Rezando e mandando pensamentos positivos durante todo o tempo em que esteve na prisão e no decorrer do julgamento. O que você diria para essas pessoas?

— Apenas obrigada. — Levo a mão ao peito e olho direto para a câmera. — Obrigada a todos vocês que nunca desistiram de mim... Isso significou mais do que possam imaginar.

— E, obrigada, Anna, por compartilhar sua história conosco. — Clara sorri. — Sei que todos os nossos telespectadores nos quatro cantos do país lhe desejam toda a sorte do mundo no que está por vir.

— Obrigada, Clara — retruco de maneira afetuosa.

"E... corta!"

— Capturou tudo?! — grita Clara para o produtor.

Ele ergue o polegar em sinal de positivo.

— Podemos passar para as fotos ao lado do túmulo? Que tal mais um pouco de pó na Anna?

Tiro o microfone e deixo a maquiadora me retocar enquanto desmontam as luzes e os demais equipamentos posicionados em volta do túmulo. A lápide é nova, de um mármore brilhante, com uma pequena vela crepitante posicionada no topo.

— Aqui. — Um dos assistentes do produtor me entrega um buquê para eu depositar sobre o túmulo. — Peônias, certo?

Faço que sim. Elas estão fora de estação, mas sempre foram as favoritas de Elise. Pelo menos algo nesse teatro deve ser real.

— Bom trabalho — observa Clara, checando seu celular. — As chamadas vão entrar no ar hoje à noite. E... me diga uma coisa. Já finalizou o acordo para o livro?

— Estamos vendo isso — respondo friamente. — Ainda não escolhi uma editora.

— Bom, me avise quando sair. Eu adoraria recebê-la de volta em nosso programa.

Claro que sim.

— Pode deixar — digo, com um sorriso falso. — Vou pedir a meu agente para combinar tudo contigo.

Eles, enfim, terminam de limpar a área e me posicionam no ponto exato para a última cena. As fotos serão tiradas a distância, com uma vista panorâmica do cemitério. Eles me querem parada ao lado do túmulo e, em seguida, ajoelhada para depositar as flores, preferivelmente com uma lágrima escorrendo pelo meu rosto bem maquiado. Sigo as instruções de maneira obediente, foto após foto, enquanto a equipe do programa luta contra as lufadas de vento e a chuva de folhas. No fundo, isso não me incomoda. Depois de tudo o que eu passei, sei quão importante uma foto pode ser, a história que substitui os fatos e as provas concretas com um simples e perfeito enquadramento.

— Mais uma vez? — pede o produtor. Faço que sim, e volto lentamente até o túmulo.

Elise Judith Warren.

Filha adorada, amiga querida.

Para sempre em nossos corações.

Eu me curvo e deposito gentilmente as flores sobre a grama úmida. Traço com a ponta do dedo as letras da lápide, sentindo as lágrimas se acumularem nos cantos dos olhos. Ainda sinto a falta dela, todos os dias. Eles estavam certos quando disseram que foi uma tragédia. Podíamos estar juntas ainda, se ao menos ela tivesse sido honesta comigo. Talvez se soubesse o que suas atitudes acarretariam, Elise tivesse pensado duas vezes.

Em vez disso, ela partiu meu coração.

"E... corta!"

Eles dizem que é o suficiente. A equipe, então, guarda tudo nas vans e parte. Eu continuo ao lado do túmulo até o último carro sumir de vista, seguindo em direção ao portão principal. Enfim estou sozinha. O céu está carregado e cinzento, e o cemitério, completamente vazio.

Enfio a mão no bolso do casaco e tiro o colar. Olho para o amassadinho no metal do pingente em forma de pentagrama e a correntinha quebrada, ainda suja com o sangue dela.

Fecho a mão em volta dele e, debruçando-me sobre a lápide, murmuro:

— Eu venci.

ANTES

— AMOR, ME PASSA O REFRI?

Nenhuma resposta.

— Tate?

Eu me sento com relutância e aperto os olhos, escondidos atrás das lentes escuras dos óculos. A praia se estende numa suave curva à minha frente: a areia branca e ofuscante seguindo ao encontro das ondas cristalinas que se quebram contra a orla. Não há uma única nuvem no céu, e o sol quente aquece minha pele exposta. Perfeito!

Olho para Tate. Ele está sentado de costas para mim, curvado sobre o celular. Jogo minha revista em cima dele.

Tate se vira.

— Que foi? Ah, desculpa. — Ele pega o refrigerante no cooler e me entrega, olhando de relance para o telefone.

— Eles estão se divertindo? — pergunto.

— Claro. Estão no barco — diz. — O AK tá tirando toneladas de fotos... Você sabe, ele não consegue ficar quieto com aquela câmera nova que arrumou.

Eu rio.

— Deixa eu adivinhar, a gente vai receber 57 milhões de fotos de peixes debaixo d'água.

— Por aí. — Tate dá uma risadinha.

Deito de novo e deixo o sol derreter meus ossos, levando consigo toda a tensão e o estresse. No momento, Boston parece estar a milhões de quilômetros;

o drama em relação à faculdade e todas as preocupações com o trabalho do meu pai pertencem a uma vida diferente. Esvazio a mente, deixando-a flutuar com o barulho das ondas e o ocasional irromper de conversas e risos das pessoas na praia.

O tempo passa. O celular do Tate vibra com outra mensagem de texto. Um momento depois, ele diz:

— Merda, esqueci meus óculos escuros em casa.

— Aqui, pega o meu. — Estico o braço para lhe entregar os óculos, usando o outro para bloquear o sol do rosto.

— Não, tudo bem. Preciso carregar o celular mesmo. — Tate se levanta e pega a carteira que havia deixado sobre a toalha. — Não demoro.

— Você se lembra do código de segurança?

— Lembro, mas, de qualquer forma, a Elise tá lá, certo?

— Ela pode estar dormindo ainda. — Checo meu celular. Nenhuma nova mensagem. — Dá uma olhada nela por mim, ok? — peço. — Ela ainda não me respondeu.

— Pode deixar. Ela deve estar numa ressaca...

Faço uma careta.

— Ela não é a única.

Tate calça os chinelos e começa a se afastar, mas estico o braço e o seguro. Ele para e se abaixa para me dar um selinho.

— Diz pra ela vir pra cá. — Eu bocejo. — Ela pode passar o dia inteiro no quarto quando voltar pra Boston. O que não pode é perder as férias!

Com um último sorriso, Tate se afasta.

Pego o protetor e começo a reaplicar. Minha pele é branca demais e eu me queimo com muita facilidade, de modo que a única alternativa é essa gosma grossa, branca e grudenta com cheiro de coco. Cubro meu corpo da melhor maneira possível, mas sobra uma boa parte das costas que não consigo alcançar. Boto, portanto, o protetor de lado e retorno para a revista, enquanto espero Tate voltar.

Os minutos se passam. Termino de ler a revista e vasculho a bolsa de praia em busca do protetor labial, entediada. Estou começando a ficar com fome. Assim sendo, pego a bolsa, visto rapidamente meu short e, calçando os chinelos, começo a subir.

As portas que dão para a praia estão abertas quando alcanço a casa. Subo os degraus do deque e entro.

— Alguém aí?

Está tudo quieto, ninguém à vista. De repente, escuto risadas vindas lá de dentro. É a voz da Elise. E do Tate. Não consigo escutar o que eles estão dizendo, apenas o tom de suas vozes.

Brincalhão. Afetuoso.

Congelo.

De repente, lembro do colar: o que encontrei no bolso do Tate, que Elise disse ser o dela.

Tinha deixado tudo isso de lado. Afinal, poderíamos tê-los trocado de uma dúzia de maneiras diferentes. Eu provavelmente o peguei por engano, muito antes da viagem. Na noite passada, eu e Elise nos sentamos na praia, e ela disse que éramos nós duas. Para todo o sempre.

Escuto outra risada, ecoando pelas paredes brancas e pelo piso de lajotas, reverberando sob a ofuscante luz do sol. Meu coração acelera. Um leve enjoo se espalha por mim. Lembro a maneira como ela implicou com ele no primeiro dia, assim que chegamos. Havia algo de provocante no jeito dela, quase desdenhoso. E Tate, tão protetor em relação ao comportamento do Niklas...

Inspiro fundo, tremendo. Parte de mim quer se virar e ir embora — ir me deitar no sol até Tate voltar, e depois passar o resto da tarde brincando com ele dentro d'água —, mas agora que a ideia se instalou em minha mente, sei que não conseguirei fazer isso, não até provar a mim mesma que estou errada. Dou um passo sem muita certeza em direção às vozes.

— Ei, tira as mãos! — exclama Elise. Ela solta uma risadinha de flerte. — Estou tentando fazer um showzinho pra você!

— Ah, não precisa — resmunga Tate.

— O que você acha? Comprei um pouco antes da gente vir pra cá.

— Acho que você está absurdamente sexy.

— E...?

— E o quê?

Elise abaixa o tom de voz e diz de maneira sedutora.

— O que você vai fazer a respeito?

A conversa para. Eu aguardo mais um pouco.

Estou no fim do corredor agora, ao lado do quarto dela, que está vazio. Eles estão no nosso quarto. Na nossa cama.

Um gosto de fel me sobe à garganta, mas me forço a continuar andando. Pode ser só um jogo, digo a mim mesma. Apenas uma brincadeira. Algo mais, alguma outra explicação. Tem que ser.

Então, eu os vejo um segundo antes de escutar o gemido de Elise, como um raio que espoca instantes antes do rugido do trovão. Eles estão emoldurados pela porta aberta do quarto, entrelaçados na cama. Nus. Tate rola e se coloca por cima dela, grunhindo enquanto monta; as pernas de Elise o envolvem pela cintura, brancas em contraste com o bronzeado das costas dele. Ela geme e arqueia o corpo para encontrá-lo.

Não consigo desviar os olhos.

Eles rolam de novo e, dessa vez, Elise é quem fica por cima. Ela se enterra nele até o fundo, os olhos fechados, os braços esticados acima da cabeça. Sua expressão é a mesma de quando está dançando, como se estivesse perdida em algo maior. Inebriada de tesão. Em puro êxtase.

Até que, finalmente, seus olhos se abrem, e ela olha diretamente para mim.

Não me mexo. Nossos olhares se mantêm fixos uma na outra, pairando acima do corpo de Tate, que não percebe nada, e, por um momento, é como se eu estivesse ali, debaixo dela, sentindo sua pele contra a minha. Mas então, o rosto de Elise começa a mudar — ela é arrebatada, foi longe demais para parar. Observo o orgasmo sacudir-lhe o corpo inteiro; sinto-o em meus ossos. Como um despertar. Como uma morte. E, o tempo todo, nossos olhos se mantêm colados uma na outra.

O quanto você me ama?

Papel: Pólen natural 70g
Tipo: Bembo
www.editoravalentina.com.br